心理师

[老甄·著]

第二季

· 恶之藤

南方出版传媒
花城出版社
中国·广州

图书在版编目（CIP）数据

心理师：第二季. 恶之藤 / 老甄著. -- 广州：花城出版社，2020.11
　ISBN 978-7-5360-9181-8

Ⅰ. ①心… Ⅱ. ①老… Ⅲ. ①长篇小说－中国－当代 Ⅳ. ①I247.5

中国版本图书馆CIP数据核字(2020)第116811号

出 版 人：	肖延兵
特邀策划：	天沐影视文化
责任编辑：	陈宾杰　杨淳子
技术编辑：	薛伟民　凌春梅
封面绘图：	陈　彬
封面设计：	何国威

书　　名	心理师　第二季·恶之藤	
	XINLISHI DIERJI·EZHITENG	
出版发行	花城出版社	
	（广州市环市东路水荫路11号）	
经　　销	全国新华书店	
印　　刷	深圳市福圣印刷有限公司	
	（深圳市龙华区龙华街道龙苑大道联华工业区）	
开　　本	787毫米×1092毫米　16开	
印　　张	15.5　1插页	
字　　数	220,000字	
版　　次	2020年11月第1版　2020年11月第1次印刷	
定　　价	45.80元	

如发现印装质量问题，请直接与印刷厂联系调换。
购书热线：020-37604658　37602954
花城出版社网站：http://www.fcph.com.cn

目 录

001		楔　子
002	第一章	杀人上瘾
010	第二章	吴薇失踪
018	第三章	章玫投奔
026	第四章	答应委托
035	第五章	再次行凶
043	第六章	犯罪推断
056	第七章	民国旧案
063	第八章	当众行凶
068	第九章	三眼神探
082	第十章	高速路上
091	第十一章	车祸现场
100	第十二章	混混可卡
103	第十三章	旧日同学
113	第十四章	精神病院
120	第十五章	男女病人

124	第十六章	直播犯罪
129	第十七章	毒刺真身
137	第十八章	作案破案
150	第十九章	司马警官
159	第二十章	悬赏线索
167	第二十一章	合作基础
175	第二十二章	老周潜入
184	第二十三章	半夜暴动
193	第二十四章	逃出生天
201	第二十五章	旧案真相
209	第二十六章	老友上门
218	第二十七章	求救纸条
226	第二十八章	生死一线
234	第二十九章	究竟是谁

楔　子

　　罪恶如同树藤，一开始的时候可能很小。但是如果每一次小的罪恶不被惩处，它就会越长越大。

　　每一件犯罪，对于受害者来讲，就是永世难以抹去的梦魇。对于施害者来讲，这可能只是他一时的快感。但对于破案者来讲，却只是件工作。

　　罪恶也会升级，直到它遇到能够消灭它的对手。

　　犯罪是一种习惯，一旦尝到犯罪的甜头，犯罪者会本能地继续选用犯罪的方式去解决问题。

　　有时候别人的恶是自己的弱放纵的。

第一章　杀人上瘾

"帮帮我,我忍不住去杀人!"

"杀人是会上瘾的!"

万万没想到,我追随潮流开了个推理直播间,讲述各种凶案故事的时候,一名叫作毒刺的粉丝突然发过来这么几句语音留言。毒刺的声音嘶哑,却让我听出了残忍冷酷,凭借我曾经经历的那些事情,我难以否认发这段语言的人,没有真的杀过人。

这个互联网的时代,有喜欢在各种短视频和直播平台盯着屏幕上各种扭动身体的真假美女的宅男,也有喜欢看美食节目的吃货,当然,也会有喜欢听我讲述分析各种凶案故事的粉丝。

语音留言是在直播间发布的,一瞬间就触发了爆点,若干名粉丝已经通过文字或者语音互动了:

"你杀过人吗?这么说?是不是吹牛!"

"毒刺,杀人是什么感觉啊?"

"每天都有那么多人会死,不知道有多少人是不被杀死的,其实我也想死,但是不敢杀死自己,你能不能过来杀我啊?我保证等着你杀我,哈哈哈。"

"这该不是真的连环杀手吧,老甄,你要采访他一下。"

"杀人上瘾那位毒刺,你杀过几个人啊?"

……

"这声音听着好吓人啊!是不是逃犯啊?老甄大叔,你快分析下。"这个甜美女声是我的一名女粉丝,微信名字叫作玫瑰千寻,是个不折不扣的侦探迷,从我的微博上得知我开了直播,更是每天都准时在直播间等着听故事。

我行走江湖的名号叫作老甄,微博微信直播的名字都是"讲故事的老甄"。我的真名是甄瀚泽,人到中年,结束了自己的前尘往事,一无所有之后重新开始。现在我又单身了,而且从拥有铁饭碗的工作变成了自媒体工作者。我是侦探故事写手,也是侦探故事的讲述者。我对各种各样的犯罪故事有着疯魔一样的痴迷。

我对着麦克风说道:"欢迎这位新朋友,我是老甄,讲故事的老甄。新朋友毒刺说,杀人是会上瘾的,那么毒刺能不能讲一下杀人是怎么上瘾的经历呢?还有,毒刺需要我帮什么呢?"我故意用了"经历"这个词,要是这个人不否认经历,那么就会进一步印证我的初步判断。

历史上存在着数十名臭名昭著的连环杀手,这类人也具有共同的特质,那就是,他们并不是为了其他目的杀人,而只是要从杀人这种犯罪行为上获得快感。这样的连环杀人案十分难破,根本原因就在于每一名受害人都和连环杀手没有关联,连环杀手杀人具有偶然性和随机性。有不少死者的尸体都会被碎尸掩藏,而从偶然发现的死者尸体来寻找这么一个随机杀人的连环杀手是非常困难的。这样的迷局直到心理侧写技术出现之后,才迅速提高了破案的概率。

连环杀手落网也充满了偶然性,比如再次作案时被巡逻的警察碰到,或者死者反抗逃走,等等。当然,还有一种规律,那就是连环杀手作了多起凶杀案之后，有着要与别人分享的心理需求，总会选择各种匿名讲述自己作案经历的冲动。而这些犯罪细节，除了凶手本人之外，是不可能有其他人知道的，警方正是通过这些信息锁定凶手。美国二十世纪七十年代的连环杀手喜欢给报社写信，讲述自己杀人的过程和快感，同时嘲笑各州警方的蠢笨。在互联网技术高度发达的现在，则有不少连环杀手在犯罪论坛里翻看别人对自己的犯罪的评论，甚至忍不住评论别人的留言，嘲讽不切实际的瞎猜，结果被警方盯上。

这个发语音说"杀人会上瘾"的毒刺，还有一种可能就是社会生活中的失意者，试图通过耸人听闻来吸引关注；但我更倾向于前面所述的判断，那就是他忍不住要与别人分享他的犯罪经历。

直播间里稍微沉闷了一会儿，就在其他小伙伴开始留言催促的时候，毒刺又发了一条语音留言，语气冰冷："其实我从十七岁开始就杀了第一个人。"

玫瑰千寻忍不住留言问道："那你没有被警察抓到吗？"

我说道："咱们让毒刺先说完他的经历。"

在这个直播间，听众的音频留言最长时间是两分钟，我看到毒刺的第二条留言的时间已经是一分四十六秒了，而且很快就有了三条留言。我点开留言，静心听着。

"要是被抓了，我还怎么在这里告诉你们杀人会上瘾。从十七岁开始到现在，我正好杀了十个人了。有时候人必须得信命。要是我十七岁那年的时候，没有遇到那件事，也不会开始这一切。

"那年，我正上高三，在我老家的县城里，我特别努力地学习。我家境一般，要想出人头地改变命运，就只能好好学习，考上名牌大学。

"我上的高中是我们县城一般的中学，所以学校在高三的时候组建了一个尖子班，把有可能考上大学的同学集中在一起，配备最好最负责任的老师,好让我们能考出好成绩,也能给学校争光。

"但是因为这是个重点班,所以班里也来了几个成绩不怎么样的同学,这几名同学有的是父母在教育系统当官,有的是父母有钱给学校交了赞助。所以,虽然班里大部分同学都是努力学习,好让自己能考上心仪的大学的,但是那几个同学却不同。"

这个毒刺所说的这几段话,让我推断出他的年龄应该和我差不多,也是八〇后,现在是三十五六岁,他所描述的这种现象,在我当年读初、高中的时候也遇到过。班里大部分是努力读书的好学生,却总有那么几个关系户,自己成绩差,只能靠家里,但是看着别人努力却受不了,非得给人捣乱才心理平衡。我也有过被几个学校里的关系户欺凌的经历。

"我在我们班里成绩始终是前三名,而且我家境最差,当时的我性子也弱,甚至有点懦弱。所以那几个不好好学习的同学总是针对我。特别是在班里的那个漂亮女同学给我写了情书之后。"

毒刺说起青涩往事来,冰冷的语气中有了温柔,高三是高考冲刺时期,同时也是青春悸动,有多少暗恋、单恋、初恋都发生在那个轻舞飞扬的年代。

"班里最坏的那个学生,就叫作老A吧,他坐在我后面,每次学校月考的时候,老A都会伸长了脖子抄我的卷子,我不愿意给他抄,他就嚷嚷着要把我的眼镜打爆。"

这个信息暴露了毒刺是近视的特征。我也戴着眼镜,也因为戴眼镜受到过嘲讽和玩笑。毒刺这一句话,取得了我对他的好感。有不少犯罪者,虽然犯罪手段异常残忍,但是他在和你交流的时候,反而能触动你,获得你的同情。在许多残忍的犯罪中,特别是夫妻中的杀人犯罪,人们往往会忍不住同情那个犯罪者,而认为被害人存在着让人难以忍受的地方,所以才招来杀身之祸。

"我忙着一心复习,但是老A就是看我不顺眼,他已经不止一次扬言,他反正也考不上大学,但是他爹已经给他安排好出国留学了。所以,他就让我复习不下去,让我也考不上大学。"

我始终对人性的阴暗面保持着警惕,妒忌是人类天生的情绪,能够不去妒忌别人,本质上是后天教育的结果。而一部分家长对自己的孩子的教育,往往不是去教会孩子团结比自己更优秀的同学朋友,却是出于刺激孩子更努力的心态,有意无意地放大自己孩子的妒忌情绪。所谓别人家孩子是自己家孩子的噩梦,就来自于此。但是对于并不打算靠自身努力变得更优秀的人来说,给优秀的人捣乱,让他不再优秀,就是个最为省时省力的办法了。

毒刺的留言还在一条一条发过来。

"我以为不搭理老A就可以了。但是万没想到的是,老A居然真的找了几个社会混混,在学校门口堵着我,把我打了一顿,还往我身上撒尿。我当时气疯了,回到家里之后,就想拿菜刀去和老A拼命。

"我鼻青脸肿的样子被我妈看到了。我爸打工的时候从脚手架上摔了下来,瘫了。我妈在我们学校门口卖串串给我挣学费。我们全家的所有花费全是我妈一串一串卖出来的。"

从他的讲述来看,毒刺家境贫寒,还暴露了自己父母的职业背景,这个毒刺要是真能杀了十个人还不被抓,按理说,不应该是这么不会保护自己的人。但是他说的内容却暴露了太多的个人信息。

"我妈看到我的样子,一把抱住了我,让我不要去做傻事。我妈要我好好学习,考上大学有出息,是对老A这样的痞子最好的报复。我气不过,也担心自己这个状态没法复习下去。后来我妈带着我找了老师和校长,把老A找人打我的事情告诉了他们。"

一名听众问道:"为什么不报警呢?"

玫瑰千寻说道:"报警之后呢,又不是扫黑除恶的时候。县城那种地方,还是十几年前,可能就算你报警了,也没人管。"

毒刺继续说道:

"老A的父亲是我们县里一个什么局的局长,听说很快就要升县委常委了。我家惹不起,老师也惹不起。后来,学校找了老A的家长,他家赔了我两千块钱,让老A写了检查,在全班同学面前宣读。连个处分都没有。

"老A在读检查的时候,还专门语气加重说:'我不应该在他身上撒尿。'这件事成了我高三剩下时光的噩梦和耻辱,而且我还得每天在教室里面对这个扬扬得意的老A。

"我再也没法安心学习下去了。班里那些嫉妒我成绩比他们更好的同学,见到我都会问我,被人在身上尿尿臭不臭,是什么感觉。距离高考还有两个月,我却无法安心复习。我感觉我再不做点什么,就没法活下去了。

"我做了一个决定,我要杀了老A,杀了老A之后,我再好好复习一个月,这一个月,不能因为老A被杀影响到我,所以我不能让警察判断老A是被杀死的,得让他看起来是死于意外。"

把谋杀伪装成意外,是很多高智商犯罪者的拿手好戏,从毒刺的叙述中来看,他有着成绩优秀的学生时代,智商是没有问题的,而且高中毕业可以说是许多人知识积累的巅峰了,所谓"说得了英语,译得了古文,背得下化学,解得了物理"。只要用心,是可以在扎实的自然科学基础知识中找到各种方法的。

而努力学习好文科,也可以在各种历史故事中,找到对付别人的办法的。我当年对付那几个讨厌的关系户,是充分运用了我的历史知识,采用了二桃杀三士的手法,让班里那三个抱团搞事的坏小子,自己打了起来。

那么这个毒刺的选择,是真的利用自己的知识杀了人吗?

"既然那一个月我也没法安心复习,我索性就不再复习了,而是把主要精力都放在了怎么杀老A上。不能安心复习,同学的嘲讽,我的三模考了有史以来的低分,我居然在班里考了第11名,这也让不少同学高兴。老A也很高兴。

"老A不知道的是,我一直在细心地观察他的活动规律,我知道他并不住在学校的学生宿舍里,而是自己在学校附近租房子住。我们学校地处郊区,周边都没什么楼房,大部分都是平房。我家也在那一片平房之中。

"我悄悄地跟踪老A,摸清了他的住处,那个平房算是条件比较好的,还安装了空调。我注意到老A住处的电线是明电,而且当年的老A整天带着个复读机,需要经常充电。"

复读机这个东西是八〇后的记忆。这个毒刺,我基本上可以确定他的年龄阶段了。

"我观察到这个平房的门锁就是那种挂锁,我爸在出去打工之前,是我们镇上的锁厂的工人。那个工厂生产的就是这种挂锁,我对这种挂锁熟悉得很,拆开装上都做过多遍,至于怎么用个曲别针把它打开,对我来说轻而易举。

毒刺会开锁,我已经拿出了小本子,把毒刺暴露出来的特征都列在了上面。

"我在上课的时候,确认老A在教室里,我假装闹肚子和老师请了假,离开了学校,我也知道白天这个时间,那平房里的居民不是在上班,就是去种地,因此整个区域都安静得很,我很顺利地摸进了老A的屋子。

"我读过不少破案小说,知道指纹和脚印都会留下痕迹,所以我戴了手套,还给鞋子套上了两个塑料袋才进去。进去之后,我很快就找到了老A插在床头的那个插线板上。我把插线板拆开,给里面做了点手脚,同时把老A床头的台灯电线用钳子磨破皮，绕在了铁床头上。

"我又做了些其他的事情，这才悄声离开了。我知道，只要老A开始给他的复读机充电，就会短路，而那个台灯就会把过载的电流一瞬间传导到老A的床头上，只要老A的身体碰到那个铁床头，他就必死无疑。

"第二天，我回到学校，刚好距离高考还有一个月，我焦灼地等着看老A会不会出现。天可怜见，老A那天没来，但我还是没能安心复习。我也不敢去老A租住的平房去查看。

"接下来的三天里，老A都没有来上课，我心中一阵狂喜，但还是不太笃定。我知道老师平时对老A来不来上课，根本就不在乎，但是超过三天还没来上课，老师在班上问了同学之后，就联系了老A的家长。

"又过了两天，我终于从老师嘴里知道老A已经触电身亡的消息。学校还专门让大家填了不在校住宿的登记表，还要学生填了保证自身安全承诺书。后来，我听说老A的家长还找那个平房的房东闹了好几场。

"这件事结束之后，自始至终都没有警察出现，看来大家默认老A是触电意外死亡的，连他的家人都没有报警。我可以踏踏实实地复习了。一个月后，我考上了大学，但是经过那些事，我也没有发挥正常，没考上我理想的大学。

"我去了外省的一所百年老校，让我高兴的是，给我写情书的那个女同学也来到了这所大学读书，但是我万万没想到，杀人才是我的宿命，读书并不是。"

第二章　吴薇失踪

其实人和人交流时，你以为只有两个人，但可以说是六个人：你以为的你、你以为的他、真正的你；他以为的你、他以为的他、真正的他。

到目前为止，毒刺讲述了自己第一次杀人的经历，而且看起来暴露了不少的细节，通过这些细节，我相信只要稍微调查一下，就能把他从茫茫人海中挖出来。但是他说的话又有几分可信呢？也许这个毒刺骨子里只是个胆怯的家伙，把别人的事当成自己的经历讲述出来，好获得别人的畏惧。

毒刺发完那段说"杀人才是自己宿命"的语音，就再无声息。我在直播间里问了几次，也不见毒刺出来。其他的粉丝议论了一阵子，也就淡了下去。我按照直播计划，给粉丝们讲完了那场离奇的杀妻案，就关闭了直播。

每晚九点是我固定的写作时间，那段时间，我的灵感时有时无，写作进入了僵局，但是今天这个不知道从什么地方冒出来的毒刺所讲述的经历，却让我一下子有了写作的激情，对故事中主人公的犯罪手法做了优化和改进。

一个人写作正嗨的时候，往往是最讨厌被人打扰的，但是这个晚上，我的手机却执着地响起了铃声。我无可奈何地起身,拿起放在另一边充电的手机,结果看到了梁欣的手机号码:"老甄,是我,梁欣,吴薇失踪了,同时失踪的还有寒光集团那件事的受害者。"

吴薇失踪?我的心颤抖了一下。

我从来没和人说起过我为什么辞职,也从来没告诉过别人我为什么离婚。但是我没想到,那些人居然没有做人的底线。难怪有些人说,野兽时刻是野兽,但人却不一直是人。

我在辞职之前,是某个有影响力的媒体的舆情编辑,而且我马上就可能成为其中一个部门的主任了,这家媒体单位有渠道可以将舆情动态上达天听。可以说,这也是一种隐形权力,因为有太多的人或者集团,都希望好消息传递出去,坏消息无形消失。

这着实也是个考验信仰良心的岗位,我在这个岗位工作了十余年,给我打电话的是我的同校挚友,梁欣,我都叫他良心哥。嗯,他的确很有良心,在某法制报做编辑,不少有重要影响力的冤假错案的纪实报道都是他力主发出的。而他所说的吴薇是我们的一个小师妹,是个专门采访负面新闻的女记者。

一年前,我看到了吴薇传来的一段采访报告,讲的是某地寒光集团,该企业生产儿童营养补品,在各种渠道大做广告,风头一时无两,可是在最近,有国内某高校实验室通过化验检查发现,该儿童补品中含有不符合国家标准的未知某物质(NTI),而且此物质在儿童的发育阶段,会对儿童产生致畸影响。

我见到这篇报告的时候,本来已经形成舆情动态上报过去,但没想到的是,居然被我的顶头上司姜维国副总编给压了下来。而且很快,我就接到了寒光集团通过和我熟识的关系人带来的邀约,我把这一切都拒绝了。正打算去找马致远总编汇报这件事的时候,我却被纪检部门叫去谈话,他们收到了我和小师妹吴薇共同出入某酒店房间的照片，还有酒店住宿的身份登记记录。而吴薇也同时被暂停了记者采访资格，因为有人举报她因为勒索企业好处费不成，而恶意对该企业做负面报道。

举报我和吴薇的照片和开房记录，还同时寄送给了我妻子及其单位，妻子羞愤至极，跟我提出离婚。我在单位声名扫地，姜维国趁机把我调离舆情编辑岗位，把我调整成校对室编辑。我对此愤恨不已，便提出辞职，辞职流程很快走完了。单位中和我关系较好的同事，在和我吃散伙饭的时候，无意中说过，这件事其实是姜维国故意弄我，就因为触犯了寒光集团的利益。

那一夜，我酩酊大醉，但是我也很清楚，凭我的背景实力对付不了这样手段的集团。我辞职躲开，虽然心有不甘，但也是无可奈何。

其实那天我和吴薇在酒店房间同时出现，是因为吴薇带我去酒店房间和畸形儿童的父母碰面，房间是吴薇开的，那对父母也登记了。我也不是没找过公安系统的朋友帮忙查证，结果却发现带着畸形儿的一家三口出入酒店房间的所有视频被抹得一干二净，连身份登记记录都消失不见了。举报我们的人能神通广大到这种程度，让我心中骇然。这真如同大学的马克思主义哲学课老师所说的理论一样，资本的每个毛孔都留着血和肮脏的东西，在百分之三百的利益面前，连绞死自己的绳索都能卖给别人。

在寒光公司的利益面前，虽然我还不知道这利益究竟有多大，但是这利益已经足够让我和吴薇葬送职业生涯。

吴薇没想到我的工作和家庭因为这件事发生了天翻地覆的变化。吴薇感觉很对不起我，我也能感受到她对我的情愫，但是我现在没法重新开始，更何况我和前妻还有一个女儿。

本来我的性格也是不怕把天捅破个窟窿的，但是想到孩子，我也就忍了。吴薇也是个倔强性子，这件事让她窝火得厉害，所以吴薇和我说，她一定要想办法揭开寒光集团的黑幕,我劝说不住,只好叫她务必小心,注意安全。

吴薇一去就是两三个月,为了保证安全,吴薇几乎每天深夜都会给我发平安消息,但是最近半个月来,我没有收到吴薇的消息。我也联系过吴薇,发现电话已经关机了。原来吴薇经常去暗访,最长时间一个多月都没有任何消息。虽然我内心深处很是着急,但是也只能耐心等待。没想到等来等去,等来的却是梁欣的电话,吴薇失踪了。

梁欣在电话里说道:"吴薇失踪了,那一家三口也都消失不见了。我去报过警,但是当地警方以我不是亲属为由不予立案。你知道,我只是个普通的报社编辑,你毕竟还认识不少公检法系统的同学故旧,你看能不能想办法找到吴薇。我曾经劝过吴薇不要去冒险,但是这丫头的脾气你也是了解的。咱们两个谁也阻止不了。我喜欢她,她喜欢你。可是她喜欢的人和喜欢她的人,都没法阻止她的。我现在都担心她凶多吉少了。"

听到这句话,我的心抽搐了一下。我感觉到一阵揪心,但是却产生了一种无力感。必须承认,我在内心深处对吴薇是有好感的,对她那种疾恶如仇、快人快语的性格也非常欣赏。就算我和她的所谓"绯闻",搞得工作丢了,婚姻破裂了,我对她也没有任何不好的情绪。而她的失踪却让我很是着急。所以着急归着急,真的能做什么,却并不容易。

电话的另一头梁欣继续说道:"老甄,你不是有许多公检法的朋友吗?能不能找找人,想办法先把失踪案立案。"一般情况下,失踪是很难立案的。而失踪人的寻找,除了家属发布寻人启事之外,还需要警方通过各种监控,来寻找失踪人。但很多时候,失踪人失踪的情况比较复杂。比如说,因为和家人闹矛盾,离家出走;因为债务纠纷出门躲债。甚至因为在大城市中更换住所和联系方式,而没有及时和家人联系,都会造成某一些人在某一定时间内的失踪。当然也有失踪人是遇害了。遇害的失踪人有的还活着，有的已经被杀死了。正因为失踪的情况复杂，所以警方对失踪案的立案要求比较高，一般来说，警方稍做寻找之后，就会建议家属自己发布寻人启事等寻找了。这也不能说警方不作为，警力资源着实有限，而各种复杂情况的失踪案件需要巨大的人力物力资源去做支撑。

在这种情况下，警方也着实无力投入很多的警力资源寻找失踪人。除非那些确有失踪人被害迹象，应该说被害证据的失踪案件，不然的话，将很难让警方启动失踪调查程序。当然，如果你能够通过其他渠道有效撬动这个程序的话，那就另当别论了。

每一个人都不会是孤立的个体，他都会有各种各样的关系网络。我也不会例外。我大学学的是法律专业，之后在体制内工作，后来才调到这个舆情单位。有无数的同学、同事、朋友在公检法司部门工作。而且，我们之间的工作往来会有互相帮忙的地方，私底下也有人情走动。而我辞职之后，是否还能撬动这个关系网络？毕竟任何关系网络的运转，都需要大致相当的能力交换或者利益交换。在这个时候还能够帮你忙的，那么一定是跟你真心做了铁哥们儿的人了。要说铁哥们这种角色，我还真是有，而且不止一两个。我在电话里对梁欣答应一声，随后挂断了电话。

我翻开微信，打算在微信里寻找合适的人，请他帮忙。就在这时微信却传来了视频通话请求，我本不想搭理，却没想到发来视频通话请求的正是我的女粉丝玫瑰千寻。玫瑰千寻是从我发布的第一个侦探故事的帖子，就成为我的铁杆粉丝的。我和她先是在论坛中互动，再互相加了微信，随后几乎每天都在微信上聊几句，我的几个小故事的思路，还是和玫瑰千寻讨论出来的。我只知道这小姑娘比我小整整十二岁，和我是同样的属相，都属猪。至于她的长相、职业、学历什么的，我都不知道，也偶尔翻过她的朋友圈，很明显她和我联系的微信号是个小号，朋友圈里几乎全是文字以及转发的各种文章,并没有小姑娘们日常炫耀的各种美颜自拍。我从离婚之后,心思都用在了写作事业上,对女性的外貌没太多兴趣。之所以和玫瑰千寻保持了一年多的联络,更为重要的原因就是,她对犯罪文学有着极大的兴趣,时不时会帮我挑出作品中的逻辑漏洞。

这一年多以来,我和玫瑰千寻经常文字聊天,偶尔语音聊天。但是从来没有视频过或者打过电话。我考虑了下,还是接通了玫瑰千寻的视频申请。

屏幕上出现了一张清秀的脸。玫瑰千寻清脆的声音传来:"甄老师,你和我想象中的一模一样。"

我笑笑,说道:"是个颓废的大叔模样,是吗?"

玫瑰千寻说道:"当然不是啊,是很有型的大叔的样子。"

我哈哈笑道:"千寻找我是有什么事吗?"

玫瑰千寻道:"真有点事,微信里不方便说。我这个周末去北京专门找甄老师,见面详谈,还需要请甄老师帮忙呢。有劳动报酬的哦!嘿嘿!"

我奇怪道:"什么事情这么神秘?"

玫瑰千寻道:"甄老师,您就后天等着我好了。另外,我到北京可是没有地方落脚啊。不知道甄老师家里是否方便让我睡一睡沙发,毕竟要是付钱请甄老师帮忙,我就没钱找地方住了。"

我还从没有和比我小这么多的女孩子打过交道,坦白地说,这个九〇后小姑娘和我提出住到我家里来的要求,还真是令人有些不知所措。

玫瑰千寻没等我回答,就继续说道:"甄老师,千万不要拒绝我啊。我一会儿把我的订票信息发给您,还得麻烦您来接我呢。我先挂啦,见面再说咯。"

玫瑰千寻话音刚落,就挂断了视频通话,我看着手机屏幕,一时哭笑不得。但是想想自己一个净身出户的离异男中年，也没什么可损失的，有个小姑娘上门求助，也无所谓。索性就不再想那么多了。

过了一会儿，玫瑰千寻发来一张订票截图，正是重庆到北京的高铁。我这才知道玫瑰千寻的真名叫作章玫。原来她的名字中有个玫瑰的"玫"字。那么她这个千寻，寻的又是什么呢？我和这姑娘，在网上已经交流了一年半，对她也有了一定的了解，这姑娘不是坏人，但是一直深藏着一件心事。有好几次，这姑娘都很想把那件埋在心底的心事告诉我，但是刚开启话题，就又戛然而止。她不讲，我自然不会追问。

我找到了在公安系统工作了十年之久的兄弟强子。强子真名叫李强，为人深沉，话不多，但是颇能担当，也是我们这群人中的及时雨，他也认识吴薇，找他帮忙，终归不一样。强子听我说完，在电话那头，轻叹了口气道："吴薇这个丫头，还是这么天不怕地不怕，这个寒光集团是那么好惹的吗？寒光集团的老总于文泽可是个厉害角色。这事我知道了，我会通过我的渠道去找吴薇的，有消息就通知你。"

安排完这一切，我内心安定一些，但还是不能完全沉下心来做事，这个毒刺没有再出现。等到周六的时候，我开车到了北京西站，去接章玫。章玫上车的时候，就已经在微信里给我发了她已经上车的消息，而且还和我再三确认，要求我一定要去车站接她，因为她拖着三个大行李箱，自己实在是力气不够大。

我的住处距离北京西站不远，开车到北京西站南广场，也不过是十几分钟，我提前半个小时出发去接这个姑娘。

我虽然早已经过了对姑娘期待兴奋的年纪，但是毕竟和章玫的这次见面，是我人生中第一次见网友，何况还是个女网友，而且我还可以自恋地认为，她是我的女粉丝。我在写作圈子里，也认识了一些写手，也听过他们分享各种与女粉丝的艳遇故事，但我通常认为那不过是男人间低级趣味的炫耀。轮到我自己接一个小我一轮的女网友的时候,我的内心深处也忍不住蠢蠢欲动地遐想。

我在站台稍微等了一两分钟,就听到了复兴号进站的轰鸣声,车停稳,10车厢的车门正对着我站立的位置,章玫在窗口给我挥了挥手,指了指手机。我拿起手机,章玫早已给我留言,要我等其他乘客下车之后,再进车厢帮她拿行李箱接上她。

进去之后,看着章玫身后的三个大行李箱,我忍不住开玩笑道:"你这是要搬家吗?怎么会拿这么大的行李箱?"

章玫笑道:"也可以说是搬家吧。反正这件事我下定了决心,也攒了两年的钱,这些钱要请甄老师帮我查出一个真相。"

我一时好奇,刚要开口询问,章玫嫣然一笑,催促我道:"甄老师,有什么话,也都等我安顿好再说吧。现在这三个大行李箱还得劳您大驾帮我拎两个走呢。"

我嘿嘿一笑,一手拉起一个大箱子,跟着章玫出了车厢。章玫身子高挑,身着贴身牛仔裤,上身是一件露肩蝙蝠衫。走起路来,身子摇摆出青春洋溢的风情,让我有种恍惚的感觉。

把行李放到车上后,章玫自然而然地坐在了我的副驾驶位。我离婚独居的事情,在我的读者粉丝群里是公开的。章玫上了车,伸了个懒腰露出一截白皙的肌肤,直晃我的眼。

章玫道:"甄老师,您请我吃饭吧。吃完饭,我会把事情都给您讲个清楚。当年那件事的一些证据,我也都放在行李箱里拉了过来。

北京西站距离我住的地方很近,开车不过是十几分钟,我离婚之后,北京的房子给了前妻,所以我一把年纪还得租房子生活。

第三章　章玫投奔

原来钟摆般的生活，是工作中索然无味，下班后争吵不断，但是不会为每个月的收入和住处发愁。而现在我才体会到，原来一个三十五岁的中年人在这个城市是没有去处的。

我一时也不知道自己该怎么办，本来还想去廊坊、承德之类的周边城市生活，但是在北京这个让人又爱又恨的城市生活久了，最终还是决定用自己剩下那点可怜的私房钱租下了前同事的房子，而且一口气付清了三年的房租。当时我下定决心，如果三年内不能在自媒体领域里实现自己的梦想，那我就彻底离开这个城市。

前同事租给我这套房子的时候，只铺了地板，粉刷了墙壁，并没有家具，我自己在网上买来各种廉价的材料家电，总算是给自己布置出来一个窝。这个窝还是个两室一厅，就在丽泽桥外，是个闹中取静的地方。

感谢北京市的车牌号不能转移的政策，前妻还给我留了辆车用，让我看起来不至于那么落魄。我现在正开着我这辆马自达MPV，带着小我十二岁的女粉丝章玫，到了位于三环外的丰台区的这套房子里。

到了住处，我帮着章玫把三个大行李箱都拉了进去，章玫一进房子，就嘲笑了我脏乱差的生活环境："一个单身男人的窝，真是臭得可以。"

不知道为什么,年龄相仿的前妻数落我这些的时候,我总会忍不住去反驳,但是看着章玫说同样的话,我却没有什么不耐烦的情绪,反而觉得清冷的生活有了一丝暖意。

章玫打开我空着的另外一间卧室,三两下从自己的一个大行李箱里取出床单被罩铺上了,一下子躺了上去,舒服地伸了个懒腰,说道:"哎哟,坐了十二个小时的高铁,腰都要坐断了,总算可以把腰伸直了。甄老师,你带我先去吃点好吃的吧,等我吃饱了,帮你收拾房间啊。"

时间已经是晚上十点,这个时间出去吃饭,那最好的选择就是烧烤了。小区东门外就有一家路边脏串,我和章玫去的时候,正是生意火爆的时候,不少人都在撸串喝啤酒。

店老板看到我和章玫过来,给我们支起一张小桌子。十几分钟后,啤酒烤串、毛豆花生就已经摆满了小桌子。

我和章玫碰了杯酒,章玫对我笑道:"甄老师,你这套房子还不错啊,租金多少钱啊?我先和你合租好了,都知道你离婚之后,过得惨兮兮的。这件事情咱们讲清楚后,我再和你说我要请你帮忙的那件事。"

这姑娘是要在我这里长住?怎么还说起合租的事情来了?

我问道:"章玫,你的事情需要很长时间才能解决吗?还是你想在北京工作,所以找地方住?"

章玫吃了一串烤面筋,听我这么问,悠悠然叹了口气,说道:"这件事已经在我心里压了八年了,我就是想找到真凶,要是找不到真凶,我这辈子都过不去这个坎。"

我一边吃着烤串,一边琢磨着章玫的话,搞不清楚章玫说的事情的复杂程度,也不知道这件事情需要耗费我多少精力和时间。

章玫拿起酒杯,和我碰了一杯啤酒,对我说道:"我是重庆巫山县人。甄老师,我不知道你们八〇后大叔的青春是怎么度过的,反正我十六岁上高中的时候，是十分叛逆的。我父母在我七八岁的时候就离婚了，他们离婚之后，还各自组建了家庭，生了孩子。也就是说，我还有一个同父异母的弟弟和一个同母异父的妹妹。我是和阿婆长大的，在我上大一的时候，阿婆过世了。我爸妈每次都只是把生活费给我，就认为自己已经尽了父母的义务。所以那个时候，我在学校里特别害怕过年过节，因为所有的同学都能回家，我却没地方去。虽然有钱用，但是那种孤独的感觉却是我这一辈子心里的痛。"

我看着眼前这个时不时会露出忧郁的女孩子，能理解她这样生活在复杂家庭的感受。据我观察，对于八〇后来说，一是父母那一代人处在传统的价值观下长大，这种价值观会自然地传递给八〇后，二是八〇后独生子女居多，得到父母的关注更多；而对于九〇后来说，虽然物质条件更为丰厚，但是面对的家庭关系可能比八〇后更为复杂，所以八〇后会表现得相对自私和古板一些，而九〇后反而更加宽容一些。

我用眼神示意章玫继续说下去。

章玫喝了口酒，继续说道："甄老师，你在群里常常给我们讲些心理学的知识，也常常给群友粉丝解决情感问题。也许你自己不知道，群里这些朋友，与其说是因为喜欢听故事亲近你，还不如说是不知不觉之间把你当成了一种心理依靠。群里有几个人就是这样的，我对你的感觉也是这样的。不然我也不会这么大胆，拖着全部家当来找你了。"

我摸了摸自己的鼻子，对章玫这样的表扬不知道该怎么回复比较好，只好用自嘲的方式回应道："其实，都是当局者迷，旁观者清。你看我，平时把你们的事情分析得头头是道，但是自己的工作生活却处理得一团糟。"我想起吴薇的下落，再一次忐忑不安起来。

章玫看着我窘迫的样子，扑哧一笑，喝了酒而泛起红晕的脸蛋如同花开一样美丽。但是这笑容一闪而过，她骨子里的忧郁很快就又浮现在了脸上。章玫顿了顿，继续说道："我十六七岁的时候，在班里有个特别贴心的闺蜜陶艺洁。我们两个住在同一间宿舍的上下铺，总是形影不离。

"桃子的父母也离婚了，她爸爸有了小三，也有可能是她父母本来就不合适，她爸妈离婚之后，她就和妈妈相依为命。"

章玫对我讲起她少女时代的经历。她自小父母离异，父母又重新组建了家庭，所以她成了多余的一个人。章玫从小是和爷爷奶奶在一起长大的，但是爷爷奶奶在乡下，章玫却要在县城里上高中，所以她平时在学校住宿。从上高中开始，章玫就和桃子是同桌，两个小女孩关系极好，桃子知道了章玫的经历后，很是同情她。桃子的爸爸出轨，离开了她和妈妈。桃子和妈妈相依为命，但是桃子好歹还有妈妈照顾，而章玫根本没有人理。

章玫每到周末要是回爷爷奶奶家的话，来回就要一天时间，所以回去特别麻烦。她也没有办法，就不愿意回去，但是一直住校又不是很方便，因为学校会关闭宿舍。所以这时候章玫就经常跟桃子回家。桃子并不住学校宿舍，因为桃子的家就在县城，距离学校很近。两个女孩子关系要好，桃子也没有其他兄弟姐妹，在家里也就是和妈妈相依为命，所以桃子也很欢迎章玫到自己家里住，两个女孩睡在一张床上，一块儿写作业。

桃子的妈妈对章玫也很是疼惜，给桃子做什么好吃的，也都很大方地分给章玫吃。这样快乐的日子过了两年，直到章玫和桃子上高三的那一年。

章玫实在不喜欢宿舍的氛围。在学生宿舍，要是关系好的话，可以是个温馨的小家；要是关系不好的话，那就是一个修罗场，特别是女生宿舍——传说中的五个女孩子有四个微信群，在现实中是真实存在的。章玫人漂亮，成绩也比较出众，偏偏家境出了问题，招来了同寝室的一个女孩子宁晓璐的嫉恨。宁晓璐人长得很粗壮，比一般的男孩子都要有力气，在学校里，有几个女孩子跟她拉帮结伙，因为她能帮人出头，威胁其他同学。宁晓璐还时常炫耀自己和校外的一些小混混关系很好，她的干哥哥就是当地的一个厉害的混混。宁晓璐对章玫很是嫉恨，只要章玫在宿舍里，这个女孩子就一定给章玫捣乱，甚至挑衅。据章玫说，这个宁晓璐还剪破过章玫的内衣。章玫性子倔强，和宁晓璐正面冲突过，桃子性格柔弱，她担心章玫惹了宁晓璐这样的人会不安全，所以要章玫去自己家里住，甚至连章玫的行李箱都拉到自己家里去了。章玫对桃子很感激，也时常给桃子补习功课，两个女孩子在校园里，人又漂亮，成绩又好，有不少小男生暗恋。

那天，章玫和桃子下了晚自习之后，一起去桃子家里，从学校出来，要穿过两个路口，才能到桃子家。桃子的妈妈因为天黑担心两个女孩子不安全，也经常在八九点钟她们下晚自习的时候，到第二个路口接上章玫和桃子。

2010年5月18日，章梅这辈子都忘不了那一天，但偏偏在那一天晚上就出了事情。两个小姑娘青春靓丽，正是散发着诱人的芬芳的时候。当她俩刚走到那个路口，旁边一辆面包车上突然下来几个小混混，很快地围住章玫和桃子，就把两个女孩子强行拽到车上，她们拼命地挣扎，拼命地喊救命。那几个混混使劲捂住她们的嘴，抓住她们的手脚。桃子身材更弱小些，很快就被混混强行塞到车里，章玫强壮一些，死死地拽着车的把手，不肯上车。小混混拼命往车里推章玫，就在这个时候桃子的妈妈也刚好赶到这个路口，桃子妈妈看到桃子被几个小混混塞进车里，章玫正在挣扎，赶紧跑过去，推开小混混，一把把章玫拽了下来。

桃子妈妈把章玫从车上拽下来之后，一边大喊让章玫快跑去报警。一边上车，要把桃子也救出来，这个时候周边已经有人发现不对劲，往这边赶了，有几个男人已经朝着面包车这边奔跑过来。就在桃子妈妈在车里要救桃子的时候,车外的几个小混混见情况不妙,就赶紧钻进了面包车,疾驰而去。而桃子和桃子妈妈都在车上,并没有逃出来,章玫吓蒙了一会儿,这才请路人帮忙,打电话报了警。这个小路口并没有监控,路人发现那辆面包车车上又没有车牌。

章玫报警之后,警察先询问章玫桃子和桃子妈妈有没有外部债务?有没有和其他人有纠纷?章玫没法回答,两个来调查的警察和章玫要了桃子妈妈和桃子的手机号码之后,就离开了,让章玫保持手机畅通,等消息。章玫一直持续地拨打桃子和桃子妈妈的手机,手机一直是关机状态。但是一连几天,桃子和她的妈妈都没有消息,章玫惴惴难安,不知道该怎么办。担心得揪心揪肺,但是却毫无办法,这种感觉让章玫连续三天都没能好好地吃饭睡觉,她和学校老师请了假,章玫下决心一定要找到桃子母女(这感觉我也越来越强烈了,这种无力感让人绝望沮丧,心如刀绞)。

章玫思来想去,猛地想起来,桃子对她提到过一个远房舅舅在县城当警察,好像还是刑警。章玫在桃子家里,找到了桃子妈妈常用的那个电话本,终于找到了桃子表舅的联系方式。桃子的表舅姓尚。章玫打通了这个尚警官的手机,在电话里告诉尚警官桃子和桃子妈妈被一辆面包车掳走,已经三天了,人联系不上,人也消失不见。尚警官大吃一惊,吩咐章玫原地不动,他立刻赶过来。

尚警官到了桃子家里,见到章玫,详细询问了章玫和桃子的关系,还有当天晚上的事情经过,并询问了章玫当天报警后出警警察的警号和姓名,可惜章玫已经不记得这些了。尚警官在巫山县刑警队工作,他得知这些之后,立刻打电话联系当天出警的派出所民警,询问情况,那两个问了问就离开的辅警这才不敢大意,把当天走访目击群众的笔录交给了尚警官。尚警官仔细看过笔录,发现有一个小混混被目击群众认了出来,正是县城出名的烂仔丁爽。尚警官正在全力寻找这个丁爽的时候，桃子和妈妈的尸体在县城的水库内被发现了。

两具女尸全身赤裸。经过法医尸检，确认两个可怜的女性在临死前遭受了非人的折磨，而她们死亡原因是因为下体被刺入异物，刺破子宫，造成腹内大出血。二人的尸体肛门处，被用钩子钩破直肠，钩子有环，另一头被绳子拴住勒住了脖子。桃子母女死后，凶手用铁丝把尸体捆上水泥块，丢到了水库里。没想到被清理船打捞上来，要是没能及时发现尸体的话，桃子和妈妈的尸体在水库里，估计几年时间能烂成白骨。案子的性质极为恶劣，被当地警方列为"5·26"特大案，并成立专案组侦破。尚警官也是专案组成员。尚警官经过详尽严谨的走访，确定了当时掳走桃子母女的那几个混混是当地有名的黑恶分子。但是尸体被发现之后，这几个黑恶分子都已经潜逃到外地，如同人间蒸发一样，再无音讯。就连那个丁爽，也完全消失不见。这几个混混，早就成了网通人员，但是八年时间过去，仍然没有抓捕归案。

根据尚警官的调查，那天丁爽等几个小混混把桃子母女塞到面包车带走之后，面包车曾经开进了当地一家小有名气的民营企业家的会所里。但是尚警官没有足够的证据进去搜查，而章玫母女被害距离调查已经过去两个月，破案的黄金期早已过去，估计所有关键证据都已经被毁坏殆尽。因此，桃子母女从被那辆面包车强行掳走之后，一直到死亡抛尸的这两天两夜里，究竟经历了什么，究竟是谁对她们下了毒手，都无从得知了。

章玫幽幽说完，对我叹了口气："甄老师，时间过得飞快，这件事在我心里压了八年了。我睡着的时候，时不时会梦见桃子和阿姨，她们浑身是血，哭着跑，却跑不掉，我甚至还能听到她们对我喊救命，桃子还喊疼。我去认尸的时候，她们的那个样子让我这辈子都忘不了。"

我点点头，点上一根烟，对章玫说道："这世上是不存在真实的人间蒸发的，只有两种可能：一种是人死了，尸体被处理到某个不为人知的角落里；一种是人活着，冒用他人的身份活着。"

章玫和我说起这些往事，我们两个也没有了继续撸串的兴致，沉默了一阵之后，我们干掉了杯中酒，就回去了。到了家里，我本以为还能再问桃子一些关于这个案子的细情，但是我晕乎乎地往床上一躺，就呼呼睡去了。

次日醒来，我发现自己身上盖着被子，已经想不起回来后发生的事情了。我打开卧室门，往外看去，有那么一瞬以为自己时空穿越到了其他地方——客厅里沙发上乱七八糟的书和衣服，都已经被收好，地板上堆放的东西也都被整理干净了。而地上还蹲着一个身材修长的姑娘，正在擦地板。

章玫听到动静，转过头来，对我说道："甄老师，你醒了啊。我早上看了看我的银行卡余额，发现我要是雇用你帮我查案的话，就没有钱付房租了。所以我想和甄老师商量下，我先借住在你这里，用做家务来抵偿房租，你看行不行？"

第四章　答应委托

我和前妻共同生活的十多年来，家用一直都是我在付钱，可能骨子里认为男人养女人是天经地义的事情。虽然章玫和我的关系，可以说什么都算不上。但是一个小姑娘这么勤快地帮我打理家务，我根本就没想过和她要房租什么的。我笑着回答道："房租不用你管，反正这三年我要是在北京混不下去，也就离开这个城市了。这套房子，我已经付了三年房租，一切都三年后再说。"

章玫给我做了个"OK"的手势，然后又"耶"了一声，一扫昨晚的阴霾，笑着说道："哎，甄老师，我就知道，你这个大叔，面冷心热，是不会和我这么一个小姑娘计较的。那就请甄老师先去洗漱，我已经熬好了甜粥，一会儿咱们吃了早饭，我再把我这几年所做的调查讲给甄老师听。"

我本不爱吃甜食，但是没想到章玫这小丫头的厨艺这么好。虽然头一天晚上我还撸了串，还喝了不少啤酒，但是早上这碗甜粥，我却足足喝了三碗。章玫每次看到我把碗里的甜粥喝完，就把我的碗抢过去，给我再次盛满。章玫熬的甜粥，喝到胃里很温润，仿佛把头一天晚上胃里酒肉的燥气都化解了一般。章玫看我喝粥很满足的样子，下巴上翘，得意地对我说道："甄老师，你是不是没想到我烧饭这么好吃啊？"

我稀里呼噜地把嘴里的甜粥咽下去，说道："是啊，我真没想到你这么个九〇后小女孩居然会做饭，还做得好吃。你们不都是叫外卖的吗？"

我话音未落，就看到章玫的眼神黯淡了一下，我还在想我哪里触碰到了这个小美女的伤心点，章玫开口说道："甄老师，我爸妈离婚早，而且都再组家庭了，我对于他们来说，就是个负担累赘，我妈又生了个儿子之后，我的死活就不在她眼里了，我爸爸倒时不时偷偷给我些钱用，我上大一大二的时候，我的奶奶爷爷也相继过世了，所以这个世界上，也没什么人在乎我了。我爸给我的钱，也就是让我在校园里勉强吃饱饭而已。可是女孩子嘛，你知道的，总要买些衣服、口红、化妆品。我的同学里，就有被大叔包养的，日子过得很舒服。但是我受不了这个，我想自己有手有脚，凭什么不能自己赚钱，所以我从大一开始，就各种兼职赚钱了。生活很累，除了努力赚钱之外，还得努力地攒钱，因为作为一个贫困大学生，如果我不能学会各种省钱方法，那么赚的钱将永远赶不上花钱的速度。更何况，我还打算攒钱去考警校的研究生，我想当警察，我想亲手抓到那些害死桃子母女的浑蛋。

"但是一个人的时间是有限的，精力也是有限的，我发现自己把大部分时间和精力都投入到赚钱之后，就再也没可能考上研了。然后我就想着，要攒一笔钱，用这笔钱去找一个人，能够帮我找到当年的真相，找出凶手，把他们送到监狱和地狱。

"刚开始的时候，我还以为自己能找出真相，但是等我真的要去做这件事的时候，就知道难了。"

我问章玫道："所以一年半以前，当我开始在论坛里发各种破案的故事的时候，你就关注我了？"

章玫点点头道："是的，我那个时候模模糊糊地有点意识，那就是我做不到，未必别人做不到，所以我可以想办法找一个靠谱的人帮我。于是我经常在论坛里逛，就是想找一个甄老师你这样的人。

"甄老师，我和你在网上认识一年多了，说真的，我对网上认识的人并不是轻易就相信的，毕竟网上水深。但是甄老师你不同，你给我的感觉就是一个光明磊落的人。我还在你的粉丝群里观察你，直到有十几个粉丝的各种小案子在你的帮助下，都找到了答案之后，我才确定你就是我要找的那个人。"

章玫继续说道："甄老师，其实我也知道跑到您家里来蹭住和您说这种事，挺不好意思的，但是我也实在是没有别的办法了。桃子的案子真相我找不到的话，我没法安生；但是我也知道，时隔八年要想破案几乎不可能。所以我给自己加了个期限，那就是两年。要是两年后再找不到答案，我就放弃。我毕业后这几年，大概攒了个二十万，我打算把这些钱都给您，只要您帮我找到当年的真相和答案。

"当然，我会陪着您去做事的，只不过我这两年不去工作，一件事是桃子这件事，另一件事是照顾甄老师的生活，只要甄老师能够给我张床睡觉，管我吃饭，就可以了。"

章玫说完这些话，脸上飞起了红晕，煞是好看。我万没想到，章玫提出的事情，居然是这样一件事情。我和章玫在微信里很是聊得来，就如同久未蒙面的忘年交一样。而且这一年半时间里，正是我的整个人生大转型的时候，章玫也经常在我沮丧的时候安慰我，所以章玫这个时候对我提出要求，我还真是不忍心拒绝。可是两年时间，如果都纠结于一个案子的话，那估计以后什么日子都不用过了。

我略做思索，对章玫回复道："两年时间太久了，我建议你，不要用时间来做这件事情结束的节点，而是用这次是最后一次努力做这件事情的结束标志。这次，我和你全力去调查当年的真相，要是实在查不出来，那就放弃。"

章玫先是迷蒙了一下，但是随即高兴起来，对我说道："甄老师，你同意了啊。太好了，那你给我个账号，我把钱转给你。"

我嘿嘿笑道："钱的事，不用着急，去查这个案子，肯定会有不少支出，这些费用，你都先负责支付就好。至于我的劳务费，等咱们做完这最后一次努力之后，再决定你付给我多少钱。而且你真是个倔强的姑娘，这些东西你完全不用大老远拉过来，因为要想破获这个案子，我肯定得和你去巫山县，在那里查找线索也是可以的。"

章玫笑道："我没想到甄老师答应得这么爽快，我还想着，要是不答应，我就先在你家里住下，然后一天一天磨你，直到磨得你答应为止。"

我对章玫说道："桃子这件案子，我明天开始梳理，今天我先把该完成的故事写完，该直播的内容做完，你刚到，正好布置下你自己的房间。你看怎么样？"

章玫高兴起来，活泼得像个小女孩一样，转了个圈，对我说道："好的，那就请甄老师去忙自己的，我先把房间整个打扫干净，然后再布置我的小房间。等吃饭的时候，我再叫甄老师好了。"

一个白天过去，我感觉章玫的到来让我的家变得有活力了，章玫给房间里布置了绿植，还挂了画，给自己铺上了粉色的床单，给我换洗了生活用品。

晚上九点，我准时开始凶案直播，直播间里的粉丝还等着我给他们讲述密室杀人案。

我刚清了清嗓子，在镜头里和已经等待的粉丝打招呼："朋友们晚上好，我是讲故事的老甄，今天继续讲述，密室杀人案之思维盲点。其实只要是人，就会有先入为主的盲点，所以严谨的思维训练能够让人保持冷静，仔细地分析各种可能。"

直播间的公屏里，若干熟悉的粉丝已经纷纷留言：

"老甄,你说的那个密室杀人案的真凶是不是保姆阿芳?"

"不对,肯定是房间里有暗道。"

"我觉得是开门的保安,因为一开门,他就跑掉了,肯定是心中害怕,不敢面对死者。"

我先停顿了一下,等粉丝互动一会儿,再给他们讲述密室杀人的关键。但突然间,一段语音留言发了过来,而发送者正是号称杀人上瘾的毒刺:"老甄,我又来了。你那个密室杀人案的凶手,应该就是报警的任老太的侄女梁娟。"

有粉丝立刻反问:"那个吹牛的又来了,怎么可能是梁娟,要是她杀的人,为什么她会报警?"

"是啊是啊。还有,你这个毒刺,怎么好几天没来啊?"

毒刺留言道:"老甄,你先讲完这个所谓的密室杀人案吧。然后我再说话。"

我仔细回想了这几天的直播情况,没有见到毒刺上线的痕迹,那么他是怎么知道我这两天讲的密室杀人案的细节呢,而且还一下子就找出了凶手?那就只有一种可能,在围观我直播的三百多个粉丝中,有一个是毒刺的另外一个账号,只是那个账号从不吭声,而是默默地窥屏,而他想讲述自己的故事的时候,就用毒刺这账号。但是要在这一万多名粉丝中,找出毒刺那个沉默的马甲,是不可能的事情。

我在直播间讲述的密室杀人案,是这样的一个故事。任老太无儿无女,双腿瘫痪,平日由一个保姆阿芳照顾生活起居。任老太有个侄女梁娟,每周过来看望一次。任老太居住在一栋老旧小区的小两居中,如果任老太去世,在没有立遗嘱的情况下,这套房子将会被侄女梁娟继承;但是如果任老太立了遗嘱,要将房子留给保姆阿芳,也是可以的。一天,阿芳和梁娟联系,说自己父母出了点事情,她需要请假回去四天,这四天需要梁娟来照顾任老太。梁娟同意。就在梁娟照顾任老太的第三天,却发现任老太房门反锁,用钥匙打不开了。而且梁娟怎么敲门,门内都没有反应,任老太瘫痪,只能通过轮椅活动,不可能自己出门。梁娟担心任老太出了事情,所以喊了执勤的保安老罗,过来帮忙将任老太的老式防盗门暴力破开。老罗是个热心人,找了一根撬棍,将任老太的房门打开,没想到却看到任老太被吊死在了进门处的暖气管道上。梁娟当时眩晕了一下,老罗也被任老太的死状吓了一大跳。梁娟平复了一会儿,要老罗赶紧去报警,自己在这里等着。老罗害怕之余,巴不得赶紧脱身。片区民警很快赶到,随后警方和救护车都来了。从老罗报警,到片区民警赶到,一共只有三五分钟的时间。这个老旧小区楼道里没有摄像头,任老太的窗户外都安装了防盗网,因此任老太的死亡现场是个密室。警察通过现场勘查和现场模拟,可以确认任老太没有能力把绳子挂在暖气管道上自缢身亡,所以任老太肯定是他杀。警方经过调查,保安老罗曾经想找任老太借钱,被任老太拒绝并辱骂;梁娟和任老太关系一般;保姆阿芳根本就没有回老家,而是就在附近的小旅馆和男友幽会,阿芳的男友说,任老太人小气刻薄,却整天和阿芳说,只要好好伺候她,给她养老,就把这套房子留给阿芳。阿芳的男朋友是个有犯罪前科的人。

从讲故事的模型简化来说,凶手就是故事里说过的人。直播间的粉丝,有猜测阿芳的、老罗的,还有阿芳男友的,但就是没有怀疑梁娟的。只有这个毒刺,一开口就说中了答案。

真凶就是梁娟。因为所谓的密室,其实不是空间,而是人的思维盲点。老罗见到的是密室;老罗离开后,警察见到的也以为是密室,但是在老罗报警之后,警察赶到的三五分钟里梁娟独自面对的现场就已经不是密室了。所以真相是,梁娟在照顾任老太的时候,无意中发现了任老太的遗嘱,居然真的想把房子留给保姆阿芳。于是心中起了杀意,梁娟和姘头王某密谋，想到了一个好办法，那就是在凌晨三点半的时候，王某在梁娟的帮助下，进入了任老太家里，二人合力将任老太吊死，然后找到了任老太的遗嘱，烧掉之后，扔到马桶里冲走。这之后，梁娟离开，王某留在屋内，从门内反锁。六点半的时候，梁娟再次回到任老太这里，门窗都已经被王某从房内反锁，梁娟用钥匙假意开门，但是打不开。于是梁娟喊来保安老罗帮忙，打开房门后，梁娟将老罗支出去报警，趁老罗离开的这几分钟，王某从房间里出来离开。等老罗带着社区片警到达现场的时候，就又会先入为主地把案发现场当成密室。

我把案子的答案抽丝剥茧地在直播间讲述了出来，群里的粉丝沉静了一会儿，议论道：

"没想到这个毒刺居然猜对了。"

"人家真的杀过人啊，所以肯定能想到凶手的想法咯。"

"哎，你们有没有听过那个什么联邦调查局的故事啊？就是说，测试你是不是天生犯罪人。我记得其中一个测试是这样的：有母女三人，母亲死了，姐妹俩去参加葬礼，妹妹在葬礼上遇见一个很有型的男子，并对他一见倾心。但是葬礼后那个男子就不见了，妹妹怎么找也找不到他。后来过了一个月，妹妹把姐姐杀了，为什么？"

毒刺的声音突然插了进来："因为那个妹妹为了再次见到那个男子，所以要杀了姐姐再次制造一场葬礼。"

毒刺继续留言道："我上次说过，我制造了意外的样子，杀了老A之后，考上了外省的一所百年老校，本想把那件事彻底忘掉，重新开始新生活，但是我万没想到的是，命运给我的安排，不是好好读书，而是继续杀人。"

我在直播间里笑道："这世间，人分善恶，只不过有的人善多了些，有的人恶多了些，所以有的人天性纯善，有的人却是天生恶人。而对于想杀人的人来说,杀人只不过是需要找一个理由罢了。毒刺你说,杀人才是你的宿命,难道你遇到的问题,除了杀人之外,其他方法都解决不了吗?"

毒刺语音道:"嘿嘿,老甄你说得有道理,但是有时候,只能以杀除恶,杀人不是唯一的解决办法,但却是最彻底的解决办法。我还是先讲我的经历吧。我的时间不多。"

毒刺为什么说自己时间不多呢?这个时间不多,究竟指的是什么?

毒刺继续语音:"我杀的第二个人,是我的大学老师。我的大学老师有个绰号,花匠。你们听这个名字,就知道他是个什么人了。他是我们的一个专业课老师。身高一百六十五厘米,矮胖矮胖的。平时上课的时候,最喜欢做的事情就是凑到女同学的身旁,假装问一下人家的问题,用手拍拍女生的肩膀揩油。有一次,甚至对一个女同学说'呀!你戴的项链好漂亮',然后伸手去摸了人家的锁骨。"

这样猥琐的男老师,我上高中的时候也遇到过,我那个高中男老师的癖好是让来提问的女生,坐在自己身边,然后拍女生的大腿,特别是夏天衣服穿得少的时候。等我们高中毕业的时候,我和几个要好的男同学,把那个老师打了一顿。这件事也是我们青春期藏在心里的记忆了。那个猥琐老师后来也没有报警,可能是因为觉得自己心虚。

毒刺继续说道:"我们就称这个老师为B老师吧。其实如果他只是这么猥琐的话,我也不至于对他动了杀心。但是有一件事,让我对人性的卑劣有了更深的认识。我们班有一个女孩子,就叫她C姑娘吧,相貌虽说不上什么校花、班花,但是清秀耐看。她家境贫寒,是从贵州山区里考大学过来的。C姑娘从报到当天就面对着生活费的问题。我们班里的同学对她都十分同情。这个世界往往是这样:有的人天生条件好,但却不知道珍惜和努力;有的人天生条件差,却格外珍惜自己所有的一切。这个从山区来的女孩子，就在功课上异常努力，因为没人供养她上大学，而且她不但要赚取自己的学费和生活费，还要给她的妹妹攒学费。如果她不能挣钱给她妹妹学费的话，她爸爸妈妈就要她妹妹辍学，出去挣钱，给她们的弟弟娶媳妇用。往往越是落后的地方，就越是重男轻女。因此这个女孩子对一切可以挣钱的机会都不放过。只要能够让她勤工俭学，她都不惜力气，做事认真勤恳，只为了自己能够生活得更好一点。可以这么说，当我每次对这人世间失望的时候，只要我看到C姑娘忙碌努力的身影，我就能感觉到这个冰冷的世界里的暖意。

"可是我万没想到，C姑娘大二下半学期的时候，在宿舍吃安眠药自杀了。一开始，我们很多同学都以为她因为家庭压力大，熬不过去了，所以才结束了自己年轻的生命。直到后来，C姑娘的日记本被她的室友无意间在C姑娘的床底下发现，我们才知道C姑娘自杀的真相。

"原来这个猥琐的B老师先是以假装给C姑娘介绍勤工俭学工作的名义，诓骗她去了自己的住处。他给这个C姑娘下了迷药，C姑娘喝了一杯水之后就人事不知了，醒来的时候发现自己赤身裸体，而B老师却正在拍照，B老师用裸照对C姑娘进行威胁，要C姑娘时刻听从他的安排，陪他上床。

"C姑娘来自保守的山村，接受不了这个，也不敢报警，而且B老师不管C姑娘在做什么，时不时地出现在C姑娘打工的地方，对C姑娘上下其手，占她便宜。这样噩梦般的日子C姑娘过了一年，终于，她再也忍受不了这种生活，给妹妹留了一笔上中学的学费之后，在宿舍里吃安眠药自杀了。

"当我知道这个消息之后，我的灵魂深处有一种巨大的愤怒。这种愤怒令我又想去杀人了。这个C姑娘是那种会让我心疼的人。虽然我和她之间并没有什么关系，可是人与人之间的缘分根本说不准，我决定为她做点什么。"

第五章 | 再次行凶

毒刺说完这些，我的直播间里一片沉默，仿佛粉丝们都想起了自己学生时代遇到过的好老师和坏老师。人是复杂的，不管什么岗位上的人都是复杂的，都有各种各样的。就如同我们的求学时代，碰到一个好老师，可能会让我们积极向上，而碰到一个坏老师可能会让我们堕入深渊。警察，也有好警察，也有不好的警察，只有当好警察的数量远多于不好警察的时候，社会秩序才能稳定，各种犯罪才能被制止，各种犯罪者才能受到应有的惩罚。

而在特殊的时期或特殊的地方，好警察不敢出头，坏警察非常跋扈的时候，这个地方就必然罪恶横行，无人敢管。所谓打黑除恶，就是要打击"保护伞"这个罪恶之源。毒刺成长的每个时期，还真是遇到了各种各样的坏人，不知道怎么的，我对毒刺的经历才有了一种同情。这世上有多少人在自己成长的关键点，往往遇不到对的人，遇到的都是把自己带入深渊的人。

毒刺继续说道："我特别想杀死这个B老师，但是我不能让他那样悄无声息地死了，那样杀死他一点都不难。就算杀死他全身而退对我来说也不是什么困难的事，可是我想挑战一下谋杀的新高度，我要在众目睽睽之下把他杀死，还要死得很惨，要让别人知道，做了坏事是一定会有报应的。我要在阶梯教室里，在同学上课的时候把他杀死，还不能让别人发现是我做的。"

这时候直播间的粉丝已经议论起来了。有人在群里说道："这个毒刺是看电影看多了吗？看了电影《意外》来给我们讲各种故事吗？"

另一个粉丝则说道："不用管他是看电影自己意淫的，还是真的做过了。反正我是听得很兴奋。听他继续说吧。"

毒刺继续道："我记得有一句话叫学好数理化，走遍天下都不怕。当我喜欢杀人的时候，我确定这句话说得真是太有道理了。我怎样在众目睽睽之下让他死掉呢？而且还要让别人相信人作孽，天罚之？"

这个时候有粉丝问道："发现那本日记之后，你们没有报警吗？"

毒刺说道："C姑娘的日记里写的只是那个老师的姓氏，警察也并不能只根据一个姓氏就确定是他，而且C姑娘终究是自杀的，和B老师没有直接的关联性，所以警察来调查之后也只能无可奈何。天网恢恢，却有很多漏洞，有太多罪恶却只能是道德谴责，并不能法律制裁。既然法律不能制裁他，那就由我来制裁他好了。"

毒刺说到这里，突然说道："今天我不方便了，下次上线的时候再跟你们说。不好意思啊，老甄。这样下去，你的直播间搞得好像是我的直播间了。不过我相信你很大度，不会在乎的，再见了。回头再说。"

毒刺说完，就再也没有声音了。直播间的粉丝很是议论了一阵子："他还要在众目睽睽之下杀人。他怎么杀人？那只能是制造意外了。"

直播间中有人跟我说："老甄，这个人很容易找出来。如果他说的是真的，你只要上网搜一下，哪个学校，哪个教师，在教室里意外死掉了，就行了。"

另外一个粉丝迅速反驳道："也许那本来就是场意外，只不过被这个危言耸听的家伙描述成了谋杀，好让别人注意他而已。"

其实我们看到的案子是谋杀还是意外，都是警方给我们公布的结果。这些案件对于我们来讲是新闻，对当事人来讲是深受其害。但对于警察来讲是工作，有负责的警察，也有不负责的警察，有追求真相不放松的警察，也有着急结案的警察。所以对案件的公布结果，你可以选择相信，也可以选择不相信。

就算我们在网上找到了相关的痕迹和信息，也只不过找到毒刺大学生活的线索而已。单凭这些想找到他，根本不可能。

我担心吴薇，忍不住再次打电话给李强，李强把我的电话挂掉了，看来是开会或者忙碌中。一直等了两个多钟头，李强才给我回电话，开门见山地对我说道："我最后获得吴薇手机做的定位，是三天前，也就是九月十七日在一个汽车维修厂里头，我也调取了停车监控来看，但是从监控中没有发现吴薇出入那个汽车修理厂的踪迹，那个修理厂我们也通过其他理由检查过，没有什么异状。我唯一的收获就是在那个汽车修理厂的垃圾桶里找到了吴薇的手机。"

从李强反馈的信息来看，吴薇真的可能出了意外。我打电话给梁欣，告诉他李强查到的结果，梁欣在电话里的情绪已经激动起来，他非常着急，立刻约我跟他一起去那个修理厂查找线索。

我知道有时候有些人在面对警察的询问时，未必肯说出全部真话，但是面对钞票时却可能告诉你很多额外的信息。我和梁欣约定好了时间去那个修理厂寻找吴薇最后的线索。

根据李强给我们提供的信息，吴薇在这三天之前，肯定出了什么问题，不然她的手机不可能凭空出现在那里。我在体制内工作的时候，也去调查过线索，知道该怎么从这些人嘴里抠出真相来。梁欣作为资深的社会新闻记者，也很清楚该怎么买通这些人得到真相。梁欣问了我的地址，开车过来接上我去找吴薇。章玫也很是好奇,要求跟着我们一起去见识最基础的线索查找。

我们一行三人找到那座汽车修理厂,没有直接进去,而是假装修车,找到汽车修理厂里的一个小工,梁欣从口袋里掏出一盒苏烟,这盒烟一百块钱,掏出一根,递给那个小工,对他问道:"师傅,有件事跟你打听一下,我们家人的事儿,不白问,帮个忙。"那小工四处望了一眼,这才悄悄地拉着我们到了修理厂的一个角落,问我们道:"你是不是问警察在我们这垃圾桶里找出一部手机的事情?"我和梁欣对视一眼,心说有门。我点点头说道:"对,那个手机是我们的亲人的。她现在不见了,可是她手机出现在这里,你知道些什么吗?"

梁欣从钱包里掏出了五百块钱,在小工面前晃一下。小工的眼神中闪了一道贪婪的光,说道:"哎!这也是你们赶巧问对了人。你问别人,别人也未必知道。因为那天我正在修车,从外面开来了一辆红色马自达六。我对这个车情有独钟,因为小时候我们一个邻居的女孩特别漂亮,开的就是这款车。而且我也正是因为看到那辆车后,我才决定干修车这个行业。那辆红色马自达六开进来后,我还特别高兴来着,以为车上会下来一个穿着超短裙露着腰的长腿美女,结果没想到车门打开之后,车上下来矮胖矮胖的一个男的,长得还挺丑。我本来一腔热血想好好干活,却迅速没兴致了。我都没主动地过去拉活,但没想到那男的看到我,就喊住了我。那男的也特别没礼貌,说话特别横,上来就说:'我这车出毛病了,你们给我修好,修不好的话,你们等着。'这样的主我们也不敢得罪,因为你不知道他会干出什么坏事来。所以我就瞄着他。一般的车主是这样的,在车交给你修的时候,有的人是对你特客气,生怕你给他车搞点破坏,换个配件,就客客气气地盯着你把车修完;有的人呢,就是完全不管,自个儿跑到旁边休息区划拉手机去了。

"可是这矮胖子不同,这个胖子眼神特别鬼鬼祟祟的。我一检查他车的毛病,就确信电池损耗了,有时能启动,有时不启动,再不换电池车就可能趴在路上。我发现这个胖子在我换电池的时候,假装在车里清理垃圾,然后从车里拿出个什么东西来,用纸包上,走到我们的那个垃圾桶里,随手就把那东西扔垃圾桶里了。我当时还以为可能是车上的避孕套什么的。这种事太多了,你不知道我们那些洗车的小伙子,在汽车里不定吸出过多少个避孕套来。

"我一开始还觉得挺恶心,就说这胖子居然还能有人跟,后来想一想,也许他花钱找的妞。我在修车的时候怎么看怎么都觉得这个车的车主是女的,也不知道这胖子跟车主是什么关系。因为那辆车里有好多粉色的毛绒玩具。

"为什么我认为那死胖子扔的是那部手机呢?因为这三天来一直都是我值班,就再没有人往那个垃圾桶里扔过什么东西,那个垃圾桶通常都是满了才倒,所以才让警察找到了手机。前天,警察把我们每个人都问了一遍,我怕惹事,就什么都没说。

"你们不是警察吧?我看着你们不像?警察眼神里有那种刀子一样的光,你们眼里没有,你们眼里就是着急,所以我觉得你们跟警察没有关系,肯定和那手机的主人有关系。"

我点点头说:"师傅,你放心,我们就是自家亲人丢了,所以着急找,警察效率有时候不那么高,毕竟警察有那么多案子要查的。"那修车工点点头,很同情地跟我们说:"对,我小时候有同学也是失踪了,家里可着急了,报了警也没找着。"梁欣继续问道:"那你能想起来那辆红色马六的车牌号吗?或者那个矮胖子的电话号码什么的?"

修理工想了想,说道:"车牌号,你们等等啊。我看看手机,我当初好像是手欠，把那辆车和那个死胖子拍下来过，但是你们想要这个照片可不能只给我五百，得给我一千。"

我们花了一千块钱，从这个修理工手里拿到了线索，线索是真是假并不确定，但是我们得冒这个险。不过从修理工絮絮叨叨的叙述中，我们认为他说的十有八九是我们需要的线索。我们现在有的线索是，一个扔掉吴薇手机的猥琐的胖子的照片，还有这个胖子驾驶的红色马自达六的车牌号码，那么剩下的就是得想办法找到这个人和这个车的相关信息。

在这个时代，只通过照片找到一个人有难度。但是只要有这个车牌号或者手机号，想找到他的相关信息却非常容易。这就是社会上有那么多的调查公司都能够活得很好的原因，他们都有自己的特殊渠道找出你想要的信息来，只要你肯付钱。

我的方法就更简单了，直接把这些东西给了跟我熟悉的一个专门负责调查的朋友老周，真名叫周伟，让他去查出这个车牌号码的所有信息来。可惜那个修理工没有留下那个胖子的联系方式。如果有那个胖子的任何手机号码等信息的话，那么想找到他，也只不过是一天两天的事儿。

消息回复得很快，那辆车真的属于一个女人。我们从调查公司那里得到了车主的姓名（程思颖）、身份证号码、证件照、手机号码，还有她常用的通信地址。资料显示车主是一家企业的公关经理。从证件照片上看，也是风韵犹存，虽不年轻，却有一种成熟的美丽。

这样的角色可就不是这个修理工那么好对付的了。我们想从程思颖身上获得消息就没那么容易了。但是为了找到吴薇，不管想什么办法，付出什么代价，只要不是犯罪的代价，我们都得去试一试。

我们很快就根据地址找到了这家公司。梁欣充分发挥了他的魅力，用了不到两分钟，就从这家公司前台美眉那里把程思颖的所有信息都打听了出来，甚至还得到了这个女人的八卦。

前台说她是一个什么税务机关的小领导的小三。这个消息对我们来讲是有用的。你想让别人告诉你一些事情，她不一定愿意搭理你，也未必肯告诉你，因为这件事情可能是她并不想让别人知道的事情。那就只有两种办法，一种办法叫作利诱，另一种办法叫作威逼。利诱，对这个女人来讲未必有用，但是威逼对这个女人来讲就一定有效果。

从这个女人肆无忌惮地让她公司的其他人知道她是别人小三的事情来看，说明这个女人风流成性。她不在乎，可是那个男人的老婆却未必不在乎。

剩下的事情就完全可以交给那个调查公司来做了。毕竟这种游走在法律边缘的事情，我们不宜出面再做了，只需要付钱解决的问题，远比自己真的去做要省事得多。在这个世界上能用钱解决的事情，都不算什么大事。直到有一天你面对你可能要付出生命的代价才能解决的问题，那才真是要了命的问题了。不然怎么都会说叫要命的问题，而不会说叫要钱的问题呢？

破案是有成本的。我们在花费了几千块钱之后，拿到了这个叫程思颖的公关经理的资料，还有她与她那个情夫（范某）同时从宾馆房间里出入的照片，同时也拿到了他情夫范某的资料、联系方式，以及范某的妻子的手机号码等资料。

章玫出面，把程思颖约到一家咖啡馆里。我和梁欣坐在她附近不远，观察她回答问题时的表情。人有时撒谎是本能，撒谎的时候，语言上未必能分辨出来，但是表情上往往能分辨出来。

梁欣还用了他们媒体专用的偷拍设备把程思颖的所有反应都录了下来。程思颖一开始还气势汹汹，各种吓唬章玫，直到章玫拿出她和人开房的照片来，并且拿出了老范夫妻的电话号码放在程思颖面前，这才把程思颖吓了一跳，她连忙问章玫要多少钱？章玫很明确地告诉她，不要钱，只

需要她如实回答几个问题：九月十七日，那个开着她的车去修理厂的人是谁？程思颖的脸上迅速浮现出来了更为戒备的神情。但是在无奈之下还是开口说道，那天开着车帮她去修车的矮胖男人是她在夜店认识的，一个追求她的小伙子。她不知道这个小伙子真名叫什么，只知道他的绰号叫可卡。程思颖有可卡的联系方式，我给章玫发消息，让她要求程思颖当着章玫的面，给这个可卡打电话验证她刚才说的是真是假。

第六章　犯罪推断

程思颖无奈之下拿出手机，给这个可卡打起了电话，而且还开了免提，铃声响了几次之后，电话中传来了宿醉未醒的声音："干吗啊？想我了啊？我还在睡觉，晚上去找你。嘿嘿嘿！"

程思颖脸上，一瞬间浮现出来了羞涩。程思颖说道："你说的什么乱七八糟的，我只是拨错电话了，你现在在哪儿呢？"可卡在电话里说道："我当然在酒店里啊，还能在哪儿？"程思颖看了看章玫的眼神，章玫摇摇头。

程思颖对电话说道："我没事，打错了，你继续睡吧。"就把电话挂掉了。她对章玫说道："你们要是找他，可千万别说是我告诉你们的。这个人可是混黑道的，我可不敢惹他。要是他把我和他那点破事抖了给老范，老范肯定不要我了。你确定你不要钱吗？"

我们不再搭理风流熟女程思颖，转身离开了。

这个叫可卡的肯定有古怪。但是我们怎么找到他？我们找他要怎么让他开口，这个就不是我和梁欣能做到的了。

我把这个线索提供给李强，李强肯定有办法对付这种社会渣滓。梁欣与李强也比较熟悉，毕竟他是社会类媒体，专门采访各类案子的资深编辑。他当记者的时候，也时不时和当时只当一个小警察的李强打交道，章玫见到我和梁欣在短短的两天时间内，就已经找到了很重要的线索，并且还能调动警方资源继续往下查找，对我更加佩服。

章玫问起了吴薇的事情，我笑了笑，没回答。这反倒让章玫更加好奇，女人往往对其他女人的感觉很灵敏。

我心中惦记着吴薇的事情，也静不下心来去写作，更不要说做直播了，索性就先把章玫纠结的桃子母女被害案整理一下。尤其是我的脑子明显在破案上，而不是在写故事上。

任何案子的侦破都需要一个过程，任何案子的侦破最核心的其实是一个具有足够逻辑思维的大脑。就算各种线索、各种证据就摆在你面前，可是你脑子里缺乏逻辑的时候，你其实什么都发现不了。只有当心中想到的时候，你才能看得到蛛丝马迹。

因为作案是出题，破案是解题。作案者在作案的过程中，会有意无意地留下各种线索和证据，留给破案者看到的一定是支离破碎的东西。

作为破案者，就必须具有这样一种能力，那就是得通过这些支离破碎的片段，把它拼成一整幅犯罪的拼图，这就需要一个具有极强逻辑思维能力的大脑。而我所具有的优势恰恰是这个大脑。

我让章玫把桃子母女被害案中她知道的所有细节，详细地给我讲了三遍。这三遍我仔细地听，默默记在心里，但凡有模糊的地方，我也反复盘问章玫。

整件案子其实并不复杂，犯罪过程也很容易推断模拟出来。第一，案发当日，丁爽等五个小混混突然出现在章玫和桃子二人面前，目标明确，并不是随机绑架女孩子。因为从那个路口经过的高中女生有很多，绝不只是章玫桃子二人。第二，从绑走女性性侵害犯罪的角度来说，犯罪者随机作案的，通常会选择夜间偏僻处独行女性，而不会选择高中女生集中通过的时候，因为大部分学生家长会在晚上九点钟的时候，去接自己的孩子的。从这两点来判断，丁爽等几个小混混的目标就是章玫和桃子二人，而不是桃子母女二人。桃子妈妈是因为要救自己的女儿而被卷进去的。那么就说明，丁爽等五人清楚章玫和桃子两名女生平时回家都是结伴而行的。清楚细节且目标明确，而那几个小混混又不是在校学生，充分说明有章玫和桃子学校的同学告诉小混混这些消息。

而从章玫反馈给我的有限的信息来看，尚警官当年的调查方向就已经是目击证人看到的丁爽。而这个丁爽劣迹斑斑，因此尚警官认为丁爽等五人的作案动机就是绑走女性性犯罪。对于警方来说，确定了犯罪嫌疑人，而且还有受害人在其手上，主要精力自然就在如何找到犯罪嫌疑人、救出受害人上面。可是，丁爽等五人很快就消失不见，桃子母女的尸体也被发现，警方剩下的工作就是要想办法抓捕丁爽等五人，至于犯罪动机等一切问题，只要抓到这几人，通过审讯获取口供，就一切都清楚了。

我给章玫分析道："第一，我推断丁爽等五人随机绑走女性性侵的动机，你的尚警官已经都调查过了，而且应该没有突破。那么我们先假定这个动机方向是错的，那么就可以考虑另一个方向了——那就是丁爽等人，目标明确针对的就是你和桃子。他们能够精准地在那个路口堵着你和桃子，一定有你们的同学和他们有联系。而把你们的行踪信息告诉丁爽等人的同学，就只有两种可能：首先，就是丁爽等人想知道你们学校漂亮的女生是谁，好不好弄到，你们学校有人把你们的情况告诉了他们。这个可能基本上可以排除，因为都到了开面包车直接绑走的程度了，完全可以凭自己目测哪个女生漂亮，趁其单独行走时直接绑走，完全不需要再找人打听。那么最有可能的也就是另外一种了，那就是外来的混混是你们学校的内鬼招来的，也就是有人招来小混混，要对付你和桃子，但是没想到桃子妈妈突然出现，事情失控了。对付一个成年妈妈比对付两个高中女生要麻

烦得多，所以，当桃子妈妈卷入事件之后，事情的性质就变了。"

章玫听我说到这里，眼睛猛地一亮，对我说道："甄老师，你这么一说，我想起来了，当年我有个高中女同学，叫作宁晓璐的，她就是看我不顺眼，但是我也不是任人欺侮的性子，因此和她冲突了几次，她多次和我扬言，会叫我好看。桃子和她妈妈出事后，那个宁晓璐好像突然收敛了很多，再没找过我的麻烦。我当时心乱如麻，心痛不已，也没注意过这些细节。你这么一说，我想起这个宁晓璐的不对劲的地方来了。"

我点点头说道："好，我刚才说的那点，你还需要联系尚警官去验证，如果验证了我说的是对的，那么就请尚警官去查一查这个宁晓璐的下落，我们得问她一些事情了。"

章玫说道："找到这个宁晓璐并不难，毕竟我们还有同学群，我找几个要好的同学多问一问，总能找到她的联系方式和下落的。"

我嘿嘿一笑，说道："如果你能很容易地找到宁晓璐的联系方式，那反而说明她大概率没什么问题了。只有你发现你们的同学都不太清楚她的行踪的时候，这才说明我推断的这个方向是对的。你不要着急，先听我分析完。

"第二，丁爽这几个混混，并不是你们县城当地人不熟悉的外来歹徒，而是你们县城人都熟悉的有名的烂仔小混混。那么案子发了，尚警官找到了目击证人，看到了丁爽之后，抓捕他们应该并不是难事才对，那么偏偏拘捕令下来的时候，这几个小混混就消失不见了，这说明，有人给这几个小混混通风报信，警队中有黑警通风报信。而从你给我的叙述来看，这几个小混混当时也不过是二十岁左右的样子，只不过是比不良少年大一点而已，凭他们的能量是不应该有社会资源，触动黑警帮忙的，那么，其中肯定有一两个小混混的家世背景很有势力，非富即贵。小混混团伙的构成往往是这样，当头的要么是特别心狠手辣的，要么是特别有势力且心狠手辣的，其余的人则是不良少年跟随做马仔的。你联系尚警官的话，请他把被通缉的丁爽等人的家庭背景资料提供一下。"

章玫听我说完，脸上浮现出了迷妹的表情，两手托着腮对我说道："哇，甄老师，你好厉害。我这就去联系尚叔叔，其实尚叔叔特别和蔼，而且为人正直，他还是桃子的远房舅舅，桃子爸妈离婚之后，尚叔叔经常照顾她们母女，这件案子不破，他也心中难安。"

我正色道："你先去和你的尚叔叔联系，找出那个宁晓璐的下落和联系方式，然后我再和你说第三点，也就是五个混混的消失之谜。不过要先验证之后，我才会告诉你下一步推断。"

章玫当着我的面拿出手机，给尚警官打电话，电话里传出一个五十多岁的男性的声音，声线浑厚，富有磁性，声音坚定，语气严肃，符合一名老警察的特征。章玫把我需要问他的关于丁爽等人动机还有无名混混的家庭背景的问题在电话里都传达了。尚警官那边很明显地传出了关门的声音，我推测尚警官是把办公室的门关上了。

这个动作细节表明，尚警官要说些紧要的话了："玫子，你说的这点，我当年的确没有查过，这个推断是谁给你的？虽然我不是一个能破疑案、悬案的警察，但凭几十年刑警的经验，我确定，给你这些推断的人是个高手。我当年的主要侦破方向的确是抓捕丁爽等人。这么说来，的确有可能错过了其他线索。关于第二点，丁爽等五人的名字和背景，我一直牢牢地刻在脑子里，这五个嫌疑人分别是丁爽、张涛、张方达、刘欢欢、周玉龙。其中丁爽的父母是普通的下岗工人，张涛、张方达的父母都是县城里开小铺子的，一个是小饭店，一个是服装店。刘欢欢父母的买卖大些，是开物流公司的。这四个小混混，都是因为父母疏于管教，不好好读书，也没有什么正经前途，因此都在街道上游手好闲，惹是生非。而这个周玉龙的父亲，则是当年的县政法委书记周强。我当时查到这些的时候，是在周玉龙的房子里找到了桃子母女的带血内衣，有了铁证，才能通缉周玉龙的，而周强则从证据摆上案头一开始，就和公安部门表态，事情涉及他的儿子，他绝不干预警方办案，而且回避此案。

"但是，在我从检察院拿到批捕程序的当天，原本监控的五个人就同时消失不见，人间蒸发了。我一直怀疑有人给周强通风报信，然后他通知儿子逃离。这种事肯定是内部人干的，可是周强当年在县里势力很大，不知道有多少人是周强提拔的，我根本就没法确定是谁通风报信的，也没法去调查周强是否包庇。

"周玉龙、丁爽消失两年后，周强调到了另外一个省去工作，就再也没有消息了。玫子，你告诉我，你和桃子在学校里有没有得罪什么人，或者和谁有过节，趁着现在我还没有彻底退休，还有一班徒弟，老下属在刑警队，还能查一查。不然这种悬案沉淀下去，没有特殊的机缘，很难有人真的用心去查了。"

章玫把宁晓璐的名字告诉尚警官之后，就挂掉了电话。

我听完尚警官的话，心中叹口气。因为我深知案子就是警察的工作，陈年旧案，想要侦破，要么就是影响巨大，要么就是上级督促，要么就是偶然破案，不然，案件沉淀下来，被害者尸骨喊冤，家人心力交瘁，放弃追捕，都属常见。要不是"命案必破"的紧箍咒管着，还不一定多少冤魂难以瞑目，但也是这个"命案必破"，让一些急于破案立功的警察，人为地造出了冤案。

如今在司法公正的大环境之下，纠正了不少冤假错案，打黑打的不但是气焰嚣张的黑恶势力，更是警队内部的黑警力量，也正是这种风清气正的政治氛围，才能让好警察抬头，让有责任心的人上位，才能更为有效地惩罚犯罪，震慑犯罪分子。但就是这样的好环境下，当我和吴薇遇到寒光集团这样的对手，也是一下子落入下风，要想反击，一是从长计议，二是等待时机。

我犹自心中感慨，章玫不知道什么时候已经踱步到我的身旁，章玫见我出神，伸手拉住我的胳膊，晃着我的手说道："甄老师，你在想什么啊？你太厉害了，连尚叔叔都说你好强大呢。你现在能否告诉我，那几个浑蛋是怎么消失不见的呢？"

我回过神来，对章玫说道："你先去问问你的同学，那个宁晓璐还能不能通过同学群找到，再验证一下我的推断！"

章玫很快拿出手机，发了几条语音，语音内容都是一样的："亲爱的，原来咱们班里那个宁晓璐哪里去了，有她的联系方式吗？"

随着几条微信提示音之后，章玫抬起头来，对我说道："甄老师，你真是神了，这个宁晓璐好像也人间蒸发了一样，同学群里没有她，我的同学都不知道她的下落和联系方式。"

我稍微有些得意地轻笑了下，继续说道："既然之前的问题都已经验证过了，那么剩下的问题就在于当年杀害桃子母女的丁爽、周玉龙等五个小混混，究竟消失到哪里去了。人是不可能凭空消失的。因此就只有两种可能，一是这几个人同时隐姓埋名，换了新的身份，逃到身份检查不太方便的城市，或者就隐藏在大城市中，甚至逃出境外了。

"另外一种可能就是这几个人都死了，只有死人才会无声无息。因为我很清楚警方追逃的手段：一种叫作网络追逃协查通报，利用全国的警察网络，对犯罪嫌疑人进行识别抓捕，特别是通过现在的大数据技术，在机场、车站、地铁站等任何有监控的地方，都可以通过拾取这一个人的面部特征而找到这个人；第二种就是针对家属关系人、反复耐心地做工作，因为犯罪嫌疑人孤身逃出去，需要钱，也会想念家里，总会忍不住联系家里的，只要犯罪嫌疑人联系家里有一个手机号码，就能迅速找到这个人，那么这个人联系家里的时候，家属是否能及时通报给及时通报给公安机关就很重要了。

"有无数的逃犯被抓获是因为家属。影响这么巨大的案子，被内部人员从中作梗强行压下，可能性基本上没有。特别是还有尚警官这个老刑警在其中努力查探，任何一个案件，只要查的人多了，就很难把它无声无息地做平的。这一点也从尚警官那里得到了验证了。最后可能的是在五个犯罪嫌疑人即将被抓捕的时候，有人通风报信，让他们提前逃跑。

"如果说只是一个人或者两个人潜逃，大海捞针一样去寻找，难度非常高。如果说五个人分头逃跑，那么分散开来，总会有一两个露出马脚，只要抓到一两个，其他的人也都早晚能抓到。

"但是这些情况八年时间都没有出现，而且以当时的情况来看，五个人共同出逃到第一个目的地之后，再商量怎么分散隐匿的可能性最大。可是五个人都石沉大海，再也没有出现过，其实还有另外一种可能，就是这五个人都已经死了。

"如果五个人同时死掉的话，也会有尸体被发现。那么什么情况下，生不见人，死不见尸？只有两种情况：一种是，五个人被同时杀掉，尸体被埋在某处了，尸体没有被发现；另一种就是，尸体虽然被发现了，但是尸体无法辨别。什么情况尸体会无法辨别呢？比如说火烧，或者严重的车祸，这些都有可能。

"从案件来看，在案子发生两周之后，已经锁定了犯罪嫌疑人。通过犯罪嫌疑人的各种社会关系，也能很快地查到他们。对于尚警官来说，这几个人的踪迹是容易掌握的，而这几个人犯下滔天大案，急于逃命，想先逃离，是本能的第一选择。

"那么几个人是分散逃离，还是一起逃离呢？结合尚警官刚才所说的，再加上从混混的作息规律来讲，他们分散开来的时候实际上是很弱小的，只有他们组成团才能够形成力量。特别是在这种丧家奔命的时候，因此我更倾向于他们几个人一起逃离。而一旦确定有人抓他们，他们选择公共交通工具逃离的可能性就非常低，更多的可能是驾车逃离。

"这些人中，周玉龙的家世背景最为强大，而张强、张方达和刘欢欢家里都有点钱，因此他们是有能力有车的，并通过开车几个人一起逃离，先逃离到自己认为安全的地方，然后再做打算，这才是正常的。一会儿你帮我把这五个人作案的轨迹都贴在墙上。然后再结合你们县的地图，就能推断出这五个人逃离的轨迹。然后通过逃离轨迹，再去查下一步，就更容易了。

"其实这样破案是有一个巨大的漏洞的，因为这样破案的前提就是我要充分相信给你提供的资料。可是资料中肯定会有缺失，所以需要反复推演，找到其中的漏洞，再去调查，要么自己去查，要么请其他人再去复查。反复验证之下，才能检验推理的正确性。

"只有当证据跟推理严丝合缝地对上，才说明推理是对的。方向正确之后，一切的行动都将会沿着正确的方向往前走。一旦一开始确定的方向是错的，那么就会发现所有的证据都是乱七八糟的。如果这个时候着急定论结案，那一定会出现一场冤假错案。因为所有的证据都是按照臆想找出来的。

"就好比这几年平反杀妻案，被'杀掉'的妻子要不是活生生地出现了，那个被冤枉的老公就老死在监狱中了，可是为什么他能承认杀妻呢？为什么他的口供能跟证据不符合的情况下被采用了呢？为什么那具无名女尸在没有做任何检测的情况下，就认定是他的妻子了？因为这一连串的过程都是人在做工作，做工作的人所想的是尽快完成这个工作。而且有了先入为主的概念之后，就为这个概念去寻找证据了。寻找证据的过程，最简单的方法莫过于给嫌疑人施压，用他自己的口供，来让他找自己犯罪的证据。这样必然会出现冤案，也会让罪案的真相越来越远。

"我们只能靠自己的脑子去找对方向，然后再去用证据来验证自己的推断。在不断验证的过程中，推断出当年的真相。然后才能还原犯罪嫌疑人的犯罪轨迹，这样就必然能找到他们的踪迹。这个过程说复杂也复杂，说简单也简单。

"因此，我们下一步需要根据相应线索，把八年前桃子母女被害案的整个时间空间轨迹整理出来，我需要你帮助我，因为画图会更为直观，而且不容易逻辑混乱。"

人家的客厅墙上挂画，我的客厅墙上挂黑板，因为我喜欢将思维导图贴在黑板上。章玫心灵手巧，黑板上很快就贴上了桃子母女被害案的思维导图。

2010年5月18日，丁爽、周玉龙等五人在路口袭击章玫、桃子二人，被桃子妈妈发现，挣扎中，桃子和妈妈被五人掳走。

2010年5月22日，尚警官经过大规模地走访目击群众，确认了丁爽为犯罪嫌疑人，确认了面包车的踪迹。

2010年5月23日，尚警官拿到了拘捕令，全县城搜查丁爽的下落，其他四个混混尚不明确身份。

2010年5月24日，桃子母女遇害，尸体被丢弃在县城水库。

2010年5月26日，桃子母女尸体被发现，案件性质恶劣起来，当天，巫县成立专案组。

2010年6月15日，经过数周的调查，尚警官确定了参与桃子母女被害案的五名犯罪嫌疑人的身份：丁爽、张涛、张方达、刘欢欢、周玉龙。通缉令随即发出。

之后，五人踪迹全无，如同人间蒸发。

尚警官通过私人关系,通过网通系统盯紧五人的踪迹,但就是没有任何痕迹。一转眼八年过去,这个案子没法结案,凶手一日不能抓住,尚警官和章玫就一日不能安宁。

我把印来的县城地图,也贴在黑板上。同时在导图上,贴上了这么一条:"2010年5月25日,五个混混驾车逃离县城。"

章玫讶异道:"甄老师,你为什么说他们5月25日就逃离了,为什么不是更晚?"

我回答道:"这五人的杀人动机,我还没有确定,因此没法判断,他们杀人是为了灭口,还是因为将桃子母女二人掳走后,强暴虐待二人致死。但是我可以确定,在当年警察内部,肯定有人在尚警官拿到拘捕令之后,通风报信给了周强,然后周强安排周玉龙出逃。也就是说,周强肯定已经知道周玉龙犯了人命案子了。在这种情况下,当然是走得越早越好,而不是等着法网越收越紧之后再走。

"他们逃走所使用的车辆肯定不是那辆面包车了,因为所有人都知道,面包车早已经被警方盯上。而且五人也肯定不敢走高速公路,以及有收费站的大路。因此,他们首先逃离县城的路径就只有这一条了。"

我指向613省道。这条省道翻山越岭、弯弯曲曲,通向湖北。章玫不由自主地发出惊叹的鼻音,说道:"甄老师,你真是神了。其实我一直没告诉你,这条613省道尚叔叔也找出来了,在几年前他带着我,拿着那五个浑蛋的照片,沿着省道两边的村镇不断找人询问,但是没有任何发现。"

我微微一笑,说道:"尚警官是个老刑警,要是他找不出这条省道来,那就白干了这么多年了。但是几个人可以选择一直开车前行,路上不停歇,避免暴露行踪的办法。可是有一个地方,他们是必须要去的。"

章玫说道:"甄老师,是什么地方?我们把沿途的超市、商店都问过了。"

我笑道:"尚警官肯定带着你一起找过,只不过你没注意,没印象了。开车出行,任何一辆车的油箱都是有限量的。那么,在他们的汽油要耗尽之前,就是他们必须要停下加油的地方。2010年,导航已经很发达,因此他们为了逃亡,必然会找到那个最远的,不得已停下来的加油站。"

章玫露出仔细回忆的样子,过了片刻,对我说道:"甄老师,你说得对,尚叔叔说过,他沿路问过几家加油站,也没有人对他们有印象。"

我点点头,说道:"这就对了,驾车出行,就算是大容量的SUV,油箱是七十升的,最多也只能行驶五百多公里,而这条省道却独具特殊之处,地处大山深处,弯弯曲曲的尽是山路,从你们县城到下一个有加油站的镇店,就已经需要开出三百多公里了。而第二个加油站,则又是二百多公里之后了。这五人急于逃命,会更加害怕半路油不够用,因此,他们在第一个加油站,也就是油箱跑了多半箱油的时候选择加油是最为可能的。而尚警官的调查显示,在第一个加油站和第二个加油站,都没有这五人的踪迹。那么这五个人一辆车,最有可能的就是在这三百公里的路上,发生了意外。我在网上查过613省道的资料,在2010年的时候,路边的护栏还没有完全修建。因此,有些路段极为凶险、路窄,且没有护栏。

"我们假设他们出了车祸,那么在这段路上,如果是有护栏的地方出的车祸,护栏必然被撞坏,那么肯定会有车祸记录。因此,我需要你联系尚警官帮忙,查找在613省道五百公里内2010年5月25日之后那一个月内的所有车祸。"

章玫突然问我道:"他们有没有可能半路弃车逃走,钻入大山深处,逃避惩罚。"

我摇摇头道:"如果弃车逃走的话,那么车丢弃在哪里了呢?如果车不见了,那就是还有一个开车送他们的人,把他们放在某个地方之后,车就离开了。这种可能性不大,因为通缉之后,随后就是悬赏捉拿,你怎么保证，开车送你的这个人不会转眼就把你卖了。从这几个人的犯罪情况来看，他们不会这么蠢。至于步行逃入深山，就更加不可能了，这五个惹是生非的混混，怎么可能选择荒凉的深山，野外生存能力不是小说上说的那么简单，可能没几天，几个人就因冻饿而死在深山里了。"

　　章玫点头道："好，我这就联系尚叔叔，去查613省道上当年的车祸信息。"章玫当着我的面联系尚警官，说了查询车祸一事，尚警官在电话那头答应下来。

第七章　民国旧案

分析完桃子母女被害案，我靠在舒服的电竞椅上，用手挤了挤自己的鼻根，其实每次把一个复杂的案子想明白的时候，我都会因为放松有一阵短暂的疲惫感，也许是因为精力过于集中，我闭上眼睛，放松自己。心中其实还惦记着，李强拿到我和梁欣找到的线索之后，有没有更多的突破。有突破，我会担心是我害怕的结果；没有突破，我就会更担心吴薇的下落。虽说人生无处不破局，但是这种两难的局怎么破感觉都是输的。

我正闭目养神，突然有一双温软纤细的小手开始揉捏我的太阳穴和头顶。我睁开眼，正看到章玫给我按摩，章玫一边按摩一边笑嘻嘻地对我说道："甄老师，你用脑辛苦了，我来帮你按一按，我爷爷可是学中医推拿的，我这功夫还真说得上有家学的哦。甄老师，你莫动，我好好给你按按。按一会儿就舒服了。"

对于按摩这件事，其实我一点都不吃力，章玫刚按了一会儿，我就疼得龇牙咧嘴了，但是我挣扎几次，都被章玫按了回来，章玫还柔声说道："甄老师，你不要怕疼，疼一会儿之后，就会特别舒服了。"章玫吐气如兰，从我的头顶飘到我的鼻端，引得我的鼻子好一阵痒痒，我再也忍不住了，一把抓住章玫的小手，然后把头一偏，连连打了几个大喷嚏下来，章玫的手突然热了起来，我不用回头也知道刚才我抓住章玫手的动作让她脸红耳热了。我心知不妥，赶忙把手松开，章玫则转过身去，从一旁扯下两张纸巾递给我，这才红着脸，捂嘴笑着去洗手间洗手去了。

还别说，章玫给我按了几下，我脑袋还挺舒服，但是我也静不下心去想案子了。我赶紧用力攥紧大拇指，平复自己的蠢蠢欲动。一会儿，章玫从洗手间出来，我去洗手间，用冷水洗了下脸，让自己冷静下来。

到了晚上，我在粉丝群里的读者的邀请下，打开直播间，给他们讲述新的命案故事：

"案子的背景是在民国的北平，民国十年，正是军阀混战之际，北平是中国名义上的首都，北平的执政者是辛亥革命被推上前台的黎元洪。但黎元洪并没有多少实力，所以原北洋军阀各部对大总统一职虎视眈眈，谋划着赶走黎元洪的行动。当时力量最大的军阀是吴佩孚、曹锟一系。这二人，吴佩孚治军，曹锟理政，在当时的中国都是强力人物。

"而北平治安的实际掌控者在北平警察署，这其中主管刑事案件的是有三眼神探之称的李锴。李锴在乱世混得风生水起，活得滋润无比，惩奸除恶，要是没有非常的手段，也不可能坐稳刑事司主办这个职务。

"老北平有东富西贵之称，达官贵人都聚集在东西两城，但繁华热闹所在，却全在南城。戏院青楼、酒馆饭庄，基本上都在南城。

"当时战乱不断，北平周边不少的地主富户都在北平置地建屋，以避战乱。这类富家翁往往不是只在乡下有些土地的土地主，而是家族中颇有北平官场关系的世家大户。这类人家中要是出了案子，对于李锴来说，一方面是需要认真谨慎破案，因为这些人背后都不一定通着什么来路。另一方面，一旦案子找到真凭实据，破得精彩了，那么对于李锴来说，正是名利双收的好时候。所谓名，神探名声传播于官宦之中，肯定要强于传播于民间。所谓利，这些豪门大户要是被案子牵扯，要么贿赂李锴，让李锴帮忙遮掩化解；要是家中确有案子纠缠，只要李锴破掉，也会送李锴不少银元，表达谢意。

"民国十年五月，南城的周府出了事情。这周家老爷子名叫周天来，周天来本是保定的大地主，在保定有良田数百顷，因避战乱，在北平定居，周家二公子周良工，在北平财政部里做一个理账的协办。虽然官位不大，但却掌管着各部报销，实权不小，因此平日里呼朋唤友，收纳贿赂，日子过得很是滋润。周家有如此家世背景，在北平南城也是没人敢惹的角色。就连宅子里的管家仆人、丫鬟、老妈子出门在外都腰杆挺直，一般的市井无赖轻易不敢找周家人的麻烦。

"但偏偏这天，周家大宅里出了件人命案子。这周老太爷的孙子，也就是二公子周良工的儿子、周家的小少爷周书豪的贴身丫头婉清，被杀死在了周书豪的卧室里。卧室现场，婉清下身裸露，有被人强暴的痕迹，卧室中没有打斗迹象，婉清没有挣扎的痕迹。婉清的死因是被人捂住口鼻窒息而死。发现婉清死亡的人是进周书豪房间打扫的老妈子王婶。王婶每日早晨八点准时敲门，待周书豪应声后，进屋打扫。婉清殒命当天，王婶到达周书豪卧室门前，奇怪地发现卧室门虚掩，王婶未敢造次，先是敲门，又再次询问之后，见无人应答，这才推门进去。结果发现了婉清的尸体。"

直播间里一瞬间安静下来，我的粉丝们自发地刷起了礼物，双击点赞。我的粉丝也属于小众群体，所以我都是静静地讲各路凶案故事，然后第二天和粉丝讨论，第三天公布答案。

我继续说道："王婶发现尸体，尖叫跑出，惊动了周府管家周无禄。周无禄五十三岁，为人沉稳，将府内事务打理得井井有条。当王婶上气不接下气地跑出周书豪的跨院后，撞到周无禄的时候，周无禄命王婶安静下来，把事情先说清楚。王婶连喘几口气，这才对周无禄说道：'周管家，

不好了，婉清被小少爷奸杀在房间里了。'

"周无禄大吃一惊，眉头紧皱，对王婶喝问道：'小少爷奸杀婉清？你亲眼看到了吗？'

"王婶定下神来，回答道：'我没见到小少爷，但是婉清赤身裸体地死在小少爷房里，不是小少爷还能是谁？'

"周无禄听完大怒，一耳光朝着王婶脸上扇去，大骂道：'你这个满嘴喷粪的死老婆子。小少爷的声誉要是让你这张破嘴败坏了，我扒了你的皮！'周无禄骂完，对身后跟着的两个小厮使了个眼色，说道：'把王婶看起来，一会儿等警察过来，把她交给警察回话，她要是再胡说，就扇她。'

"小厮领命而去，把王婶带走。周无禄迅速调派人手，先去寻找小少爷周书豪，随后命人把婉清的命案现场看管起来，这才小跑着去禀报周老爷子。"

我继续讲道："半个小时的时间，小少爷周书豪已经寻到，原来周书豪就在跨院书房，仍在醉眼蒙眬之中，被小厮好一阵摇晃，才醒了过来。周无禄搀着周老爷子见周书豪一脸迷蒙，周老爷子才开始询问周书豪整夜的去向。周书豪说自己和朋友饮酒至半夜，回来时，从周府后门进入，因为醉酒后迷迷糊糊的，不知怎么的就走到书房去了。书房里，也有简易床，周书豪躺在上面，就人事不知了。周书豪说完，还忍不住揉揉眼睛，打了几个哈欠，一脸怠懒地和周老爷子问道：'爷爷，书豪就是喝多了，不值得您亲自来问吧，发生什么事了啊？'

"周老爷子和周无禄对视一眼，周老爷子微微点了点头，周无禄这才对周书豪说道：'小少爷，你的贴身丫头婉清被人杀死在你的卧房里了，就在昨夜。这里边……'周无禄没把剩下的话说出来：'这里边没您什么事吧？'周书豪世家子弟，虽然狂放不羁，但怎么可能听不懂老管家的话

外之音，慌忙表态道：'无禄叔，婉清死了？那赶紧报官吧，我昨晚上在书房里睡得死死的，什么动静都没听到。'

"周老爷子这才放下心来，开口说道：'无禄，人命大案，还是赶紧报官，咱们周府的事情，警察局里肯定会用心侦破的。'

"周无禄命人去报官。这种豪门大户家的案子，警察署不敢掉以轻心，自然是派出三眼神探李锴出马。李锴之所以外号为三眼神探，是因为李锴的两眉之间有一颗黑色的痣，远远看去就如同第三只眼一样。

"李锴点齐心腹助手，到达现场，根据现场的蛛丝马迹，确认了曾经有四个人在婉清的命案现场和案发时间出现过：第一个就是在书房宿醉的周府小少爷周书豪；第二个是周府半夜巡逻的更夫刘老汉；第三个是半夜起身上厕所的周府丫鬟梅芳；第四个是总是借机偷看婉清洗澡如厕的马夫王将。

"李锴在周府现场办公，把周府的大小人等，主人下人都例行公事问过一遍，问的问题都是一样的：一是婉清遇害当晚，被问的人在什么地方？在做什么？二是被问的人，怀疑会是谁对婉清下毒手？

"周府小少爷、更夫刘老汉、梅芳都是自己说出当晚就在周书豪的跨院附近活动的。而这个马夫王将，则是府内不少家丁丫鬟向李锴举报，要是府内有一个人可能对婉清不轨，那就只能是这个光棍王将。几名家丁还说起王将的其他不合常规的事迹，比如说给自己的马靴上刷油漆等。

"李锴找到王将，喝问王将当晚的行踪，王将本来宣称他整夜都在马厩旁边的房子内睡觉。但在李锴的再三盘问之下，这才说道：'我三更的时候，悄悄地摸到婉清窗下，戳开窗纸，往屋内看去，要是婉清熟睡，我就摸进房去，可是我没想到的是，婉清居然不在房里。我心中揣摩，婉清是小少爷的贴身丫鬟，难不成小少爷打算收婉清的房？婉清不在自己房内，难道是去了小少爷房

里伴睡去了？'

"王将咽了口口水，继续对李锴说道：'我昨晚淫心大起，想着即使占不到婉清的便宜，也要去小少爷的房间里去看看婉清陪小少爷的风骚样子。所以我一不做二不休，蹑手蹑脚地潜到了小少爷的窗棂下，也是捅破了窗纸，往房间内看去，只是房间内漆黑一片，我什么都看不见。我心里想着，要是我能抓到婉清的把柄也是好的，没准能用这把柄让婉清就范。小少爷怎么可能娶婉清，最多就是年轻人玩玩罢了，这婉清自小就卖身给周府，要是小少爷不要她了，也没准能落到我手里当老婆呢。我想着没事，就鬼使神差地拨开房门进去，却没想到房门没从里面插上门闩。我推门进去，蹑手蹑脚摸到窗前，借着月光，却看到婉清自己躺在床上，一动不动，两眼圆睁，舌头都吐了出来。半夜三更，婉清自己死在小少爷的床上，我如果声张起来，被人知道，就是满身是嘴也说不清楚了，我反应过来，赶忙悄悄地从小少爷的房间里跑出来，回到自己房间内。因为这件事，我一夜未睡。'

"李锴命人把王将看管起来，在周府中仔细盘算自己到底该怎么处理周府的案子。"

我说到这里，顿了一顿，在直播间里说道："各位朋友，故事讲到这里，那么题目就是：如果你是三眼神探李锴，你会怎么做？答对的朋友，将来有机会和我一起去探案哦。"

我话音刚落，群里的留言就开始多了起来：

"凶手的范围是什么？老甄，给个提示啊。"

"还有其他线索吗？"

"这道题也太简单了？凶手肯定是那个猥琐的王将啊！老甄你出的题是不是太没水平了？"

"我怎么觉得凶手就是那个小少爷周书豪啊？肯定是他逼奸不遂，杀

人之后,又假装醉酒。"

……我看着群里粉丝的反应,心中暗笑,就在我刚说完直播结束的时候,毒刺的留言突然冒了出来:"这个案子考的不是谁是凶手。"

我正准备结束直播,却没想到两三天未见的毒刺又冒了出来。没等我回复,毒刺语音留言说道:"老甄,你晚点结束直播吧,我这会儿方便,把我怎么杀死那个人渣的B老师讲完。"

直播间的粉丝议论了一阵子,内容无非几种:"我们都等着听老甄的凶案故事呢,没空听你吹牛。"

"其实这个毒刺上次说的怎样在大庭广众之下杀死一个讲课的大学老师,我想了很久,也没想出怎么操作。我还挺想知道的。"

我在直播间说道:"毒刺,你是破坏了教室内的什么设备,制造了意外,完成的谋杀吗?"

第八章　当众行凶

　　毒刺留言道："老甄你很聪明，任何一场谋杀案，最好的脱罪办法就是把它伪装成意外。还有不少熟人杀人的案子，比如说丈夫杀妻子，妻子杀丈夫，会常常把故意杀人伪装成抢劫杀人。目的无非就是把熟人杀人，假装成陌生人杀人而已。

　　"但是，只是吊扇掉下来把他当场砸死这样的意外，怎么能够体现老天惩罚他呢？我当然得给他的死亡加点特殊的节目效果。

　　"我还是那句话，叫作学好数理化，走遍天下都不怕。我物理化学学得都很好，而且我对这个B老师跟踪了一个月，已经把他上课时候的所有习惯动作和习惯位置都摸得一清二楚了。

　　"我上大学的时候，教室里还没有摄像头，因此方便我做些手脚。"

　　这时候直播间里的留言，迅速多了起来："切，我还以为能多有创意，最后还不是电影情节，什么吊扇台灯掉下来，一下把人砸死之类咯。"

　　"哥看尽犯罪电影、犯罪小说，熟知各种稀奇古怪的犯罪手法。你说出来的东西，要是不能打动哥，以后你在哥眼里就是个笑话。哈哈哈。"

　　"我本来以为看到了个王者，结果还是个青铜。"

"你确定是青铜,我看就是个吹牛大王啊。"

毒刺的留言还是一段接着一段地传来:"那座教学楼是二十世纪七十年代修建的老楼,砖混结构一共四层,我们正好在顶层。教学楼在九十年代初曾经修缮过,但是不够结实。在老教学楼的附近,学校新的办公大楼正在建设,每天打地基的声音都能引起老教学楼的颤动。

"谋杀要想全身而退,一个最为重要的原则就是一定要根据谋杀对象的特点制订谋杀计划,要让一切都看起来天衣无缝。而我们所在的老教学楼会跟着新楼的施工颤动就是最好的特点。

"掌握了这个特点之后,我特意跑到了楼顶天台,检查了天花板的陈旧程度。真是老天助我,讲台区那边的天花板刚好是拼接出来的,七十年代的楼顶不过是水泥板铺沥青,连钢筋都没有的。只有在水泥板接合部,用少量的钢筋固定。我搞到了一些硫酸,找合适的时机去楼顶,把接合部的钢筋都腐蚀掉了。

"施工工地的声音能够引起老教学楼的震动,核心原理就是共振,而共振要形成能量,最关键的就是引发共振的声音频率,只要频率对上,哪怕是不大的声音,都能引发共振的后果。就好比一对步履整齐的士兵,在经过一座年久失修的桥的时候,因为脚步声的共振,造成桥塌掉。我利用学校的实验室,做出了一台次声波发声器,悄悄地带到了教室,经过一周的反复测试,找到了能够触发天花板震动的声波频率。这之后的事情就简单了,我不过是每天都坐在教室最后排,只要有这个老师的课的时候,就打开次声波发生器,等着天花板掉落。功夫不负有心人,在一个月之后,在B老师正在讲台上讲他年轻时追女生的经历的时候,天花板因为共振碎裂了,裂成几块的水泥板坠落下来,一下子就把B老师砸死当场。我则和惊慌失措的同学一起,赶紧跑出了这座危楼。"

毒刺继续说道:"我相信,你们只要在网上查一查,就很快能找到我的大学了。不过没关系,当天在教室里上课的有一百多人呢。"

我在直播间说道:"但是能做出次声波发声器来的,只有你一个吧。"

毒刺的留言过了一会儿发了过来:"老甄,你真是足够聪明,看来,你能找到我的。"

我突然问道:"毒刺,你杀过这么多人,有没有错杀过人?杀人之后,心里后悔的?"

毒刺过了一会儿,发来消息:"的确有一个,是一个高中女孩子。"毒刺说完这句之后就没有了消息。直播间的其他粉丝动作很快,把2003年某大学教学楼年久失修,楼顶突然掉落,当场砸死一大学数学老师的新闻截图了过来。这种意外事件,没有人会去想是谋杀的,新闻报道的结果,就是呼吁所有学校要检修老危旧房,避免人员伤亡。

我不用看,也能猜到直播间的粉丝会议论什么,多半是说这个毒刺把一件意外事件说成自己的谋杀犯罪,而且还是陈年旧案,反正查无可查,你也没办法说他是不是哗众取宠,吹牛不上税。但是我内心深处却有种可怕的感觉——这个毒刺说的一切,非常可能是真的。

我在网上还搜索了那所大学的名字和自杀贫困女生的消息,很快就找到了毒刺说的C姑娘自杀事件的论坛帖子的快照。帖子中,详细地讲述了C姑娘的日记,并且在日记中把B老师的身份猜测写得清清楚楚,我已经验证了这两件事都是真实存在的,而至于这两件事之间是不是有毒刺活动的因素,那就需要调查考证了。

因为毒刺半路插进来讲自己的犯罪经历,那天的直播就搞到很晚。我发现太多人晚上都不用睡觉的,我这种作息规律的人真是很难熬。本来每天到晚上十点就结束的凶案直播,结果搞到了晚上十二点多。我已经头昏脑涨，睁不开眼，直播间的粉丝却还有不少人兴致勃勃，讨论毒刺所说的一切的真伪性。

我在直播的时候，章玫很安静地在我的摄像头后面，一直在摆弄着手机，看样子是在不断地回复各种消息。直播结束后，章玫和我说了半句："甄老师，那个宁晓璐的联系方式找到了，我绕了八道弯，终于从一个当年追过我的男生那里要来了宁晓璐的手机号码、快递地址和微信号。"

章玫见我已经哈欠连天，完全打不起精神来，就把想说的话又收了回去，对我说道："甄老师，你真是年纪大了，这才十二点多一点，就困成这个样子了，你赶紧去休息吧，等明天你睡醒的时候，我再把详细情况告诉你。"

我都已经不记得有没有回复章玫了。我本想睡个大觉，第二天精神抖擞，但是没想到怎么都睡不踏实了。心里老惦记着吴薇的下落，虽然我清楚，现在梁欣才是吴薇的男朋友，虽然是不公开的。所以，就算我心中有焦虑的情绪，也不能表现得比梁欣更甚。

早上七点多，梁欣就给我打电话，问李强那边有没有消息回复，我本来也是焦虑状态，正好梁欣来催，我也不管李强在干什么了，电话就打了过去。这回李强接了电话，不过语气中带着疲惫，估计又熬了整夜："那个外号叫可卡的家伙，正好犯了别的事，被我弄进了局子，我昨晚审了他一整夜，根据线索从他嘴里掏出了吴薇手机的事情，他开车的时候，开着车窗，有一辆丰田霸道超车过去的时候，车窗突然打开，一名女子往外挣扎，两个男的拼命控制那名女子，然后女子把手机扔进了他的车窗里。随后，女的被拉回去，车窗被关上，那辆丰田霸道加速开走，霸道车没有悬挂牌照。我们根据他所说的时间地点调取了交通监控，确认挣扎的女子就是吴薇。现在确认吴薇是被绑架或者非法拘禁，我已经立案追查。你这边可以通过你认识的那些'朋友'，也帮忙提供吴薇的下落线索。"

李强和我说完，就挂了电话，我一下子从床上坐起来，先给梁欣回了电话，把情况和他一说，梁欣在电话那边的声音都颤抖了起来。从梁欣这个反应来看，他的确深爱着吴薇。而我对这个小师妹吴薇，最多是欣赏和好感。吴薇的事情不了，我估计我也没法静下心来去直播了，因此我打算用一整天的时间先把给粉丝讲的"民国杀人案"讲完。

第九章 | 三眼神探

　　下午的时候,我打开直播间,给粉丝继续讲起来:"话说三眼神探李锴,之所以叫作三眼神探,一方面是这李锴额头之上,有一枚半只眼睛大小的黑痣,这颗黑痣远远望去,如同二郎神杨戬的三只眼一样;另一方面,则是因为这个李锴屡破大案奇案,每次破案的时候,他常和属下说,要想破案,除了用两只眼睛去看之外,还要用心眼去看,才能看透伪装,看得真切。久而久之,这李锴就有了'三眼神探'的绰号。

　　"李锴离开现场,又去了婉清所居的偏房寻找线索。李锴在婉清的房间内,发现桌子上有半壶残茶,茶壶在茶盘内摆放,五个茶杯摆在一旁,李锴戴着手套把茶杯拿起,却发现所有的茶杯都摆放在茶壶旁边,并没有被使用饮茶的痕迹。李锴打开茶壶盖用力闻了闻,茶水尚且清澈,应该还未放置太久,多半是婉清被害前夜冲泡饮用。

　　"李锴打开婉清衣柜,发现衣柜里空着一个衣架,少了一件衣服。李锴凑到婉清的衣服上嗅了嗅,闻到了一股淡淡的茉莉花香味。

　　"李锴走到婉清窗户跟前,找到了王将口供里所说的用手指捅破的小洞,李锴还把眼凑过去,顺着小洞往里看,果然正好看到婉清的卧床。

　　"李锴离开婉清的房间,先按照更夫刘老汉的说法,按照刘老汉的打更痕迹，从周府前院走起，绕过中院，走到周书豪的跨院跟前，沉思了半晌，又去跨院另一侧，从梅芳的房间里走到院子里的茅厕之中。

"李锴又去了王将的马棚，从马棚走到了周书豪的跨院，发现需要用半个小时的时间。

"李锴带人回到了命案现场，也就是周书豪的卧室，婉清经过法医验尸，已经确认是被周书豪卧房内的枕头紧紧捂住口鼻闷死的。李锴戴上手套，将闷死婉清的枕头拿起来仔细观察。作为凶器的枕头，闷死婉清的那一面，还有不少血迹，明显是婉清窒息时口鼻出血渗入的。李锴把枕头凑近鼻子，在血迹的这一面又闻到了淡淡的茉莉花香味。李锴把枕头转过去，仔细观察凶手用力按压的那面，却嗅到了薰衣草香味。

"李锴回到周府周老太爷书房，再一次命人把更夫刘老汉带来，要刘老汉把巡更当晚的情形再说一遍。

"刘老汉早就吓得哆嗦不停，但是又不敢不说，刘老汉说道：'李大人，老汉在周府巡更已经足足三年了，而且老汉还是周老太爷从老家带过来的，为人忠心耿耿，绝对做不出这种杀人害命的勾当啊。'

"李锴绷着脸，冷冷地看着刘老汉，森然说道：'刘老汉，我让你再把昨夜巡更的情景说一遍，几时说你杀人了？你这么着急辩白，难道是心中有鬼不成？'

"刘老汉被李锴唬得一下子跪倒在地，颤声说道：'大人啊，真和老汉没有关系啊。老汉昨晚十点准时上更，因为按照周府的规矩，最晚十点都要就寝安歇，特别是下人奴仆，就不准随便出入走动了。所以老汉十点开始，从前院开始巡更，按照管家老爷定下的章程，我要用一整夜的时间，从前院到后院，将整个院子巡查三遍，白日方能休息。昨夜我巡到小少爷的中院，发现院门开着，小少爷醉醺醺地从后院走了过来。'

"李锴打断刘老汉问道：'你昨夜巡更到周书豪中院的时候，是

什么时辰？'

"刘老汉被李锴厉声质问，身子不由得哆嗦一下，当下不敢隐瞒，颤声回答道：'大人，我记得很清楚，那是我第二次巡查中院的时候，大概是子时过半，小少爷踉踉跄跄地走到了院门口，我老远就闻到了好大一股酒味，周宅规矩严谨，包括少爷小姐，都不允许天黑后回家，更不要说小少爷这种还醉醺醺地回来的情形，小少爷没看见我，我也不敢凑上去打招呼。我看到小少爷进了院子门，就赶紧悄悄地又去巡更了。'

"李锴阴沉的脸上，这才放松一些，继续盘问道：'那你第三遍巡查到中院又是什么时候？可有什么动静？'

"刘老汉道：'夜间寒冷，我老胳膊老腿，时常关节疼痛，因此每巡更一次之后，就回自己的房里喝一杯蜈蚣药酒，歇息半个时辰之后，再开始下一次巡更。我绕一圈再回到中院，已经是寅时过半了。因为小少爷喝醉了回来，我路过中院的时候，还特地去关了一趟院门，结果发现院门虚掩，我以为小少爷进去之后，没有关上院门，因此，把院门从外面轻轻带上之后就离开了。'

"李锴又问道：'你路过中院的时候，遇到什么奇怪的动静，或者听到什么声音了吗？'

"刘老汉闭上眼睛，仔细地想了想，刚要摇摇头，又开口说道：'好像我第三次巡更到中院的时候，除了小少爷的酒味之外，还闻到了点马粪味。'

"李锴追问道：'还有别的吗？'

"刘老汉又仔细地想了想，回复道：'别的没有了。'

"李锴挥挥手，让刘老汉下去，命人把梅芳唤来。梅芳二十出头，还未嫁人，在民国已经算是个老姑娘了。这梅芳杏眼柳眉，细腰长腿，走起路来腰肢扭动，刚一进门，就惹得和李锴一起来办案的几个毛头小伙，眼睛难以挪开。

"李锴破案能力很强,但是平日贪花好色,常常出入八大胡同,对卖弄风骚的女人见识很多,但饶是如此,李锴也忍不住瞥了梅芳几眼。

"梅芳环视一圈,感受到了屋内男人对自己垂涎的状态,心中暗喜一下,先对李锴请安之后,轻启朱唇,对李锴说道:'李大人,可还有什么问题要问小女子?'

"李锴面色不动,微微一笑,问道:'梅芳姑娘,我还需要请你把昨晚的所有经历、所有细节都给我再讲述一遍。'

"梅芳先是给李锴抛了个媚眼,这才回答道:'李大人,我昨天因为闹肚子,时常要跑起来去茅厕,哎,这些腌臜事怎么好意思让人家启齿。我第二次,啊,不对,是第三次上厕所的时候,路过小少爷的房间,看到小少爷的房间里有些许光亮,我隐隐约约还听到好像有婉清的声音,但奇怪的是,那声音好像是闷在被子里一样,模糊不轻,我好奇心起,凑到窗户跟前,好像听到婉清说"不要不要"。我本还想多听听,但是肚子绞痛不已,所以又赶紧跑去厕所了。等我上完厕所再回来,小少爷的房间里,已经没有动静了,我虽然好奇,但是也不敢多窥主人家隐私,再加上腹泻腿软,就回到房间休息了。'

"李锴问道:'你听到动静的时候,是什么时辰?'

"梅芳想了想,回答道:'应该是寅时前后。'

"李锴问道:'好,你继续说下去吧。'

"梅芳继续说道:'我回到房间之后,许是腹泻虚弱,因此,喝了些热水之后,就迷迷糊糊睡着了。我也不知道睡了多久,在睡梦之中,听到了王婶的尖叫声,这才醒来,然后就听说婉清死在了小少爷的房间内。我心中害怕,所以您第一次问我的时候,我就没说昨晚听到的动静,还请李大人恕罪。'

"李锴没动声色，对梅芳问道：'还有其他奇怪的事情吗？'

"梅芳又摸着额头想了想，过了一会儿，才回复道：'我想起来了，我走到小少爷门口的时候，好像闻到了一股马粪味。我心中还奇怪，小少爷房间里怎么会有马粪味？'

"李锴再一次问道：'其他的还有吗？'

"梅芳又一次仔细想了想，这才回应李锴道：'其他的真没有了。'

"李锴又命人请来周府小少爷周书豪，周书豪全身酒气早已经被吓得消散到爪哇国去了。不过周书豪终归是周府小少爷，平日里交往的朋友，也多数是京城富贵人家的公子少爷，对李锴并没有梅芳、王婶、刘老汉、王将等人的畏惧之感。而且李锴和周书豪还在几次花酒局上有过交情。周书豪平日还叫李锴'锴哥'。

"现在周书豪来到李锴面前，对李锴说道：'锴哥，我昨晚是和邵府的邵公子去翠香楼喝花酒去了。那翠香楼新来了个花魁金凤，这金凤是前清没落王爷家的小格格，所以我喝到半夜，花了一百多块大洋，才摸了摸小手。那格格的小手和普通的风尘女子真是不同。'

"李锴打断周书豪道：'你说你回到周府之后的事，这些事不用说了。'

"周书豪理了理自己的头发，嘿嘿一笑，说道：'锴哥，你看我，说起这件事就情不自禁，你啥时候有空，我带你去会会那小格格。这旗人女子，虽然咱们也玩了不少，但是这个毕竟是前清的格格。哎，锴哥你别瞪我，我回来后，没啥可说的啊。我从翠香楼喝得晕头转向的，本来想睡在那里的，但是怕爷爷知道责罚我，所以搭了邵公子的汽车回到了周府，从后门跟跟跄跄地摸进自己住的院子，因为我的书房距离院子最近，而且书房之内也有床被，所以我就窜到了书房睡觉，心想就算爷爷找我，在书房中找到我也许就不会责罚我了。我这一觉睡得很香，要不是被管家叫醒，

我还醒不了呢。至于其他的事，我是真不知道啊。'

"跟着李锴的警察，都忍不住笑了起来。李锴继续问道：'婉清和梅芳都是伺候你的丫头吗？你说说她们俩吧。'

"周书豪想了想说道：'梅芳比我还大两岁，从我十二岁起，她就照顾我的饮食起居了。对我很是忠心，我小时候顽劣，没少被爷爷、父亲责罚，每次都是梅芳帮我求情，才能少打几下。可惜梅芳并不肯读书认字，所以后来周管家买了婉清给我作伴读。婉清的父亲是前清的落魄秀才，只会读书，毫无治家能力，因此婉清爷爷病死，婉清她爹就把她卖掉，拿钱买坟地去了。但是婉清她爹也没浪费那一肚子的墨水，这婉清从小识文断字，还会吟诗作对。陪我读书，还经常教我，甚至帮我写信，所以婉清来了之后，我挺喜欢的。'

"李锴点了点头，又问道：'那这两个女孩子，有没有表示过让你这周家小少爷收她们为妾？'

"周书豪俊面微红，嗫嚅着不想回答，李锴看出来，把其他警察都支出去，这才做出一副推心置腹的样子，对周书豪说道：'书豪老弟，实情你必须和老哥说清，不然的话，你卷进命案，咱们要是找不到真凶，就没法洗清你的嫌疑。'

"周书豪被李锴唬得脸色发白，连忙对李锴把实情和盘托出：'锴哥，您也知道，我从十八岁被邵公子拉着在云香楼尝过了男女之事的滋味之后，就一天不缺了。梅芳虽然年长我两岁，但是体态风流、面容姣好，再加上我平日盥洗穿衣，都是梅芳贴身侍奉，耳鬓厮磨，难免有越轨之事，平日但有机会，都是梅芳在卧房里伴寝，只是不敢让我爷爷和父亲知道，因此梅芳都是天不亮就从我房间离开，去自己房间。梅芳自知出身贫寒，根本不敢奢求能被我迎娶进门，只求我能够完婚之后，收她为妾。这梅芳每次都是选不会受孕的时候陪我，因此，这一年多来，

我们都平安过去。'

"周书豪顿了顿,继续说道:'而这个婉清,人可不像梅芳那么好得手,她陪我读书的时候,我有时去摸摸她的小手,她也会立刻把手抽回去的。但偏偏如此,我被这个婉清撩得色心大起,老想对她一亲芳泽。也正是因此,我觉得这段时间,有些冷落了梅芳。'

"李错问道:'你的意思是说,你没碰过这个死去的婉清?'

"周书豪点点头道:'对,我本来有段时间,想下药用强,但是婉清很是聪慧,我刚有念头,她就和我说,要是我用这种手段得到她的身子,她立刻去死。我就只能把这心思压了下来。婉清也幽幽地和我说过,她也不求我明媒正娶,毕竟她只是个破落户的女子,但是怎么也得一顶小轿,从偏门接进门,给她个名分,才能和我合欢交好。

"我父亲早就给我和孙家小姐孙倩定了婚约,但是那孙倩信奉洋人的爱情,要求一夫一妻,我和她见第一面的时候,她就和我说,要是我敢娶小妾,她就要她军中的三哥用枪把我毙了。

"我本来还想等完婚之后,就把梅芳、婉清都娶来做妾。但是看着孙倩那咬牙切齿的样子,感觉她不是说笑话的。眼看婚期将近,我也没敢和梅芳说。梅芳伶俐,看出我的神态不对,和我亲热之后,还问过我有何心事,我没好意思说,只是说最近被爷爷、父亲逼着读书,好像还要送我去上大学,因此心情烦躁。好在我去上大学,还有婉清可以陪着,帮我写写作业什么的。'

"李错又再问道:'还有什么吗?'

"周书豪回答道:'错哥,其他的我真是不知道了。啊,对了,婉清曾经和我说过,马夫王将几次言语挑逗调戏她,好像还偷窥过她。'

"李错问道:'那为什么周府不把这个王将赶走?'

"周书豪说道:'王将父亲,老王头,叫什么名字我不记得了,好像当年从马蹄底下救过我爹的命,也因为救我爹,他腰被马踩折了,早早就死了,死前求我爷爷千万要赏他儿子王将一口饭吃。这王将虽然行为不端,但是他整治马匹还真是有一手,把府里的马匹都调教得服服帖帖,因此才屡次被管家训斥,但是就是不赶走。'

"李锴见周书豪也没有什么能说出来的,命人送走周书豪,又命人再次把马夫王将带来。片刻工夫,被警察看管起来的王将就被押了过来。

"李锴大摇大摆地坐在书房内书案之后,把配枪解下来,放在书案上,枪口朝外。两名警察把王将押来之后,一看李锴这个架势,也立刻都虎起脸来,把王将推来搡去,给王将施压。

"王将进门一看这个李锴黑着脸的表情,吓得立刻就跪在了地上,李锴把书案上的手枪拿了起来,用手帕擦来擦去,把王将晾在一边,王将抬头偷偷地看了看李锴和另外几名警察的表情,想开口说话,却又不敢吱声。

"李锴把手枪擦得光亮无比之后,这才抬起头来,拿枪对着王将瞄了一瞄,轻轻地说道:'王将啊,你是自己说啊,还是我带你到警察局里的刑讯房说呢?你应该也听说过,进了刑讯房的人,没有一个能随便出来的。'

"李锴声音不大的这句话,把王将吓得尿都快流出来了,但是王将脸上的汗立刻冒了出来。不过这王将也是泼皮性格,把牙一咬,说道:'李大人,我就是想去偷看那婉清和小少爷的骚浪样子,其他的啥也没干啊,我确实去过婉清的房间和小少爷的房间,可也就是偷看来着。您就是把我拘进刑事房,用老虎凳压断了小人的狗腿,小人也就是犯了这点事啊。'

"李锴用鼻子哼了一声,笑了几声,对王将说道:'你干了什么,你以为死无对证,就能瞒天过海?既然你不想自己说,那我就说给你听,你昨天晚上，先摸到婉清的房间，并不只是想偷窥而已，而是在婉清喝的茶里下了蒙汗药，打算将婉清迷倒之后，意图行侵犯之事。婉清喝下了蒙汗药的茶水之后，昏睡且没有知觉，你见婉清已然中招，就摸进她的房间，将她强暴之后，出于害怕等原因，或者因为婉清以为是周书豪在侵犯她，叫了起来，因此，你决定一不做二不休，把婉清用枕头闷死。

"'你把婉清闷死之后，本想迅速逃离，但是没想到刚出门，就遇到了喝醉酒回来的小少爷周书豪，而周书豪直接去了书房，你退回婉清房间，看着婉清的尸体，灵机一动，将婉清的尸体背到了周书豪的卧房，随后，将房门虚掩，悄悄地离去。

"'虽然小心擦拭了房间内的痕迹，但是你却没法掩饰你身上那股马粪味，所以在婉清和周书豪的房间里都留下了味道，而这股味道被巡更的刘老汉和因为腹泻上厕所的梅芳都闻到了。

"'婉清惨死，就是你王将，见色起意，奸污婉清之后，又将人杀死。'

"王将听到李锴说出这番话来，满头大汗，连忙磕头，惊慌失措地说道：'大人，真没有啊。我没有杀人啊。我见到婉清的时候，她已经死了啊。我只是没忍住，趁着婉清的身子还热乎，去那个了而已。'

"李锴冷笑道：'你说你没有杀人，你怎么证明？月黑风高，你心怀不轨，还说你没有杀人。对尸体下手，你还真是个畜生。'

"王将更加惊慌，连忙说道：'我也不知道她是怎么死在小少爷房里的，但是我真的是看到她在小少爷床上躺着，忍不住了。'

"李锴听完王将的说辞，再三盘问，王将说的都是差不多的内容，李锴见盘问不出什么，命人先把王将送到警察局关押起来。"

"李锴把王将关押到警察局之后，又再次回到了周书豪的房间，李锴又仔细地检查命案现场，确认门窗一直是开着的。

"时至中午，管家周无禄派人来请李锴等一干警察去餐厅赴宴，周家老太爷犒劳众人。李锴见惯场面，命人通知周无禄给所有嫌疑人写下保书，这些嫌疑人包括小少爷周书豪、更夫刘老汉、通房丫头梅芳。这才撤去看管一众嫌疑人的警察，带人去赴宴吃喝。周府老太爷给李锴和众警察敬了杯酒之后就离开了，留下管家周无禄陪伴，好让众人放松吃喝。

"酒饭之中，周无禄对李锴频频敬酒，连连恭喜李锴，只用了半天时间，就抓到了真凶王将，不愧是三眼神探。李锴点头微笑，但是却并不表态。

"饭后，李锴撤回了警察，带着周府给每人包的大红包，回到了警局。李锴迅速提审王将，王将这次已经完全招认了：'李大人，小的该死，小的不该喝了几杯猫尿，就憋不住骚了。那天晚上，我喝得醉醺醺的，心里头就放不下婉清那小娘们的样子了。这也怪我，我偷看过她在房间里擦抹身子，虽然看不清楚，但是那身段，那脸蛋，让我心里痒痒的。我喝了酒后，满脑子都是那身子，闭上眼全是那小娘们。我再也忍不住了，我就想着，他妈的，脑袋掉了碗大个疤，我就豁出去吃枪子，也得把那小娘们睡了，万一小娘们怕羞，不肯说出去，那不就得手便宜我自个了。俗话说，酒壮尿人胆，恶向胆边生。后半夜的时候，我绕过打更的老刘头，就摸到了她的房门外，我本来还害怕小少爷也在中跨院，毕竟要是小少爷在，虽然我能打得过他，但是我也不敢打。可是没想到小少爷不在，所以我就进了婉清的房间，她正睡着，我就上去脱她衣服，没想到，我刚一进去，她疼醒了，还真是个雏儿呢。她醒了，刚要叫，我一怕，就拿起旁边的枕头，狠狠地捂住了她的脸，她本身力气就小，一会儿就不挣扎了，我也就趁着这时候完事了。'

"王将继续说道：'完事之后，我把枕头拿开，结果她死了，你说这美人儿就是美人儿，死了都那么好看，我又没忍住，趁热乎又来了一次。

这回脑子清醒了，害怕了。我想到，全周府，不少人知道我调戏过婉清，所以她被糟蹋被捂死了，肯定怀疑我。害怕之际，我想了个好主意，就把她的尸体挪到了小少爷屋子里。我心里是这么打算的，这种事，横竖也抖不清，而且小少爷也风流成性，要是周老太爷认为是小少爷酒后乱性，不小心杀了婉清，也许就悄悄把事儿给遮过去了，那样的话，我不久白捡了条命嘛。就这么着，我先悄悄地捅开了小少爷的窗户纸，往里看去，确认小少爷没在房间里，这才赶紧回去，把婉清的尸身背在身上，放到了小少爷的床上。那婉清看起来苗条纤细，我没想到死了之后，身子那么沉，而且我还老害怕她突然从我后面掐住我的脖子。好在一切顺利，我把小少爷的门虚掩上，就屁滚尿流地跑回自己的马棚了，又喝了点酒，这才迷迷糊糊睡着。只是没想到这么快就让您给逮着了。我都认，吃枪子也认了。'

"李锴命王将签字画押，将他锁进重囚室。李锴拿着众人的口供笔录逐一对比，对案情逐渐明朗，但是却拿不定主意，到底该怎么处理。正在李锴纠结之际，周府又命人给李锴送来了一千块大洋作为辛苦费。

"李锴看着办公桌上那包封好的十摞袁大头，也忍不住伸出手摩挲起来。李锴本是乡下穷小子，家乡闹灾，逃荒途中，偶然救下了外出办案的清末刑部捕快孙不遇，孙不遇见李锴机灵强干，收他为徒，带他进入捕快一行。清亡民初，原先刑部的捕快大部分都成了民国京师的第一批刑警。刑侦技术，也从传统的查勘之术吸收了西方的各种技术。李锴为人聪明，除了继承了孙不遇的断案手段之外，还和外国顾问学习西式刑侦技术，因此没有几年就成了京城内屈指可数的三眼神探。但民国时期，社会混乱，特别是名利场中风气败坏，大部分对真相真凶并没有什么兴趣，对怎么利用各种事件大发其财才是根本目的。对于警察来说，不怕你出案子——大户沾上案子，能让人破财出血；小户沾上案子，能让人倾家荡产；穷苦人家沾上案子，有女儿的，或许能色相贿赂；有儿子的，要么被人拉去当兵，要么逃乡离家，落草为寇。

"这周家沾上人命案子，为了避免警察借机搞事，敲诈太多，因此早早地把一大笔银圆送来，也是当时的风气所致，都属正常现象。

"李锴与其他靠着警服敲诈勒索混吃混喝的酒囊饭袋不同，他是真有手段本领的破案高手。只不过对于李锴来说，周家家大业大，家族力量雄厚，不只是有钱，还占据了黑白两道的力量。这周家一是不好惹，二是要结交。

"李锴心里清楚，这一千块大洋他肯定要吃到嘴里，但只有这一千个大洋还不够。如果只是周家一个伴读丫鬟的命案，五百个大洋就够了，但是要保住周家小少爷周书豪的一条贵命，一千块大洋不够。而且对于李锴来说，他得让周家人明白，不是他们糊弄了这个三眼神探，而是他这个三眼神探懂规矩，放了周家人一马。

"李锴主意打定，带上人马再次回到周府。到了周家，周老太爷、周书豪、管家周无禄热情接待，周书豪身旁，还有梅芳侍立。周老太爷本想借故离开，被李锴拦住。

"李锴笑嘻嘻地说道：'老太爷，书豪老弟，周管家。我先是给老太爷道谢的，咱们弟兄忙碌奔波，公家的饷银每个月也才不过十个大洋，这还是我这个当头的，普通的弟兄每月才四块大洋。老太爷这次赏金丰厚，足够弟兄们滋润得活一阵子了。这件案子，其实也可以结案了，有人认罪，还有证人证言，也有一点点物证。我今天来呢，是给大家讲个故事的，故事里说的是，前清时候，有一个大户人家，家中有个小少爷，书豪老弟，我不是说你哦！嘿嘿。这个小少爷，年少风流，房中有两个丫鬟，一个是照顾他衣食起居的梅丫头，一个是陪伴读书写字的清丫头。我顺便举例子，不是说贵府的梅芳和婉清啊！这两个丫头，都渴望被小少爷收作偏房，毕竟就算是偏房妾室，也比奴仆丫头身份地位要高。这个梅丫头，聪慧伶俐，和小少爷早早就有了欢好之实。而清丫头呢，则性子保守倔强，虽然和小少爷也是耳鬓厮磨，但是却没让小少爷得手。小少爷平日寻花问柳，女人众多，倒也没太拿清丫头当一回事。可是有一天呢。小少爷喝多了回来，醉醺醺地想找人服侍，深更半夜的，本来是梅丫头随叫随到，而且梅丫头服侍醉酒的小少爷入睡之后，还会陪寝。小少爷已经习惯了这样的日子，而且也不知几次许诺过梅丫头，等他将正房娶入门后，就立刻将梅丫头收作小妾。

"'但是这天晚上，偏偏梅丫头闹肚子，一是没体力精力侍奉，二是不想小少爷看到自己的窘态，所以梅丫头就喊了清丫头代替自己去服侍小少爷。小少爷醉眼蒙眬，并没有分清到底是谁，直到清丫头把小少爷扶到床上，刚要离开，却被小少爷一把从身后搂住，压在身下。醉醺醺的小少爷只顾自己欲望释放，在清丫头挣扎反抗的时候，用枕头捂住了清丫头的脸，没想到把清丫头捂死了，这时候，出门上厕所的梅丫头听到房里的动静，进房查看，结果看到小少爷趴在清丫头的尸身上兀自酣睡。这梅丫头精明强干，虽然害怕，但是却不慌张，把睁不开眼的小少爷扶起来，送到书房休息，随后返回，打算清理现场，没想到却看到了府里的下人老王正在小少爷的房间里对清丫头的尸体行那禽兽之事。

"'梅丫头咳嗽一声，惊跑了老王，这才进去把卧房内小少爷的痕迹都清理干净，然后连夜找到管家，和管家诉说了事情的经过。管家不敢怠慢，把老太爷惊动起来，三人商量之后，决定不动声色，到时候将嫌疑都引到老王身上。

"'次日，清丫头的尸体被府内的老妈子发现，管家报官，捕快到来。半夜时分在犯案现场出现过的几人都被捕快询问，几人都将所有的线索指向了下人老王。捕快又第二次询问数名嫌疑人，这几人又都提出了线索和证据，都指向老王。而且这个老王家里的老娘，突然收到了一笔银两。这么一笔银两是老王干一辈子都挣不到的。

"'等捕快第二次询问老王的时候,老王的口供前后不一致了,在第一次的口供中,老王承认了奸尸,并没有承认杀人,但是在第二次口供中,老王承认了杀人强奸,之后又奸尸。可老王指认的杀人地点,却是在清丫头的房间内,而清丫头的房间内完全没有老王的任何痕迹,清丫头衣着完整,明显是自己走出房间,绝不是老王所说的经过挣扎被杀死,再被老王拿着清丫头的衣服,背到了小少爷的房间里。

"'而其他几人的口供在第二次被捕快询问的时候,也都有了变化。特别是梅丫头,本来只是说自己闹肚子上厕所,什么情况都没听到,但是第二次口供的时候,就变成了似乎看到了老王从小少爷房里出来。杀死清丫头的枕头,就是小少爷房里的枕头,所以清丫头的死亡现场就是小少爷的卧房,捕快曾经怀疑过是梅丫头担心清丫头争宠,所以借机杀死她,但是很快就想到,梅丫头就算杀死清丫头,也不会让尸体出现在小少爷的卧房内。所以梅丫头前后矛盾,并不是为了掩饰自己的罪行,而是为了掩饰自己的心上人的酒后失手杀人。'"

| 第十章 | 高速路上

"李锴讲完，带着冷笑看着周家众人，只见周老太爷脸色稍微变了一下，随即恢复常态，管家周无禄则脸色铁青，但是也不吭一声，小少爷周书豪年少沉不住气，已经吓得手脚发抖，倒是这个梅芳，在周书豪身后紧紧地拉着周书豪的手，先是对着周书豪的耳朵小声叮嘱几句，随后，就一把扶住周书豪，假装对管家周无禄说话，眼神却瞟向李锴道：'周管家，小少爷身子不舒服，要是没什么事，我先搀着小少爷回房休息了。对了，小少爷那间房死过人，不能再用了，新跨院应该收拾出来了吧？'

"管家周无禄望了望周老太爷，周老太爷微微点点头，这才说道：'新跨院刚刚布置好，我这就带你们过去。'周无禄转身对李锴告别道：'李大人，小少爷身子不适，怕是房间死了人，惊吓到了，我先带小少爷去休息。过会儿再来陪您。'

"李锴会心地笑了笑，也挥手让其他警察出去，书房之中就只有周老太爷和李锴二人。李锴好不着急，就等着周老太爷发话。二人静默了一阵，周老太爷捋着长须，哈哈干笑两声，对李锴说道：'李大人为周府的案子前后辛苦，一千块大洋的确少了些。既然案子已经破了，也有人认罪了，那还请李大人尽快将罪犯正法，以慰冤魂。至于书豪，被我

宠坏了，顽劣成性，我要把他送去保定陆军军校，多加管束了。还请李大人多加照应。'

"李锴等的就是周老太爷这句话，听到他表态了，李锴也客气地笑着回应道：'老太爷果然通透，我回去就立刻写报告走手续，将王将尽快正法，小少爷能去军校历练，将来前程远大，我等吃警饭的，将来还得仰仗小少爷照应呢。'

"寒暄几句，李锴带一众警察离开周府，果然晚间，周府给李锴家中又额外送来大洋两千块。没过几日，李锴就将王将当街枪毙，一时沸沸扬扬的周府杀人案也就慢慢淡忘了。"

我用了一整天的时间，总算是把给直播间粉丝讲的故事讲完了，讲完故事后，和直播间的粉丝说我现在有两个真实的案子要找出真相，可能要暂停直播一阵子了，结果没想到直播间的粉丝纷纷表示，要看我怎么破掉现实中真实发生的案子。我的顾虑是案子中人隐私的问题，以及舆论压力可能带来的麻烦问题。最终还是决定不做破案直播，但是我答应粉丝，可以给他们讲述破案的故事。并且向他们承诺，会提前在粉丝微信群里发直播通告。

梁欣已经再也忍不住，他已经请好假，去李强那里要来了吴薇扔手机的道路信息，随即接上我，要我一起去找线索。有些线索也的确是在现场找到的。梁欣开车，我坐副驾驶，章玫坐后排。吴薇扔手机的那条路叫京周路，位处房山，在工作日的时候，车辆行人并不多。吴薇扔手机的那天正好是周二的下午三点，这个时候，正是路上清净，没什么车和人的时候。我闭上眼睛模拟当时的情况，吴薇被车上的两个男人控制，怎么可能找到空隙把手机扔出来，而且刚好扔到了那辆红色马自达六上？

我们很快就到了那个确切的地点，把车停在路边的应急车道上。我下车后在脑海中想着当时的情景。有些东西不愿意深想，因为被害人被犯罪

分子控制的时候,是不可能如同电视剧里那样,犯罪分子一个个都如同正人君子一样对待女被害人的,事实上,大部分无视法律的犯罪者,在犯罪过程中,是不可避免地会对女受害人强制猥亵甚至强奸的。比如山东于欢案,就是追债者在孩子面前,把生殖器放到了于欢母亲的脸上。

吴薇能够在两个歹徒的控制下,把手机扔出来,那只能是出其不备,而歹徒什么时候能够没有防备呢,那只能是在歹徒对吴薇动手动脚的时候。我也接触过性犯罪的案子,当施暴者面对受害人被自己控制住的时候,内在的兽性是难以克制的。这一点,不论是校园霸凌中的不良少年,还是街头流氓调戏女性,抑或是连环变态杀手,当他们确信自己能够控制住这个女性的时候,那么对女性身体的侵犯是不可能抑制的。而当施暴者对女性动手动脚的时候,往往也是他放松警惕的时候,而女性的反抗或者逃跑,也多半在这个阶段才能实施。虽然我不太愿意面对这点,但为了找出真相,我必须将一切推理都建立在每个阶段的事实的基础上。

从那个混混可卡的描述中能推断出,掳走吴薇的那辆丰田霸道里,至少还有三个男性歹徒,一个司机开车,两个歹徒在后座把吴薇夹在中间,那么车窗为什么会打开呢。吴薇肯定是在后座中间的,不可能是靠窗的位置,车窗一定是歹徒自己打开的,而吴薇则趁着这个时候,把手机扔出去。仓促之下,并不可能是瞄准着红色马自达六扔过去的,只可能就是扔出去,如果歹徒要把手机捡回来,那就必须得靠边停车,这时候,吴薇就可以想办法求救或者逃跑,要是歹徒不在乎,那么手机也是吴薇留下的线索。如果吴薇要留下线索的话,手机已经被李强找到了,肯定能在手机里找出什么东西来。可是李强并没有提起过,所以说,手机里没有什么太重要的线索,更不要说证据了。

梁欣看我靠在路边的护栏上沉思,忍不住走过来问我:"老甄,你想到什么了?咱们怎么找到吴薇啊?我都要急死了。"梁欣对吴薇真是一往情深，眼中的焦虑是难以掩饰的。我对梁欣和章玫说道："如果你们是吴薇，被人控制在车里，你想自救，会做什么？"梁欣想了想，回答我说道："要是我，肯定会想办法打电话报警，老甄你是不是说，吴薇在用手机悄悄地打110报警的时候，被歹徒发现，手机是歹徒抢走后扔出窗外的，并不是吴薇自己扔出来的？这么解释就对了，也许是那些坏蛋扔出来的。那我们下一步该怎么办呢？"

章玫则说道："假如我在车里被控制的话，我肯定会想办法把我认为重要的东西扔出去，这东西能吸引人，让人找到我。你看那些坏人进了人家家里之后，那家人想找人报警，不就是用钱包着石头什么的扔出去。吸引人注意，钱上多半还写着求救内容、地址之类的信息。"

梁欣反驳道："可是为什么要扔手机呢，要想让别人发现能找到吴薇的信息，扔手包、钱包不是更好？里面有钱，有身份证。"

章玫说道："也许这些包早就被歹徒控制住了，所以那个吴薇姐姐抢不过来呢？可是也不对啊，一般女孩子的手机什么的，都是放在包里的，不会和男人似的，什么东西都装在口袋里，那吴薇姐姐既然能扔出手机，为什么不能扔出包呢？而且不扔手机的话，还能通过手机定位到她的位置，把手机扔掉了，不就等于丢掉了线索吗？"

梁欣道："对对，咱们能找到这里，就是因为吴薇的手机被发现，然后找到了那个发现手机的汽修厂，随后找到了车主公关经理程思颖，又通过这个女人找到了扔掉吴薇手机的小混混可卡。吴薇不可能不知道，通过手机定位，能找到她，反倒是歹徒，害怕她被找到，所以会把手机扔掉，所以这个手机应该是歹徒扔掉的。那个混混忙着开车，仓促之间，也未必能看得清楚。现在咱们的线索断了，那些歹徒真是太浑蛋了。老甄，咱们怎么办啊？李强那里能不能通过监控找到这辆车啊？你赶紧给李强打电话。"

我估计不用我给李强打电话,他也做了监控追踪那辆丰田霸道的轨迹的工作,只是在等结果而已。毕竟监控排查并没有那么快。我思索了一会儿,对梁欣、章玫二人说道:"在这个时代,估计没人不知道手机能定位的,咱们知道,吴薇知道,绑走吴薇的人也知道,所以,当吴薇把手机扔出来的时候,他们才没有停下来把手机要走,而是开车跑掉了,因为他们也很清楚,这个手机扔掉对自己更为有利。"

我继续说道:"这个能解释为什么这几个人明明知道手机被扔出了车子,刚好掉落在那辆红色马自达六上,但是却没有任何反应的原因。但是解释不通吴薇为什么会在明知这样会掐断自己获救线索的情况下,还要把手机扔出去。"

章玫的眼中突然一亮,对我说道:"甄老师,会不会是吴薇姐姐的手机里有什么重要的证据,所以她才必须把手机扔出来。"我摇摇头,说道:"李强他们已经通过技术手段检查过了那部手机,没有什么有价值的内容。所以手机里有证据或者线索,这个推测不成立。"

梁欣一拍脑袋,对我说道:"吴薇扔出来的可能不止手机,我想起来了,她有根录音笔,贴身而藏,用来偷录用的,那录音笔可以直接把里面的内容通过数据线传到手机里。"

我回应道:"这种可能性很大,因为录音笔小且轻,如果在高速行驶的车上扔出去,运行轨迹不可控,而把它和手机用数据线连接在一起扔出去,就好多了。这么说的话,咱们还得找那个公关经理程思颖,那根录音笔很可能没有被可卡和她发现,不然的话,可卡被李强通过其他案子弄到局子里,不会不说出来的,因为这事和他没什么关系。所以咱们得去程思颖的车里找找看,要是能找到的话,就说明咱们的推测是对的,否则就再寻找其他可能性。"

我们三人商量定了，上车离开，梁欣继续开车，还是去程思颖的公司那边，相对于提前联系程思颖，还不如直接在公司堵她，再提出要求去检查她的车更为容易。

梁欣开车，我们很快就赶到了程思颖所在公司，但是前台小姐却对我们说已经两三天没有见过这个女人了。

我让章玫潜入程思颖公司打探情况是否属实。过了片刻，章玫回来，告诉我和梁欣："程思颖不在公司，这个公司的其他女员工也告诉我两三天都没有见过程思颖了。"程思颖在这个时刻消失不见，我虽然觉得有些奇怪，可是也并不能推断出什么来。好在我们还可以通过李强去寻找可卡这个混混。也许程思颖是在和可卡鬼混，所以几天不见。我给李强拨通了电话，对他提出我们需要找到可卡和程思颖，我们需要再去程思颖的那辆红色轿车内检查一下。

李强在电话里沉默了片刻，告诉我说道："可卡已经被释放了。没有合适理由的话，警方不方便出面把他再抓起来。你想办法通过其他渠道把可卡与程思颖找出来吧。找到他们，要是再寻找到可靠的线索，你随时跟我说，只要可卡他们两个有嫌疑，我就有办法对付他们。"李强挂掉电话，我又联系了常常给我帮忙的商务调查公司的老周，这种活儿交给老周最合适了，上次通过程思颖的车牌照找到程思颖，进而顺藤摸瓜找到可卡，也是老周的功劳。

老周曾经也是一名警察，本名叫周伟，我认识他已经好多年了，老周骨子里特别正直，但是在复杂的现实面前，他不懂变通，只顾技术和破案，却给他带来了不少的烦恼。终于在干了十几年警察之后，他越干越憋屈，于是选择了离开。他辞职之后也没有别的技术和能力，就利用原来的工作经验和工作资源，开了这个商务调查公司，干一些追查婚外情、追讨欠款的工作。

老周跟我谈了谈价钱，迅速答应了下来。老周的寻人能力是非常强大的，你只要给他要找的人的身份证号码、手机号码等个人信息，他就能把这个人从各种犄角旮旯里抠出来。我很清楚地知道老周之所以能做到这些，是因为他之前做警察的时候，有好多个对他死忠的线人。老周这个人，只要你帮助过他，他就会真心对待你。老周能够做到不管他是不是警察，这些线人都信得过他，和他组成一个牢固的同盟，成为他的信息网络上的一个重要组成部分。

所以我很清楚，当我通过老周找可卡的时候，老周必然会发动他的整个线人网络。梁欣在电话的另一边迫不及待地问我老周大概多长时间能找到线索，并且让我把吴薇的资料也发过去，委托老周去找。

我把这件事办妥之后，先回到了家里。第二天，章玫告诉我尚警官那边查了2010年5月25日丁爽、张涛、张方达、刘欢欢、周玉龙五人潜逃出县城之后两周内613省道内没有发生车祸的记录。这就奇怪了，难道我的推理有误？警方没有车祸记录，可是我还是相信自己的推理，所以决定去一趟巫山县，沿着那条省道走一圈，看看有没有可疑的地点。

我和章玫订了高铁票，先到重庆再转车去巫山县。我和章玫下了车之后，尚警官已经在车站等着接我们了。我和尚警官握了握手，他头发已经全白，身材微胖，看起来和蔼可亲，令人心生好感。我们安顿好之后，就一起沿着当年丁爽、张涛、张方达、刘欢欢、周玉龙那五个歹徒最有可能逃跑的路线，也就是613省道，慢慢地开过去。我们穿过了三个村镇，并没有发现疑点，直到我们路过了一条几乎呈九十度角的弯道。

这条弯道几乎就建在悬崖旁边，尚警官停了车，我小心翼翼地走到了这个弯道的护栏旁。我注意到弯道护栏有维修的痕迹，尚警官充分地表现出来了一个老刑警的素质，他已经掏出手机打给路政部门的朋友，查询2010年5月25日之后的两周内，这个弯道口是否有维修过的记录。尚警官打完电话，我们在等待回信的时候，车一直往前开，继续查看有没有类似的地点。

我们一直前行到了第二个加油站，都没有发现如此险峻的弯道。此时天色已黑，我们在邻近县的小镇里吃了炖蛇肉，就开车回巫山县酒店了。次日一早，章玫敲门把我叫醒，告诉我尚警官已经把查询到的路政维修记录带了过来，我赶紧洗了把脸，到了章玫房间和尚警官碰了面。尚警官和我毫无寒暄，直接告诉我查到的结果，真是个干练的作风。2010年5月30日路政部门在例行检修的巡路的过程中，发现弯道处护栏被撞开了。

那个路口当时还没有安装摄像头，因此那个护栏究竟是怎么被撞开的，路政部门也不知道，那个时间段也没有车祸报警。事后路政管理部门推测，有可能是夜间超载的大货车撞开护栏之后就赶忙逃掉了。尚警官从资料袋中找出了当年路政部门维修前拍下来的护栏破损照片，在照片上很清楚地看到护栏坏掉的裂口长达五米左右。一般的小车是不可能撞开那么大的口子的，也没有那么大的力度。

因此路政管理部门就自行申请经费修补了被损护栏。我和尚警官再次来到了被撞开的护栏地点，在护栏旁探身往下看去，真的是万丈深渊，深不见底。我问尚警官，这悬崖底下是什么？是村庄还是什么？尚警官告诉我，悬崖底下就是很深的山谷。谷底好像有一条小溪，原来有采药的山民，下去捉毒蛇或者采摘名贵药材。后来年轻人都出去打工，那谷底下再没有人去了。政府担心安全，也立了牌子，禁止人们下去探险，所以那个地方没有人烟。

我和尚警官提出，我想下去看一看，尚警官面露难色，说下去的话危险度非常高，那个山崖特别陡，需要专业设备，最好还有救援队跟随才行。我想起有一个读者是喜欢攀岩探险的，正是四川人。我在微信里联系了他，他听说有这么一个悬崖和当年的惨案有关系，兴趣非常大，要我等

他一天，他立刻开车过来，然后带着设备陪我们一起下谷。

这个读者的网名叫望远，他很快就到了我所住的酒店，虽然说风尘仆仆，但是却兴奋异常。他是一名退伍的特种兵，个子不高，身材健壮匀称，隔着衣服都能看出他肌肉中蕴含的爆发力。

第十一章　车祸现场

　　望远还真是个急性子，刚到就让我们带着他去那个山谷开始工作。他的越野车里装满了攀爬野山的各种装备，登山绳、登山鞋、登山镐等，还有各种方便食物、饮水装备、睡袋。

　　尚警官年纪大了，章玫是女孩子，本来我不想他们两个去，但是章玫和尚警官都迫切地想知道真相，非去不可。望远给我们简单地讲述了一些攀岩和爬野山的自保知识，并且还准备了对讲机给我们，因为下到谷底手机都没有信号。尚警官找另一个朋友开车把我们带到那个路口，放我们下车之后就自行驾车离开。等我们从谷底上来，他再来这个路口接我们，因为这个区域是完全没有地方停车的。

　　望远小心翼翼地站在护栏边往下探去，研究我们怎么下去，怎么上来，寻找进路退路。他让我们三个人先不要动，然后在一棵粗壮的大树上拴紧了登山绳。他先缒下去，看看哪里能够着力，要是能有一个什么小平台的地方，让我们再下去。这样一步一步地找路下到谷底，登山绳就必须在大树上拴着，不能解下来，这样我们还可以按照原路返回。望远顺着绳子一点一点地往下爬，直到我们看不见他。

　　过了十来分钟之后，对讲机里传来他的声音，要我们每一个人都绑一条绳子在附近的大树上。拴牢登山绳,然后学着他的样子,倒着往下走!大概在下面十米的地方有一个凹进去的石头平台,我们在那边先集合,然后他再带着我们顺着可以攀爬的地方,下往谷底。我们三个人有样学样,如法炮制,互相照应着,用了二十分钟的时间,才到了望远在对讲机里跟我们说的那个平台上。他把我们一个一个从登山绳上接过去,解开我们身上的登山绳,把坠下来的登山绳拴到这个平台附近的树木上,方便爬回去的时候再用。

我们到这个平台之后已经累得气喘吁吁,再抬头往上看去,已经完全看不到我们下来的那个护栏了。章玫毕竟是女孩子,虽然在山区长大,攀爬走路不在话下,可是这么险峻的悬崖吊着绳子走下来,也是腿软。我们几个人在这片不大的石头平台上稍微喝了点水,章玫更是找了一块比较平整的地方,坐下来敲打着腿,可是她刚坐下的时候,就一下站了起来,揉着屁股往后看去说:"有什么东西扎了我一下,好疼。"望远反应很快,迅速地过去查看,他人还没到话就传了过来:"千万别被蛇咬了,那可不得了。"

这个时候章玫已经从地上把硌到屁股的东西捡了起来。经过尚警官仔细辨认,这个是汽车侧视镜的半个外壳。但我们也没法确定,这块汽车的残片是不是这八年来其他车辆出了事故或者故障所撞下来的。我们这次下谷行动很可能是毫无收获,因此也只能收起刚有的一点希望。在休整完毕之后,继续往下走去。还好,过了这片悬崖,我们抱着树木,运用山石手脚并用,逐步地往下走。

我们走了大半天之后,手机信号已经完全没有了,几个人吃了点东西,然后各自钻到了睡袋里,抓紧时间休息。我从来没有想过露宿山谷还能睡得如此香甜。看来所谓睡不着觉,其实就是体力消耗不够。失眠的人去扛两天木头,可能就睡得香甜了。就这样,我们在望远的带领下,又用了一天的时间，终于下到了谷底。谷底正如尚警官所说，有一条小溪，现在是秋季，溪水不深。

我走到平地的那一刻，终于感觉到脚还是属于我的了。我躺在松软的落叶层上，说什么都要躺一会儿再起来。在我三十多年的生命中，从来没有走过这么多的路，也从来没有受过这么多的累。除了经常攀岩的望远之外，尚警官和章玫也是累得浑身瘫软，休整了好一阵子，我们才从地上爬起来，开始寻找我们想要的线索。

为了提高效率，我们决定分头沿着谷底溪流的上下游两个方向去寻找可能的痕迹。望远和尚警官一组顺着溪流往上走，我和章玫一组顺着溪流的方向往下走。考虑到即使我推断的车祸存在，也不可能距离这个位置太远。因此我们约定好最多各自往上下走五公里就回来会合，不管有没有发现。

在检查了对讲机之后，我和章玫顺着溪水旁边的还能下脚走路的草坡慢慢走着，溪水清澈，只不过晚秋时节，一股冷气沿着溪水传来，但是南方终究不比北方，这里绝不会结冰。水中鱼虾等生物，可能因为冷都藏在水底了，不过溪水潺潺，还是看起来生机盎然。章玫告诉我，南方的山中是有蛇的，这个季节蛇还没有冬眠，因此得用登山杖去打草惊蛇，而且也不要走草木太深的地方。

我们往下走着，走到将近三公里的地方的时候，突然间发现在溪流对面有一扇黑色的汽车车门。章玫看到这个车门，激动不已。我们连忙用登山杖测溪流的深度，好在溪流最深的地方，也只不过没过小腿，我们完全可以蹚水过去。为了避免衣服湿透，我们只好把整个裤腿卷起来，赤足穿过去，溪水冰凉却挡不住寻求真相的心。

我们到了对面之后，很快就找到那个车门，看着车门上锈迹斑斑的样子，应该是有几年的时间了。我和章玫在这扇车门附近查找，终于在距离车门不远的地方看到了已经变形的，还压倒了几棵大树的黑色轿车一辆，我们走到跟前，发现轿车后座上有两具尸体已经腐烂，但是从身上的衣服和头发来看，我确定其中一具尸体是一名女性，车的前窗完全破损，驾驶位没有发现尸体，驾驶位上的司机很可能从前窗坠落出去，尸体可能被甩到他处了。我们用对讲机给尚警官发消息，说我们有了发现，尚警官要我们尽可能不要碰触发现的尸体等证物，他们马上就赶过来。

我和章玫绕过这辆黑色轿车，继续寻找其他的线索。因为这辆车上的人很明显和那五个歹徒对不上。很快，我们就在下游一两百米的地方看到了泡在溪水里的白色越野车。

我和章玫走过去，顺着破碎的车窗往里看，确认车窗里有四具尸体，章玫还真是个胆大的姑娘。虽然刚看到尸体的时候，她害怕地往我怀里躲了躲，但是当看到第二辆车里的四具尸体的时候，就没有什么反应了。

我没想到在谷底居然找到两辆事故车。过了半个小时尚警官和望远找到了我们，尚警官查看了尸体之后，用手机拍了照片，标注了位置，和我们说先爬上去，他去跟局里申请派法医过来验尸。

等我们回去的时候，我才发现虽说下山很辛苦，但是上山简直就是要人命。我们从悬崖顶上下来，走到谷底，用了一天半的时间，而我们上去就用了两天的时间。爬到悬崖顶时，我真的觉得腿都不是自己的了。

尚警官联系了他的朋友，到护栏口接上我们。回到了酒店，我冲了个热水澡之后，躺在床上说什么都不起来了。直到我被手机铃声吵醒，电话是老周打来的。老周告诉我，吴薇和程思颖都没有踪迹。但是，他找到了可卡，我要老周盯住可卡，同时告诉老周，我这就回北京。

我从床上爬起来，先给章玫打了电话，章玫告诉我，尚警官已经带着法医去那个谷底验尸了。我告诉章玫，可卡找到了。我得立刻回北京，问章玫是留在巫山县等尚警官的消息，还是和我回北京。章玫考虑一下，认为自己留在巫山县也没什么帮助,横竖都是等法医的勘查结果。所以,我们二人一起飞回了北京。

梁欣在机场接上我们,马不停蹄,赶到了老周发来的地点与老周会合。我从没想过一个经常出入夜店的花花公子,居然会藏在一个城中村里。也只有老周这样的人才能够把可卡从这样的地方抠出来。城中村有一个很重要的好处,就是村内道路四通八达。

当一个人藏在某处,如果有人要找他,他随时可以通过各个路口狂窜而去,老周甚至找到了他租住的城中村公寓的地址,还有可卡的生活规律,老周带着我、章玫和梁欣找到了可卡租住的那间公寓门口。就是当地村民自己私搭乱建的三层公寓的其中一间。老周告诉我,这个可卡几乎从来不出门,都是点外卖。只有外卖员送餐的时候,他才开门。这个可卡神秘兮兮的,不知道在躲什么,也可能是躲高利贷。我们躲在门口正在商量是等快递员敲门,他开门的时候强行进去,还是说假装快递员敲门,敲开门之后再强行进去。没想到,我们等来了一伙染着五颜六色的头发、脖子上戴着大金链子的人,这伙人一看就绝非善类。他们朝这边走了过来,路上的行人都纷纷躲避。

很快他们也找到了可卡的门口。我对可卡这样的小混混招惹其他混混团伙,一点都不惊讶。这几个戴着大金链子的大汉倒是一点都不客气,直接哐哐捶打起门来大声喊道:"可卡,老子他妈知道你在里边!快开门,不然老子让你好看!"那几个混混喊了几遍,房间里边沉默无声。

其中一个看似领头的胖子,很气愤地对旁边两个手下吼道:"哎!你们去找开锁的过来,把这孙子的锁弄开。"左边那一个瘦高个,对这个胖子回答道:"胖哥,咱们还用找什么开锁的?小三子就在,他那手艺有什么锁打不开的!"

"让他过来开锁,也不能白罩着他。"这个被叫作胖哥的家伙,桀桀怪笑起来,转头继续说道:"那个小三子,你过来,把这个破锁给老子打开。"一个瘦小枯干、贼眉鼠眼的家伙快速穿过人群,先是对着这个胖哥谄媚一笑,道:"胖哥,您看我的,放心吧。"然后从腰带上解下来一根特制的铁丝。

这个城中村公寓房间所配的锁是那种最简单的暗锁,连B型锁、天地钩都没有。这个小三子把铁丝探进去,三钩两钩,很快就打开了门锁,可是没想到里边还反锁着,小三子扭过头去对着那个胖哥无奈地摊了摊手,说道:"胖哥,这货肯定在屋里边反锁呢。"

这个胖哥嘿嘿一笑,猛地抬起一脚,一下就把门踹开了。周边虽然有人看热闹,但是没有一个人去管闲事,更不要说报警了。那个胖哥领着一伙人蜂拥而进,很快我们就听到了可卡在里面哭着求饶的声音:"别打别打,胖哥别打我,我真的什么都不知道,我真的什么都不知道啊!骗你我是小狗。"然后就是扇耳光的声音。

房间内传来了胖哥的爆吼声:"那东西到底在哪儿?你还不交出来?老大说了,就要你好看!算了,你既然这么嘴硬,那咱就换个地方说吧。"话音刚落,几个人架着可卡从房间里走了出来。挤在门口看热闹的群众看到这个情况,纷纷后退,让出一条通道来。

那个胖哥一边得意扬扬地瞥了瞥,睥睨了一圈周边围观的人群,一边大声嚷嚷道:"你们都别多事啊,这小子欠我们钱,我们得给他换个地儿,跟你们没关系,欠债还钱天经地义。"

老周看看我,问我要不要干涉,我摇头。那一帮人得有十几个,我们才四个人,何况其中一个是耍笔杆子的文化人,一个是小姑娘,我们怎么干涉?最多就是报警给李强把这群人全带走。但是我更想看一看,带走可卡的这伙人是个什么来路,我们就等这个可卡吃了苦头,再看看怎么处理。

那十几个混混是分成一辆面包车和一辆小轿车来的。可卡被塞到了一辆胖哥也在的破旧的桑塔纳轿车里头，其余的混混全在面包车上。我和老周赶紧开上车，跟踪上去，我们很快发现面包车和小轿车分开了。看来除了小轿车上这几个人才是这个胖哥真正的贴身兄弟，其他的人都是找来撑场面的，所以真正动手的也就是这几个人而已。

我们一直追踪这辆黑色桑塔纳开到了郊区一个汽车修理厂，老周把车停到了汽车修理厂五六百米外的地方，刚好是拐弯后的一个死角，确保从那个修理厂出来的人看不到我们的车。这个汽车修理厂就是用一个农村大院改造的，我们一行人悄悄地绕到了汽车修理厂后面，从后院踩着墙爬到了房顶上，从房顶上能够很清楚地看到那个胖哥一伙和可卡所在房间里的动静。

房间里开着灯，可卡已经被捆了起来，蹲在一边，胖哥坐在一张破沙发上，另外两个打手已经拎着棒子过去要殴打可卡。可卡吓得浑身颤抖，连声求饶，带着哭音哀求道："胖哥胖哥你可千万别打我，你说那东西我真不知道。而且我对你真的有点用。我能给胖哥勾搭妞，然后你让那些妞给咱们挣钱，行不行？"

那个叫胖哥的家伙听完之后，嘿嘿冷笑，对可卡说道："你觉得我缺妞吗？就你干的那点破事儿，道上人能不知道吗？你也就是哄几个娘们让你玩，送她们去洗浴中心上班养着你。你他妈就是一吃软饭的，老子就是干死你，也算替天行道了！但是现在有你惹不起的人找你要个东西，你还不知道是什么？那没办法了。我只能干死你，还得把弄死你的视频发过去，让人家放心你手里的东西肯定不会泄露出去。"

可卡听完后吓得大哭起来，对胖哥哀求道："胖哥，胖哥，我真不知道你说的是啥呀。你就是打死我，我也不知道啊。再说你打死我，也背上人命了啊。"

胖哥哼了一声,说道:"看来这个孙子是不见棺材不落泪。黑二、大鹏,先让他长长记性。"紧接着我们就听到了噼里啪啦的棍子抽打在可卡身上的声音。

两个混混把这个可卡打得鬼哭狼嚎,可卡一边躲避一边打滚,一边说着:"胖哥,我真不知道是啥东西,你倒是给我个提示啊,我但凡想起来,肯定啥都不能瞒你了。"

那个胖哥哼了一声,打人的声音停了下来。胖哥说道:"就最近跟你那个姓程的骚娘们有关系。你再想想是什么东西?"这句话说完,可卡顿了一会儿,然后继续说道:"胖哥你说程思颖那个老骚货啊,我操,我就是玩了她几天,我跟她真没那么深的关系啊,啥事我也不知道啊。是不是那骚娘们的那个什么老范请你来收拾我的。你放心,我从此以后这辈子都不再见那骚娘们了。唉,那骚娘们有好几天我没见着了,我真不知道怎么着了。"

胖哥猛地一拍桌子,大喝道:"你这王八蛋,真是不见棺材不落泪啊!来,哥几个,接着给我打!"又打了一阵,这个胖哥的手下说道:"胖哥,这都打晕过去了。会不会他真不知道啊?"胖哥站起身来,走到还哼哼唧唧的可卡身旁,用脚踢了踢,蹲下来对可卡说道:"孙子,别装死狗。你不说老子他妈天天打你。今儿你他妈就先在这儿吧。"

胖哥说完,对黑二和大鹏挥了挥手,二人把可卡锁到了修理厂的一个小房间里,这个房间正对着胖哥他们刚才殴打可卡的那个大房间,也就是说在大房间里可以一清二楚地看到小房间的动静。

胖哥吩咐那个叫黑二的人道:"黑二,你去买点酒和吃的,然后再找几个小姐过来。我们这几天就得跟这孙子耗上了。他一天不说,咱们就一天不能放他。"黑二一听说要找小姐就满脸淫笑地出门开车出去了。

老周凑在我耳朵边对我说道:"那个可卡被关的屋子只有那一个门,根本没有窗,咱们要想把他弄出来,是肯定逃不过那几个混混的眼睛。"我想了想,老周比画了撤退的手势,我们四人先从房顶上退了回去。

我们回到车上后,我决定先开到附近的镇上,找了一家二十四小时便利店,买了几把自行车链锁,然后吃了顿饭,这才再次回到了这个修理厂附近。

第十二章　混混可卡

我和梁欣商量过后,决定还是不找李强寻求帮助了。因为如果李强出面的话,可能这个可卡更加什么都不肯说了,也许他知道也许他不知道,我决定利用胖哥对他的威慑力,来逼迫或者诱导可卡说出他知道的一切。我们吃饱喝足回到修理厂附近,在车上先抓紧时间休息,等到凌晨两点半的时候,我们悄悄地再次回到了汽车修理厂。

这个时间是人最疲惫的时候,这几个混混又要喝酒,又要搞女人,估计也不会睁着大眼忠诚值守地去看着可卡,因为在他们眼里,可卡已经被他们打个半死不活,翻不起什么风浪来了。他们必然会大意。

根据混混群居的特性来讲,他们多半都会集中在那一个大房间里寻欢作乐。我们顺着原路再次到了房顶之上。不过这次老周把车悄悄地开到了修理厂门口,我们让梁欣和章玫在车里不熄火接应我和老周。

我和老周从房顶上顺着灯光的死角悄悄地跳到了院子里。我们在墙角听到了房间内男人喝酒的声音与女人的调笑声。我透过脏乎乎的玻璃往里看去,只见里面有四个女孩子都没有穿衣服,一丝不挂地陪着这几个流氓喝酒,这四个女孩子应该是这几个流氓从附近找来的小姐。大房间地上放满了酒瓶子。那个胖哥一手搂着一个,正在左捏右摸,黑二、大鹏则对剩下的两个女孩子动手动脚。

我们只好在清冷的秋夜里在窗根下耐心地等着，等屋内喝酒猜拳结束，淫乱不堪的男男女女都释放了欲望之后，纷纷找到自己舒服的地方，憨憨地睡去了。我们蹑手蹑脚地在这间房外的门把手上挂上了三把自行车链锁。

锁好胖哥所在的大房间之后，我们走到了可卡被关押的房间门口，要说开锁，老周也会。那被一把破挂锁锁住的门很快就被打开了，我们进去后发现可卡正躺在地上呻吟。可卡一看有人来了刚要开口求饶，老周反应很快，迅速过去，捂住他的嘴对他嘘了一声，咬着他的耳朵小声说："我们是来救你出去的，别吭声。"可卡这才看清我们几个人不是胖哥一伙，慌忙拼命地点了点头，然后努力地爬起来。但可卡的身子一晃一晃地站立不稳，我和老周两个人一边一个把他架起来，出了院门后，上了车，梁欣一踩油门，我们飞奔而去。

老周找到了一家熟识的私人诊所，给可卡看伤。虽然这个医生半夜被人叫醒很不高兴，但是当他打开门看到老周的脸的时候，表情立刻就变了，很热情地给可卡看伤。我就特别佩服老周的三教九流无所不交的本领，他找到的各行各业的人，好像都欠了他很大的人情的样子，只要他联系人，总是能在关键时刻起到决定性作用。

可卡被人打得着实不轻，好在骨头没有大碍，只是一些皮外伤而已。医生给他上了药包扎起来，可卡这才惊魂初定，对我们连声道谢。我知道可卡并不认识我们，可卡对我们问道："几位大哥大姐，你们是哪路神仙，为啥救我？"

老周虽然气场最强，但他却对我努了努嘴。我对可卡说道："我们也是为找程思颖而来。你应该还记得你开那辆红色马自达六的时候，有一个女人从另外一辆丰田霸道上往你车里扔了一个手机，我怀疑可能还扔了别的什么东西，所以我们得去那辆车里再找一找。现在程思颖消失不见，那辆车是不是还在你那里？我们需要再去车里查找一下。"

可卡见我们问起那辆车的事情，对我们说道："那辆车早就被程思颖要回去了。我那天其实也只是帮她修车而已。那车并不给我用，因为那车是老范给陈思颖买的。她怎么可能敢给我用？"我问道："那你这几天为什么跑呢？胖哥那伙人为什么找你？他们在跟你要什么东西？"

第十三章　旧日同学

可卡揉了揉自己脸上肿胀的地方，疼得吸溜一声，咧着嘴对我们说道："唉，哥几个，其实我也真不知道他们想找我要什么，突然间就来找我说有什么东西跟程思颖有关，非得说是程思颖把那东西都放在我这儿了。可是我真不知道啊。而且我前段日子钱花完了，借了点钱还不上，所以的确有放贷的找我呢。但是胖哥那伙人找我是因为程思颖，我就真不知道具体为什么了。"梁欣问道："那程思颖在哪儿？你能找到她吗？你还能联系上她吗？我们这几天也在找她，但就是找不到。"

可卡说道："唉！我哪儿顾得上找她呀。不过你们救了我，我这就给她打电话。"可卡借了我们的手机给程思颖打电话，还是关机状态。我们又问可卡道："你和程思颖还有没有什么别的方式能联系上啊？"

可卡摇头道："几位大哥，我和程思颖只是炮友关系，不可能有那么多联系方式，不过看在你们把我救出来的份儿上，我想想啊……我想起来了，我跟程思颖有一个共享的百度云账号，你们进去看看，没准里头有什么线索。因为账号里就是程思颖最近的各种自拍照、地点共享之类的。我把账号和密码给你们。我一直记着这个百度云的账号和密码，是因为云共享里边有程思颖的各种裸照，我时不时要进去看一看，程思颖这个骚娘们

可喜欢自己拍裸照发上去了。"

我们从可卡手里拿到了程思颖的百度云账号，章玫迅速地用自己的手机登录了这个百度云账号。我们点进去一看，发现上传的内容停留在三天前，之后就没有再更新，也就是说，程思颖真的失踪三天了。

章玫翻看着里边程思颖的各种艳照，突然间发现里边还有一个音频，章玫好奇地把音频下载之后打开来听了听，本来我们以为这个音频最可能就是程思颖与男人约炮时录下来的叫床声。但是没想到打开之后，音频里却传来了吴薇的声音，我和梁欣还有老周立刻都凑了过去。

只听音频里吴薇说道："你们把丁三根那一家子人都弄哪儿去了？"

一个男人的声音说道："吴记者，你管得太宽了。实际上，这事就到此为止了。我们给了吴三根一家一笔钱，他们到外地去过好日子去了。"

吴薇说道："你们是不是因为他们一直在告你们？把他们给害了。"

那个男的说道："什么叫害了？我们都是正经买卖人，嘿嘿。"

吴薇的声音继续道："那你们抓着我不放干什么？"

另外一个男的嘿嘿淫笑道："我们抓你，是因为我们老大看上你了。吴记者，我看过你那些深入虎穴、深入黑作坊之类的卧底调查。但是您这一辈子，还没去过精神病院吧？那我就让你见识见识精神病院！哈哈……"

随后录音笔里就传来了吴薇的求救声："你们干什么？你们干什么？你们放开我，你们这群流氓……！"这段音频就到此结束了。

梁欣听到"精神病院"这四个字之后十分激动，问我道："老甄，这音频里说精神病院，咱们怎么去找？吴薇是不是被他们弄到精神病院里去了？"

老周在旁边说道："的确出过这样的案子，一家人因为财产纠纷，把没有精神病的家人送到精神病院去陷害。"

章玫说道:"我记得我看过一个故事,一个司机在运送三个精神病人的过程中,病人跑了。然后这个司机没办法,就骗了三个正常人上了车,把他们送到精神病院,结果那三个正常人在精神病院里费尽了力气,证明自己不是精神病人,过了大半年才出来。吴薇姐姐难道真的被他们弄到精神病院去吗?正常人被放到精神病院那个环境是不是也会出问题啊?"

梁欣说道:"你别瞎说,吴薇不会出事的。"

我看看痴情的梁欣,没有吭声。他可以靠祈祷安抚自己的心,但是我却得靠理性指导行动。这段音频里只有精神病院这个线索,具体是哪家精神病院,我们就不知道了。还有,这个程思颖失踪和这段音频是不是有关系还得验证调查。音频里所说的精神病院是否和寒光集团有关系,从音频对话来看,没法判断。我只能从音频中判断出,吴薇正在追踪寒光集团所生产的对婴幼儿致畸的营养品问题,丁根一家是最重要的证人,他们突然失踪,吴薇继续追踪下去,然后被这个集团的人掳走。而掳走吴薇的人的理由是,有人看上了吴薇。从这个逻辑上说,寒光集团与精神病院是应该有着各种千丝万缕的关系的。那么调查出这个精神病院的艰巨任务当然还是得交给老周去完成。

把一切安排妥当之后,我和章玫先行回去休息了。我们刚从巫山县下了一次谷底又攀爬上来,着实是全身酸疼不止。我回去结结实实睡了两天,才感觉身体缓了过来。

尚警官那边消息传回得很快,确认在那辆白色越野车中的四具尸体的DNA,分别是丁爽、张涛、张方达和刘欢欢。而另外那辆黑色轿车里的两具尸体,从轿车的车主信息最后确定分别是在八年前已经报失踪的于荣达与王芳夫妇二人。而报失踪的人正是他们的儿子于文泽——这个名字我感觉听起来好熟。我想起来了,就是那个寒光集团的老总,没想到这个寒光集团的老总居然是个孤儿!

当年桃子母女被害案的那五个混混，已经找到了四具尸首，只有周玉龙不见踪迹。难道周玉龙当年不在车上？时隔多年，周玉龙踪迹全无，生不见人，死不见尸。就差这一个真凶还找不到，也有可能他的尸体从车里落到溪水里，被水冲到了河里，再进入了长江，那就再也不可能找到了。

而且，只有周玉龙等五人谋害桃子母女的动机还没有找到，这个动机，我相信可以通过章玫的高中同学宁晓璐获得。章玫告诉我，她已经通过几个高中同学找到了宁晓璐的下落。这个宁晓璐在北京一家洗浴中心做按摩技师，所以她才不跟所有同学联系了。那家洗浴中心我知道，当年有一个沉迷于各种洗浴中心夜总会的哥们带我去过，而我只是做了简单的按摩，因为我对性工作者有一种先天性的防范。

为了验证我对周玉龙等人的作案动机的推测，我带着章玫去了那家洗浴中心，在去之前我还是找了老周帮忙，先联系了洗浴中心的安保队长康哥。在康哥的帮助下，我和章玫在这个洗浴中心的客房里见到了穿着超短裙、低胸装的丰满靓丽的宁晓璐。这个宁晓璐的颜值肯定不如章玫，但要是走在大街上的话，也绝对是个能让人回头的美女。

宁晓璐当然不认识我，可是她却一眼认出了章玫。不管怎么样，从事这种职业，看到自己曾经不顺眼的女同学坐在自己对面，还是会心生嫉恨的。碍于康哥的压力，宁晓璐对我仍然是毕恭毕敬。

章玫当年与宁小璐的关系本就不怎么样，宁晓璐见到章玫，一开始以为章玫是故意来羞辱她的，因为宁晓璐以为我过来是寻欢作乐的，而带着女人来洗浴中心肯定是找事的，特别是带着章玫过来，就更加不简单了。虽然宁晓璐不敢直接开口挑衅，但她开口第一句话就是："章玫，我现在都已经混成当小姐了。你高兴了吧？"这句话把章玫问得莫名其妙。

章玫讶异地问道："晓璐，你做什么工作和我有什么关系？我就想知道当初你为什么那么对我有情绪？"

宁晓璐不再理会章玫,她看到我在抽烟,把身子往我这边凑过来,故意把胸口晃来晃去,对我说道:"这位大哥,能不能给我根烟?"

我递给她一支烟,宁晓璐很熟练地点着,抽了起来,尽可能地坐得离我很近,对我说道:"康哥说,您找我有事。您问吧,有什么我都告诉你们。我要不好好地告诉你们,一会儿康哥打人可狠了,我可不敢惹他。大哥,章玫这小妮子跟了您?当年我们班里她是班花,一堆男同学追求她,我心里特别不服气,然后我就可想搞她了。您到底有什么问我赶紧问,我这还要上钟呢。或者您包我一个钟呗。不管您是问我话还是想玩我都行,或者一边玩我一边问我话,就在章玫眼前玩,看她更好玩,还是我更好玩。我虽然不如她漂亮,但是我比她技术好啊。怎么样,大哥?"

宁晓璐挑逗地看着我,还对我吐了个烟圈。我心中叹了口气,却也无可奈何。同学之间的爱恨,可能在年少时期就很严重了,因为年少时期的各种嫉妒、仇恨等不良情绪延续很久。少年人的心理构成,一方面是父母,一方面是同学,一方面是社会,这三者共同作用造就了一个人初入社会时的样子。这就是为什么现在很多家长都拼命地把自己的孩子送到更好的学校去的原因,因为不单是师资力量,还有一个氛围的影响,因为一个人出淤泥而不染是非常难的事。

这个宁晓璐当年在班里头很可能学习成绩不好,但是又十分忌恨章玫。我记得章玫跟我说过,宁晓璐的家庭条件不错,不知道怎么就沦落风尘的。宁晓璐毫不顾忌地在章玫面前故意勾引我,我估计她还是出于对章玫的忌恨,想借此激怒章玫,让章玫狼狈发怒,但她却没想到,我和章玫没有男女之事。章玫虽然也步入社会几年,但她毕竟没有经历过这些。所以对宁晓璐这种自我作践的挑衅,显得不知所措。

我微微一笑,对宁晓璐说道:"包你一个钟没有问题,毕竟占用了你的时间。我们坐下聊聊天就好，因为有些事情我想知道。你还记得当年你们班的绰号叫桃子的同学吗？她大名叫陶艺洁，她和她妈妈都被人很残忍地杀死了。"我提到桃子的时候，宁晓璐的脸稍微抽动了一下，我确信她肯定是知情的。为了打消她的顾虑，我继续说道："杀害桃子母女的那五个混混，逃跑之后失踪了。前些日子我们找到了他们的尸体，他们在逃跑过程中出了车祸，坠入了悬崖谷底，都已经死了。所以你不用害怕，请把你知道的都告诉我。你告诉我的话，除了包你钟的钱，我还会额外付给你一千块。"

宁晓璐狠狠地抽了两口烟，挑衅式地看着我，对我说道："大哥，章玫这丫头有什么好的？为什么你们都帮着她？你回答我这个问题，让我心里服气了，我就什么都告诉你。"

我回答道："噢，你想多了。章玫好不好跟我没有什么关系。她出钱雇我，要把当年桃子母女被害案的真相找出来，我收了钱要办事，就这么简单。"

我的回答，让宁晓璐吃吃地笑了起来。她笑过后对我说道："大哥，原来你看起来挺有老板的气场，没想到是让章玫雇的马仔啊。大哥，你可真幽默，我发现我越来越喜欢你了。"

我也笑着回应道："对啊对啊，这个时候她就是老板，我就是马仔。现在我出一千块钱买你当年知道的事情怎么样？"

宁晓璐说道："行。你们真行，章玫你真行。大哥，你干完章玫这单，和我也说说价钱，我也雇你呗。"

我笑道："可以啊，但是你得先告诉我当年的事情，我先完成对章玫的工作。"

宁晓璐道："大哥，就这么说定了啊。"宁晓璐和我说完，扭过头看着章玫，狠狠地说道："章玫你说当初我那么恨你干吗？其实也没什么好值得恨的。我为什么恨你？这么多年过去我都快想不起来了。你说你爹妈都不管你？我爹妈对我都挺好。只不过后来他们命不好，得了场病，做的买卖也黄了，很快就死了。就剩我一个人，我学习又不好，除了干这个也不能干别的。还能怎么样？所以说章玫今天你尽可以嘲笑我吧。你看这个大哥，这些我见过的男人多了，你雇他，我怎么那么不信你雇他，他只是给你台阶下，这大哥坐这儿，我就知道他不可能是你底下的人。"

宁晓璐继续道："算了算了，那件事儿在我心底里压了挺多年。我懒得搭理你了，告诉你就是了。以后别再烦我。

"章玫我告诉你。当年那几个小混混是我找来的。我认识那个丁爽，那个丁爽一直在学校外边追我来着。后来他骗了我的处。然后，这王八蛋还找别人来一块儿玩了我。所以自那以后我破罐子破摔，要说我现在混成这个样子，那几个浑蛋就是罪魁祸首。当时我在班里特别恨你。因为我就不明白，为什么那么多男生女生就愿意帮助你？你明明应该比我过得更差，可是为什么同学们反而都帮着你，特别是那个桃子，她就拿你当姐妹一样，而不搭理我。还有你家境差成那个样子，居然还能成绩好。所以我看你特别不爽。

"然后我就找丁爽，让他找几个哥们，把你和桃子都抓走，轮奸你们。就这么简单。反正丁爽招来的那几个混混也都玩过我，为什么不能玩你俩，谁能比谁清纯干净啊？我看着你俩在校园里那种表情，就忍不住想着你们俩被轮奸，被拍了裸照的不敢见人的样子，想到这些我就高兴。

"但是我没想到丁爽找来了那个周玉龙，周玉龙是他们的大哥。那周玉龙是变态，他喜欢玩性虐待，我也没想到偏偏你跑了，桃子和她妈被抓上了车，当时过来的人一多，丁爽他们几个就慌了，赶紧抓着桃子娘俩跑了。

"事情坏就坏在那个周玉龙身上。我怎么知道周玉龙是个变态？因为那浑蛋丁爽还带我去给周玉龙玩过。那变态喜欢用钩子，把女人吊起来用鞭子抽，这么一轮下来，基本上什么女人，在周玉龙面前，都是让干什么就得干什么。牵着女人在地上溜，在地上爬，让女人学狗叫，都可以，只要不被吊起来抽，干别的都是好的了。

"但是具体桃子娘俩是真的被玩死的，还是说在反抗的时候被打死的，我就不知道了。但是她们两个被丁爽他们弄死，我是知道的，丁爽告诉过我。丁爽他们跑之前一天还告诉我，这次玩大了，那娘俩死了，他们得跑了。我本来还想让丁爽继续弄你的。但是他们跑了之后，丁爽就再没联系过我。没想到他居然早就死了。

"章玫你说这个破事儿是你惹的也行，说是我招来的也行，现在我这条命就在这儿。你想打我你就打，我也不在乎。我这辈子已经完了，能过多久是多久。"

宁晓璐说完，又把眼神看向我，对我说道："大哥，我现在可以雇你了吧？我就雇你在我跟前强奸她，只要强奸她，我不但随叫随到，还随时让你玩，我还给你两万块钱，你干不干？"

章玫的眼泪已经噼里啪啦地掉了下来。我对这个躁狂的宁晓璐既可怜又愤恨。一个人对另一个人的忌恨，居然酿出这样的大祸。而她还能逍遥法外。我不想再搭理宁晓璐，拉着章玫打算离开洗浴中心。

康队长正好在客房门口遇到了我，看到章玫脸上的泪水，问我是不是宁晓璐惹事了，没服务好我们，还问我需不需要教训她。

看来康哥在这群三教九流的人面前是很厉害的角色，不知道怎么的，我的恶趣味来了，我对康哥说："那个宁晓璐惹到了我的贵客，服务很不好，你们自己看着办吧。"

康哥听完我说这番话，又拽着我回到了客房里。宁晓璐正在房间里一边抽烟一边掉眼泪，看到康哥进来，吓得一下子就站了起来，康队长毫不客气，直接上去抡起皮带就没头没脸地打了起来。

宁晓璐疼得满地打滚，求饶道："我错了，我错了。别打我了！"康队长一边打一边碎碎念："让你得罪我的客人，打死你！"我拦住了康队长，掏出一千块钱塞到他口袋里，对他说道："哥们够了够了，没事，不是什么大事。这么打能把人打坏了。"

康队长摸了摸钱，对我嘿嘿笑道："哥们别客气，这贱娘们就是这样，不打不行。老哥你以后要是想玩或者带朋友来玩，你就联系我，我肯定让这娘们把你伺候好。"

我假意道谢之后，赶紧拉着章玫离开这个是非之地。

桃子母女被害案的真相终于揭开了。章玫宁晓璐所说的一切也都录了音，发给了尚警官。章玫万没想到因为校园中女生之间的忌恨，引来了这场大祸。我和章玫又再次回到了巫山县，和尚警官一起去桃子母女的坟前，章玫在桃子坟前让母女二人安息，害她们的凶手也都已经死了，间接引起这件事的宁晓璐现在生不如死。

桃子母女被害案了结，我总算完成了章玫的委托，既然章玫这件事已经了断，我计算了前后的费用，大概十万块钱。我把桃子母女被害案改编成了凶案故事，随后在直播间讲述，没想到获得了巨大的收益，居然在短短的几天内，我拿到的打赏和广告收入都已经到了十万以上。我不由得感慨这个时代自媒体的影响力。但是在这次直播中，章玫起到了很重要的作用，我发现她会运营直播间和我的各种读者微信群。这一个多月来，有了章玫的存在，我的主要精力就可以完全放在破案和构思故事了。

在回到北京的一个晚上，我准备了牛排和半瓶红酒，打算和章玫谈谈心。章玫看着桌上的四份牛排，默默地低下头来，拿出手机，又点了一份麻辣烫。晚餐就成了奇妙的组合。

我和章玫碰了下杯,开口直接说道:"桃子的案子已经挖出了真相,你委托给我的事情已经完成了,你以后怎么打算啊?是回重庆还是留在北京找个工作?"

第十四章　精神病院

　　章玫喝了一大口红酒，白皙的脸上很快也映出了一抹嫣红，章玫对我柔声说道："甄老师，原来是我雇你，现在你能雇我吗？我觉得这一个月来，和你一起做直播、查案子特别有意思，你包我吃住的话，雇我很便宜的。"

　　章玫回答出了我想要的答案，最后我们商量好一个共享收益的方案。人就是这样奇怪的动物，当你自己独来独往惯了的时候，不会觉得孤独；但是当你习惯这份陪伴却再失去的时候，就会觉得孤独了。

　　老周那边已经查到了寒光集团有一个子公司实际控制的慈善基金，这个基金资助了一家叫作暖心康复医院的精神病院。这是一家私立医院，当年就因为收治非精神病人，引起过负面报道，最后被压了下去。

　　这家暖心康复医院在北京市门头沟区，建在半山坡上。我、梁欣、章玫、老周驾车来到这家私立精神病院。医院规模很大，开车绕一圈都需要四十分钟左右。我们爬上了精神病院北侧的山坡，往下俯瞰，发现整个精神病院从里往外分成了三个区域，这三个区域的划分，不是分成三块，而是分成三圈。由精神病院内的一条主干道穿越而过。我们注意到整个精神病院的三圈围墙都布满了监控探头。而最外侧围墙则高达近3米，墙头上还布置了红外传感器，有人经过就会报警，有将近三十名身穿黑色制服的保安巡逻，老周判断，按照这个安保架势，这里的保安多半是二十四小时执勤巡逻的。

章玫忍不住悄声说道："这是精神病院还是监狱啊？这得是什么样的精神病人被关在这里啊？"

梁欣说道："要说这里是传说中的那种'黑色精神病院'吧，看里面这环境也不像。你看那还有几个精神病人踢球呢。我去采访过精神病院，就是破破烂烂的几栋楼，那些病人过得都不咋地。"

老周说道："反正我看着这里有古怪，对了，你们请我调查的费用谁来付啊，查到这个精神病院，两万块。"

我还没有说话，梁欣说道："我付，不管多少钱，我都付，只要能找到吴薇。"

老周扭头瞧了梁欣一眼，转头对我说道："老甄，你这哥们真不错，吴薇跟他比跟你强多了。"

章玫在一旁扑哧一笑，我却对这句话不知道该怎么回复比较好。我们从坡上下来，决定派老周和章玫出面去精神病院看看。要是说吴薇可能的下落，那这里最有可能了。

梁欣是吴薇的男友，我和吴薇被人诬陷有不正当男女关系，要是吴薇真在这里，那我和梁欣没准就在人家那里有照片资料，万一被人认出来，就一下露馅了。而老周、章玫和吴薇没有直接关系，因此他们两个出面去探查是安全的。

章玫和老周去了好久还没回来，我给章玫和老周打电话，却发现电话里提示："对不起，您拨打的用户不在服务区。"我和梁欣等得焦急，差点就给李强打电话请求支援了，这时，章玫和老周一前一后走了过来。

他们二人上了车，梁欣迅速发动车辆，我们先离开这里。在车上，老周开口说道："这精神病院里面真大,条件是挺好,但是也很贵。让章玫和你们说吧,她刚才在里面扮演的是抑郁症丈夫的可怜媳妇。嘿嘿。"

章玫接过话头说道："我得假装需要把自家的精神病人送过去,不然怎么咨询人家这么高档的精神病院的情况啊,周大哥说得对,这家精神病院里面很大,我们到了门诊前台,那护士穿的护士服都是粉色的,不是那种公立医院的白色。收费的确很贵,每个月的护理费和治疗费加起来得两万多块。但是有一点好处,那就是他们这里不需要正规医院的转诊证明,只要给钱,在这里让他们的医生开了护理单据就可以住院。"

我歪过头去,问道："章玫的意思是,这家私立精神病院只要给钱,就能把人送进来?而且这里的安保措施如此严格,只要把人送进来,就轻易出不去,是吧?"

梁欣说道："这不就是打着精神病院旗号的私人监狱吗?这要是有些被家人强迫送进来的没有精神病的'病人',这里再给用点药什么的,不就把正常人'治'成精神病人了?"

老周道："我听说过这种做法,但是没想到能做得这么绝。这个世界真是不查不知道,一查吓一跳。我每次接案子,往深里查的时候,看到人心深处的险恶,都得连续看几天《新闻联播》才能缓过来。这个精神病院再查下去,我都得连续看一个月中央一台不带换台的。"

梁欣说道："老甄,你找找李强帮忙,把这里端了,我们进去搜查咋样?说啥也得去找找吴薇啊!"

我说道："梁欣你是真不懂法律,怎么能说出这样的话来!李强要是能这么干,他那身警服早就被人扒下去了。"

梁欣无奈道："那怎么办?要不咱们晚上翻墙进去找找?"

老周说道："这个精神病院可不是那几个混混的汽车修理厂,只是几间破平房，想爬上去就爬上去。这精神病院的构造以及安保力度，从哪个角度钻过去都不可能。要说进去查，也不是完全不可能，还真有一个办法。"

梁欣问道："什么办法？总不能装精神病混进去。"

我点点头道："就只有这一个办法了。"

章玫道："我和周大哥已经在那里晃过了，不可能装成别人了，要说装成精神病人这条路，也就只有你们两个哥哥了。要么俩人都去，要么一个人去。"

我们找了个安静的地方，商量下一步方案。我问起章玫和老周，为什么我给她和老周打不通电话的问题，老周想了一会儿，说道："这个精神病院内部，很可能开了信号屏蔽装置，我注意到保安和护士腰间都佩戴着对讲机。"

我皱眉道："那就是人进去，该怎么对外联络呢？总不能在精神病院里放风筝。"

老周说道："联络好办，就算是没有手机信号，他们能用对讲机，说明还是有其他频率能够通信。而且那里面工作的保安、护士等人，也不可能完全不用手机，我推测就是那个手机信号屏蔽器不一定一直开着，很有可能是当有外人进入时，或者特殊的时间段再开。"

章玫说道："那里的所有病人都穿着精神病院统一的服装鞋袜，就算假装精神病人混进去，怎么把手机、对讲机一类的带进去啊？带进去怎么用啊？"

我说道："带进去并不难，难的是，不清楚精神病人的房间是什么构造，怎么用的问题。"

梁欣问道："老甄，带进去怎么不难，我想破脑袋都想不到，你换衣服的时候，估计都有保安和护士盯着，你的手机怎么可能不被发现呢？"

老周说道:"老甄,你不是要用毒骡子带毒那种办法吧?"

我对老周说道:"当然不是,因为不需要我带进去,而是由我的家属带进去,他们可以对我各种检查,但是对家属没办法检查啊。"

老周说道:"这个办法并不是完全可行,因为咱们并不知道他们收治病人,和家属探望的安保流程。不过这毕竟是精神病院,不是监狱,他们没道理对家属检查防范,因为这个精神病院主要是靠收治有钱家属强行送过来的精神病人,那么理论上说,这些家属要么是希望自己真有精神疾病的家属能过好一点的生活;要么就是有家属心怀叵测,把人送进来,自己好脱身,更加不可能给进入这个精神病院的人提供这些帮助。"

我点点头道:"老周,你去弄一部高级的通信设备来,最好是带伪装的,电池够用的,能够发信息的,而不只是能打电话的。我混进去吧,梁欣混进去,我怕他沉不住气。"

章玫说道:"甄老师,你自己进去,会不会有风险啊?要不还是两个人一起进去吧。"

我摇摇头道:"就算进去两个人,也不一定能碰到面,还不如我自己一个人进去,看看能不能在精神病人里找到帮手。"

梁欣道:"在精神病人里找帮手?这怎么可能?"

我微笑道:"别忘了,我还有心理师证书,而且这家精神病院里到底有多少是真正的精神病人,还不好说呢。"

老周说道:"这个精神病院最主要的目的肯定是为了盈利,至于检查什么的,只是不想给自己找麻烦和留隐患。而精神病院的安保措施之所以那么严密,最主要是为了防止关在里面的精神病人逃出去。因此我认为,混进去的难度不大,而且为了以防万一,我可以给你注射一个皮下定位窃听器。"

很快,我们商量完毕,最后决定由我去这家防卫森严的精神病院卧底探查，章玫假扮病人家属，把通信器材给我带进来。商定之后，我们迅速行动起来。老周搞来了皮下追踪器，注射到了我的皮肤里，这款追踪器还带有窃听功能。这一系列高大上的神操作，让我一瞬间感觉自己像007特工一样。

我要假装成自己是深度抑郁症患者。假扮深度抑郁症患者很容易，只需要目光呆滞，拒绝与任何人交流即可。而且这家私立精神病院也并不是真的为了治病救人，实属营利性机构，甚至可能还藏有别的黑幕。所以只要有人肯付钱，就象征性地检查一下就收治了。

章玫和老周二人假扮我的家属带着我去了精神病院，这家精神病院门诊的大夫，只是对我做了简单的问答测试，然后就给我办理了住院手续，随后就是不断地对章玫保证，他们会把我安全地禁锢在精神病院里治疗，生活上也会得到很好的照顾，除了费用稍微高一些之外，其他的一切都不用担心。

在我住进医院病房的时候，医院里的护工的确紧跟着我，利用给我做全面身体检查的名义，把我带到了更衣室，盯着我换了衣服，同时没收了我自带的一部备用手机。其他方面主要检查的则是有没有携带锐器，以防止自杀及伤人。

检查完毕之后，护工就领着我和章玫，把我安顿到了病房里。章玫充分表现出一个对抑郁症丈夫很是疼爱的妻子的态度。我坐在房间的沙发上装出一副生无可恋的重度抑郁模样，章玫则在护工的眼皮底下流露出无可奈何但是对我依依不舍的神情，连泪水都滑落了下来。随后章玫走到我对面，用后背挡着护工的视线，紧紧地抱住我，在抱着我的同时，把预备好的一部四英寸屏幕的袖珍智能机悄悄地塞给了我，随后章玫用力地把我的头往怀里抱了两下，转身离开，离开的时候，泪眼婆娑，仿佛真如即将分开的恋人一样。护工则忙着完成工作，虽然没有催促章玫离开，但是却早早地打开病房的房门,在门口踱步了。章玫离开的时候,转身瞧我一眼,眼神中已经满是"我就是戏精"的自豪感了,我心说女人果然都是天生会演戏的高手。

我挑选的是豪华病房,付的钱多一些,房间的条件非常好,而且我毕竟是卧底进来,这种豪华套房是单人间,终归是做些事情方便。我仔细观察过,整个病房内没有监控设备,只不过病房的门上有一扇可以从外面打开的小窗户,巡视的护工可以随时查看病房内部的情况。病房内还带有独立洗手间,我只要摸清了这里的护工巡查的规律,躲在洗手间里,即使悄悄地打电话,只要声音不是很大,都没有问题。我猛然想起在我的直播间里神神秘秘的毒刺,他之所以总是在固定的时间上线,而且还时不时说自己不方便的话,难道也是在精神病院里?

我能确定的是,我所在的病区是在这家精神病院的第二圈之内,最外面那圈病房区的病人基本上病情并不严重,而且所住的病房都是两人间甚至四人间的。中间这圈病房都是高级病房,豪华病房就是自带洗手间,而一般的高级病房虽然也是单间,但是要去公共洗手间。

几天过去,我就摸清了这家精神病院的管理规律。每天上午七点至八点是早餐时间;十一点半至十二点半是午餐时间;十八点至十九点是晚餐时间。非豪华病房的病人是在食堂里等着发饭吃,豪华病房的病人则是护士、护工人员把饭食送到病房里吃。嗯,我也在这个待遇之内,只不过这里的女护士基本上都是比较粗壮的体型,并没有看起来很漂亮的。

每天上午的九点半至十一点半,下午的三点至五点是放风时间,可以自由活动。十几个精神病人,只有三个护士看管。自由活动的区域是分片的,最外圈和中间圈以及最内圈是物理隔离的,我所在的豪华病房这个区域,一共有二十三个精神病人,其中有十六个男精神病人,还有七个女精神病人。

第十五章　男女病人

人和人之间的社交需求是挡不住的，哪怕是在精神病院。更何况绝大部分精神病人都属于间歇性的，所以很快我就融入了这些病人之中。他们中有一个老头是露阴癖患者，最喜欢在看到女护士和女病人的时候把裤子脱下来，露出自己的下体器官。当然每次他这么做之后，就会得到电击治疗的"奖励"。可是这老头乐此不疲，即使被电也毫不在乎。

精神病人也是分等级的，这老头就是精神病人地位最低的那个。通过几天的观察，我确认这个老头只是严重的露阴癖，这老头姓刘，在精神病院里绰号"老刘氓"。老刘见我没有鄙视嘲笑殴打他的反应，很快就把我当成一个朋友了，老刘絮絮叨叨地告诉我，他原本是个中学教师，老伴也是老师，子女都是机关干部，都是体面人，但是他五十二岁的时候，就是忍不住地想裸露器官给学校里刚刚发育的高中女生看，因此丢了工作，被拘留过，也让老伴、子女丢尽了脸。但是他实在控制不住自己，所以家里人没办法，就把他送进了精神病院。他在这里每脱一次裤子，就会被护士电一下，但是被电很爽，所以他也不在乎，好在在这里随便脱裤子，也不会丢家里人的脸了。

其实我清楚，精神病人往往都有自己一整套行为逻辑的。不管在正常人眼里，他们的言行是多么古怪，但是在精神病人的心灵世界中，他们做的这些事情都是合理的。老刘在自己的逻辑里，认为自己在精神病院里露出器官，是可以拯救自己家人的面子的。在这个病区里，和老刘能够相媲美的是另一个将近五十岁的矮胖大婶，她的发病表现是裸奔，不管是在放风还是在吃饭，只要受到一定的刺激，她就会毫不犹豫地脱光自己的衣服，只不过老刘每次看到裸奔大婶脱光衣服的时候，不但不脱裤子，还会紧紧地捂住裤子跑掉。这着实证明了病人虽然疯，但是不傻的道理，我也很快就观察出这个老刘只对漂亮的女护士和女病人脱裤子。

老刘和我熟悉之后，悄悄地告诉我，在这个精神病院的最里圈内有几个漂亮的女精神病人。这几个女精神病人似乎被人用链子拴着脖子在内圈赤身裸体地爬，他冒着被电击的风险爬到我们所在的病房楼顶看到过，这句话让我好奇起来，我用豪华病房的水果换来了老刘带我去楼顶看他所说的"西洋景"。

精神病人基本上还是很容易管理的，所以这里的护士、护工在精神病人放风的时候，大部分都坐在舒服的地方玩手机，甚至还有男医生调戏女护士，男护工撩骚女护士的情景。好在这群精神病人里，那个稍微颜值较高也比较年轻的女病人，并没有人去性骚扰，因为她是严重的躁狂症患者，一旦受到刺激，就会从地上捡起石头、砖头把惹到她的人往死里砸。而且她还不需要为自己的行为负法律责任。

老刘在放风的时候，有意假装去洗手间，然后等大部分病人都离开的时候，和我约定了在能够爬上楼顶的楼梯口集合，这个楼梯口属于这栋楼的外挂消防通道，上面有一把大号挂锁，锁着一道栅栏门。老刘见到我，从口袋里掏出一把钥匙，朝我得意地嘿嘿一笑，捅进锁孔，就把挂锁打开了，随后朝我招了招手，要我跟着他去爬楼梯，我奇怪地问道："你哪儿来的钥匙？"老刘对我咧嘴嘿嘿一笑，说道："这钥匙是我捡到的，我把这楼里所有的锁都试过了，才找到这把锁，他们谁都不知道。"

我跟着老刘爬了两层楼，到了楼顶，从高处往下看去，我才注意到，整个精神病院的所有安保和防范设施全在最外圈，中间圈和最内侧基本上都是医护人员管理，只不过最内圈和中间圈的联结大门安装了指纹锁，我看到了给我收治的那个男医生过去了，可是随行的女护士却没有进去。

我在观察这所神秘的精神病院，老刘却在紧张地等着他给我描述的女病人被赤身裸体地牵出来爬的场景。很快，这场景出现了，因为我看到老刘脱掉了裤子。我顺着老刘兴奋的眼光望去，只一眼，我就确认了我来对了地方，因为我在最内圈不远处，真的看到了女人赤身裸体地在花园里爬，而那个女人抬头的时候，我看到了她的脸——正是神秘失踪的程思颖！虽然这个女人的两性关系着实混乱，但是我可以确认一点，她的精神状态肯定是正常的。而她之所以会在精神病院表现出这个样子来，最有可能的是，她是被胁迫威胁，不得不这样服从。

而牵着程思颖爬行的那个男人，正是当初收治我的医生，他的名字好像叫高翔。

老刘虽然很兴奋，但是却很理智，很快就告诉我得回去了，因为我们若不出现在放风的那群病人中，强壮的女护工就该来找我们了。我和老刘从楼顶悄悄地下去，老刘还很细心地再次把锁锁上。等我们出现在一群放风的病人中间的时候，我注意到，这次分组的两个男护工凑在一起，一边吸烟，一边聊天。

护工甲："你说咱们怎么能和高医生一样，去A区工作呢，我听说A区全是漂亮的女病人。"

护工乙："你想什么呢，老实挣你的钱就行了，还去A区呢，怎么可能！A区怎么回事你真不知道啊？"

护工甲："老哥你来得早，给老弟说说，那里边到底是个啥情况？"

护工乙:"你还不明白,B区、C区的精神病人都是有家属来看望的,也是有家属来交费的,你什么时候碰到过A区的精神病人家属?再说了,你看到过那么多精神病人,有几个女精神病人?漂亮的就更少,怎么A区里全是,还一个比一个漂亮?"

护工甲:"老哥你的意思是,那些不是精神病人,是被精神病的?"

护工乙露出一副很有深意的表情,笑道:"我可什么都没说,你慢慢品,品明白了,你就自然明白了。你再品品咱们的工作纪律,禁止无授权者进入A区,议论A区都会扣奖金,你再品品。"

护工甲吐了吐舌头,吸了口气说道:"连议论都不让,我还想讨好高医生,让我去A区开眼呢!整天看着这些老疯子,真没意思。"

放风结束,我回到我的病房里,躲到洗手间,把我的发现用手机发给了老周他们。我要老周调查这个高翔,我始终认为他是个很好的突破口。可是程思颖所在的这个神秘A区,我却完全没有任何潜入的可能,那么我该怎么再进一步调查呢?

我虽然这段时间不方便在直播间直播,但是我委托章玫在直播间里,讲述我卧底精神病院的经历,美女章玫在直播间里将这样的桥段播出,很自然地吸引了更多的粉丝。而那个神秘的毒刺,在我不在期间,简直代替我做了直播,又讲述了他一段杀人的往事。

第十六章　直播犯罪

　　毒刺在我的直播间，为了证明他真的杀过人，他要选择杀掉一个他讨厌的人。而杀人的整个过程，他都会在我的直播间里发布出来。

　　虽然我忙于在这个私立精神病院里找到吴薇的线索踪迹，但是毒刺在群里说的一番话却让我产生了兴趣。毕竟杀人直播，就是两种结果：第一，吹牛之后，人设崩塌；第二，真的杀人，被抓入狱。横竖这个毒刺都会在我的直播间消失了。

　　我叮嘱章玫在直播间里代替我直播，章玫很高兴地给我发消息，说粉丝对她的欢迎程度更高，还有不少粉丝要求以后的直播都由章玫来做，我只需要在后台提供凶案故事就好了。

　　我心中好笑，觉得这样也蛮好，因为直播这件工作对我来说，的确是个挺让我发愁的活。相对于直播来说，我更喜欢写作和推理。要是章玫能够把直播这份工作担起来，对我来说是一种解脱。只可惜我身在精神病院做卧底，不能直接看到杀人直播。

　　章玫给我传来消息，毒刺已经在直播间里发布了谋杀的计划，那就是他已经设置好了让即将被杀之人发生意外的陷阱，只等着明天发布杀人视频了。我叮嘱章玫一定要把视频保存下来，回头传给我看。

第二天上午放风的时候,我跟着老刘把我们所在的B区的地形都绕明白。我发现老刘除了时不时地见到美女脱裤子之外,其智商很高,而且为人极其鸡贼,他和看护我们的那几个护工很熟,还能委托这些人给他带烟抽,我也跟着他沾光解了解烟瘾。

而且老刘一眼就看出来我的抑郁症是假的,他对我嘿嘿一笑:"你这个老甄肯定不那么简单,在这个精神病院里,我见过的真的假的精神病多了,眼神都不是你这样的,你这眼神不动是用劲做出来的。在没人的时候,你的眼中精光四射,绝不是抑郁症病人,而且咱们这个病院里的人,大部分只是疯,但不傻啊。"

我一惊,心想这精神病院还真不是那么简单,我微笑了下,没有承认,也没有否认,对老刘说道:"我这也是间歇性的,看到我媳妇就会犯,她不在就不会犯。"

老刘瞅了我一眼,满含深意,但是什么都没说,只是拉着我,从B区的前院转到了后院。我们刚到后院,就看到两个躁狂症病人打了起来,旁边还有其他精神病人看热闹,这俩病人互相揪着对方的头发和衣领,在地上滚来滚去,其中一个病人更为粗壮一些,很快就占据了上风,把另一个病人骑在身下,抡拳就打。事情闹大,不但护工护士拿着电击棒跑了过来,连当值的高翔医生也被惊动了,跑了过来。

一名个头粗壮的女护士一边奔跑一边喊叫:"今天放风结束了,不想惹事的都回病房去,要是一会儿还不走,今天饭就别想吃了。"

这句话还是有用的,虽然不少人还想留下看热闹,但是在没饭吃的威胁下,还是不情不愿地往回走了。我和老刘也随着人群往后退去,但是还时不时地朝着现场看过去。只见两个男护工拿着电棍就要对着那两个病人身上捅去,却没想到那两个病人在地上打了个滚,把其中一个护工绊倒了,电击棍掉落在地,被其中那个粗壮的病人捡了起来,随手就往护工身上电去。那护工平时都是用电击棍电病人，从来没试过自己被人电，这一下直被电得口吐白沫、浑身抽搐。另外那个护工看到这个架势，硬着头皮拿着另一根电击棍与病人对峙，却冷不防被那个瘦弱的病人一下子从地上抱住了腿，这名男护工猝不及防之际，又一下子被粗壮病人用电击棍杵中，一下子人事不知。事态的变化引发院中二十多个病人都亢奋起来，有几个病情很是严重的病人，迅速折回身来，先把那个胖护士按住手脚，用电击棍来回电，看来这名女护士常用电击棍虐待病人，结果招致此报。

高翔医生看势头不对，掏出对讲机，开始呼叫保安和其他医护人员过来控制局面，就在此时，几个病人发狂起来，冲上去把高翔医生也推倒在地，高翔医生被推得躲来滚去的时候，后脑正好碰到了院中的长条椅子上。很快，高翔医生的头开始流血。我注意到，一根很长的钉子在椅子上树立着，上面沾满了血迹。

这个时候，我们已经听到了保安跑步过来的声音，老刘见势不妙，拉着我，赶紧在保安合围之前逃离是非之地。除了我和老刘之外，还有其他鸡贼的病人也早就一哄而散，连那两个抢到了电击棒的病人都已经抱着电击棒四散奔逃了。

我和老刘分头跑回自己的房间，过了大概一个小时，我从窗口往外看去，正好看到了几名警察过来，在现场勘查，还把当时推搡高翔医生的三名病人带走了，只是这三名病人的状态明显是精神问题很严重，面对警察也是一副毫不在乎的样子。

这天的午饭还真是停了。下午，被打得鼻青脸肿的胖护士挨个牢房通知，未来三天所有自由活动都取消。我在洗手间里用私藏的手机和章玫联系，章玫给我发来一段视频，我仔细一看，大吃一惊。原来这段正是刚才高翔医生跌倒在椅子上死亡的视频。

那个毒刺也在这家精神病院里。这一瞬间，我感觉到一股凉气从我的后脊梁骨直冲脑门。要知道我在直播间里都是真人露脸讲故事，而毒刺则只是在直播间里各种语音留言。我在明，他在暗，我到了这家精神病院，毒刺就已经知道我来了。

这个高翔医生，绝对不可能死于意外，这个世界上没人能够预测另外一个人的意外死亡，除非这场意外是人为制造。而且我相信，被警察带走的那几个病人之中，肯定没有毒刺本人。我把现在B区的二十三名犯人在脑子里捋了一遍，先排除了那六名女犯人。从这个毒刺在我的直播间表现出来的年龄语音来看，也排除了老刘等几名年老的病人，那么毒刺最有可能的，就在平时不言不语的那五名中青年男性犯人之中了。这个毒刺，要直播杀人，动机又是什么呢？也许他真是杀人有瘾，不能用正常人的心理去推测。

当天的午饭虽然没有，晚饭还是有的，也好在我交的费用高，使用的是豪华套房，因此我待遇还是比较好的。而且，得益于老刘的鸡贼，我们远离当时的乱局，也没有被那个胖护士报复性治疗，更没有被警察询问。

晚饭还算精致，两荤两素，汤水果品、纸巾湿巾一应俱全。我算是理解了老周给我说的意思，那就是被送到这里的病人，还真不一定是有精神疾病的，的确有可能是家里人因为某种原因把人送进来软禁，还是合法合理的没法找到非法侵害证据的软禁。要是心思再歹毒一点，通过电击和药物治疗的手段，把人从没病治成有病也不是没可能。

我思考的时候，不小心把汤洒到了裤子上，我赶忙拿纸巾擦拭，可是当我把纸巾展开的时候，却看到了纸巾上有一行字："老甄先生，此处相遇，真是缘分，A区奥秘，当与君共探。——毒刺。"

毒刺果然很清楚我到了这家精神病院里，但是我并不知道他是谁，他用字条联系我，要与我一起探明A区，看来他已经来了一段时间了。我也一瞬间想明白了他为什么会有用手机的不方便呢，原来也是和我一样，要在

这家精神病院里偷偷地用手机。

但是毒刺却没有和我说怎么联系他,那么我怎么传递消息呢?这个毒刺真是聪明,我根本不需要找什么毒刺的联系方式,只需要通过章玫在直播间里留下消息就可以了。

第十七章　毒刺真身

我很快联系章玟，要她在直播间里留言要毒刺加章玟管理的读者微信，然后再告诉他我现在所用手机的联系方式。我相信，这个毒刺早晚都会联系我的。我的微信号，目前来说只有章玟、老周和梁欣联系。梁欣和我联系的特点就是几乎每天都问我有没有线索进展，我把我在精神病院看到了程思颖的消息发给他们之后，梁欣又开始喊打喊杀，要找人进来强行搜查。

老周想了个办法，他回头带着章玟用无人机拍摄精神病院A区，要是有所发现，也可以用作证据，看看能不能提供给李强，启动搜查程序。

果不其然，晚上十二点，我这个专用的手机号收到了好友申请，好友申请的落款正是毒刺。我通过好友申请，毒刺很快发来了消息："老甄，我没想到你这么快就找到了这里。"原来毒刺认为我是来找他的，我回复道："我还真不是找你的，不过你为什么要做那件事？"我指的是高翔医生被伪造成意外的死亡事件，但是我担心直接说毒刺杀人，毒刺为了脱身，在微信里不回复我。

毒刺回复："你不是来找我的，但是也找到了这里，看来你和我的目标很可能是一致的。至于那个医生，他早就该死，人家正经医生是治病救人,他却是配药给别人'治'病。这所医院里,有很多人想他死呢!你以为那意外单凭我一个人就能做到?"

高翔之死的整个过程,我都在现场亲眼得见,我虽然心中生疑,思考过各种制造意外的可能,但是怎么想也想不出一个人怎么能够操作这么复杂的犯罪出来。如果这场犯罪是一群人集体犯罪,那么就可以理解了。那么这么一群人又是怎么组织起来的呢?要知道,这个精神病院里的病人并不全是精神病人,有的是家人想要精神病人被精神病,而这些被精神病的"病人"为了能够在精神病院里生存下去,必须装成精神病人的样子;而如果发生犯罪的话,那么他们反而能顶着个"精神病人"的护身符了。

在当时的现场,两个精神病人的互殴应该是假装的,高翔医生过来后,被三四个另外的病人左挤右挤地挤到了椅子上的钉子那里,然后再被故意推倒在椅子上,这么粗略一算,现场同谋犯罪的"精神病人"至少有五六个人,这五六个人是怎么组织起来的呢?而那些精神病人里非常可能还暗藏着其他的同伙,要是这样的话,毒刺所说真不简单。一个组织能力很强的人,是一个很有实力的对手。

我思索高翔医生之死的整个过程,没有回复毒刺,毒刺的消息再次发了过来:"老甄,你来这个精神病院的目的是什么?"

我直接回复道:"我是来这里找人的。可能找到,也可能找不到。"

毒刺道:"我也是通过这里找一个'人'的,要不咱们合作,我在这里经营了一阵子,还是有些人脉的。要是老甄你有意向和我合作的话,那就需要你把我从这个精神病院里找出来,只要找出我来,你需要我做什么,我就一定做什么。"

毒刺在这个精神病院里筹谋已久,连自己的团队都有了,那么我想突破精神病院A区的秘密,要是能够借助毒刺的力量,就事半功倍了。

我回复道:"好,明天我就把你找出来。"

毒刺回复道："哈哈，老甄就是老甄，不过你要是打算通过声音找到我，那就太让我失望了，我在你的直播间留言的时候，用了变声器的。"

我心想毒刺真够狡猾，回复道："你放心，我是不会靠分辨声音波动的，想找出一个人来，有很多方法。"

毒刺道："好，那明天放风的时候，不见不散。"

我把这个情况通报给了章玫，老周并不知道毒刺的存在。所以我也没有必要告诉他。

一整夜时间，我把这几天在B区放风时所观察到的所有的病人都在脑子里捋了一遍，最终把可能的人锁定在四个人之内。这四个病人在日常放风的时候，都表现出沉默寡言的样子，明显是在躲避其他人的眼神。

在躲避者中，有真正的自闭症患者，也可能藏着毒刺这样的人。沉默寡言是简单易用的保护色。要找出毒刺来，我不能单纯地等待他出现，而是要主动出击，把毒刺逼出来。

我在床上辗转难眠，前前后后准备了三套方案，但是都被我自己否定了。直到凌晨五点，我终于想到了一个完美的解决方案，才勉强睡去。

我是被送饭的护工叫醒的，这个护工正是高翔死时被躁狂症病人抢走电击棒的护工之一，自从经历了被病人反攻之后，这个护工的戒备心理很强，找了一根绳子把电击棒和自己的手腕捆在了一起，说什么都不分离。而且他叫醒我的时候，都是用电击棍把我杵醒的。

吃过早饭，到了放风时间，我去了院子里。自从恢复放风之后，B区的护工、护士已经从原来的三四个人增加到了八个人，此外还有四名强壮的保安在一旁笔挺地站立。那几名被警察带走的病人，也被送回了病院，只不过被关在了B区病房的地下室，半个月之内都不允许出来了。至于他们会不会受到更加激烈的"治疗"，我想我也能猜到。

老刘见形势严峻，见到最为漂亮的女护士也出现在现场，都没有脱裤子。原本在放风的时候，所有的病人都把自己最为放松的一面表现出来，但是现在，所有的人表现出来的都是压抑，果不其然，精神病人只是疯，但不傻。

毒刺藏身在精神病院，按照他的说法，他也是来找人。这个精神病院还有多少隐秘？虽然我不得而知，我唯一担心的是，对我找到吴薇的下落是不是有影响。

我之所以这么有信心，是因为我已经有把握找出毒刺。毒刺在我的直播间陆陆续续讲述过自己几次杀人的经历，而且每次杀人都是伪装成意外，就连这次高翔医生被几名精神病人推倒，后脑刚好因为碰到椅子上凸起的长钉而死亡的意外，都是如出一辙。毒刺心理素质极好，而且十分善于伪装，喜欢伪装的聪明人都如同狙击手一样，藏于暗处，隐匿行踪，却紧盯目标，随时准备不动声色地给予致命一击。

而隐于环境，最好的办法就是在江河湖海里把自己装成一滴水、一瓶水、一盆水；在山峰山谷里，把自己伪装成树木土堆；在草原草场里，把自己伪装成一抔草。这世上绝不会存在真正的隐形，所谓的隐形，本质上都是将自己融于环境，让人难以识别出来。在精神病院里，毒刺本就伪装成精神病人，而在一堆精神病人里，要做那个最不起眼的角色，莫过于让自己表现出疯得很有规律，当所有人包括精神病院的医护人员、其他精神病人，都习惯于这个精神病人的规律性行为之后，就会习惯性地将他漠视了。而我所在的精神医院B区，如此表现出规律精神病行为的病人就只有一个，这个精神病人被老刘称为"丑鬼"，原因是他的脸上有大片的疤痕，这疤痕看起来很是奇怪，有割伤还有烧伤。丑鬼的日常表现是在放风的时候，绕B区三圈之后，然后抬头看天，喃喃自语说一句："这里地平，掉不下去。"之后就无声无息地坐在角落里发呆。

我在精神病院B区卧底的这段日子，主要目的是找出吴薇的下落，所以并没有对其他精神病人过多关注，在老刘的帮助下，看到了程思颖的踪迹，而程思颖和吴薇的联系就在于，吴薇可能把手机和录音笔扔到了程思颖的车上。

我趁放风的机会，再次仔细观察精神病院的所有人，老刘对我很是友好，毕竟我和他一起爬过天台，窥探过神秘的精神病院A区，属于一起做过坏事的友谊。我站在花园稍高的假山之上，用心地观察B区的所有病人，老刘则站在我身旁，向我逐一介绍每一个精神病人的特点。当然，他的主要关注点还是在我们这一群"精神病人"中唯一的一个漂亮的女精神病人，就是那个躁狂症病人，在她不发病的时候，还是会安静地坐在角落里，当日光照在她的脸庞上的时候，折射出好看的光晕来。老刘看到她出来，对我高兴地说道："茉莉花来了，我得去开心了，你自己在这儿发呆吧。"

絮絮叨叨的老刘一看到茉莉花，迅速化身成为风一样的男子，飞快地从假山上连跑带跳地冲了下去，一直冲到了茉莉花面前，迅速地脱下了裤子，茉莉花往日的反应都是随手抄起手边的什么东西，朝着老刘身上打去，但是高翔医生"意外"死掉之后，所有精神病人们接触到的任何有危险性的东西全部都被清理掉了，茉莉花见老刘丑态毕露，手边又没有趁手的东西，直接抬起一脚，朝着老刘的裆部踢去，却没想到老刘早有防备，往后一躲，双腿一下就夹住了茉莉花的纤细小腿，而且老刘还得意地扭动起来，只把茉莉花气得花容失色，气氛异常。就在两人僵持之际，其他的精神病人也围成一圈，看起了热闹，还有半疯不傻的病人，打算趁机去揩茉莉花的油。

大部分精神病人都跑过去看热闹之际，站在一旁监控的医护人员和保安，开始小心翼翼地靠近驱散众人，毕竟害怕发生高翔医生一样的惨剧。而所有人之中，只有丑鬼不为所动，继续坐在自己的位置上，望着

天空发呆。

我再次确定丑鬼就是毒刺,我趁着所有人的关注点都在老刘调戏茉莉花之际,走到了丑鬼面前站定,静静地看着丑鬼。丑鬼一开始并没有搭理我,直到我盯着他看了两分钟之后,这才把那一副装疯卖傻的表情收起,而是露出来了一副大隐隐于市的表情看着我咧嘴笑了一下,扯动了脸上的疤痕,越发丑得骇人,丑鬼开口说道:"老甄就是老甄,居然一下子就找出来了我。我就是你直播间里的毒刺。"

我用眼角的余光观察四周,确认所有人的注意力都在老刘那边,而此时老刘已经被小心翼翼挤进人群中的胖护士用电击棒击倒在地,茉莉花则趁机拼命地对老刘拳打脚踢,最终也被胖护士电击晕倒,很快,老刘和茉莉花就被几名护工束缚起来,抬去治疗室了。

而因为这场闹剧,这次放风又提前结束了。我和毒刺还没来得及交谈,就在胖护士的催促下回房间去了。回房间的路上,我才发现,毒刺就在我隔壁。我在精神病院里已经待了一周了,可以说和毒刺时常遇到,但是心思不在这里,就不会注意到这个人。现在得以和毒刺真身相遇,让我对他留心了起来。

我所在的这间豪华套房是有个阳台的,只不过阳台的外部都被防盗网封死,以防病人出现意外,但是挨着的两个阳台却只是半堵墙,不知道是节约成本考虑,还是封死安全度不够,两堵墙之间,只是用了铁丝防盗网隔开。

这种设置太方便我和毒刺交流了。但是我没想到的是,我在下午放风的时候遇到毒刺,他给我打了手势,要我悄悄地跟着他,随后带我来到了老刘曾经带我去过的天台,我看到毒刺熟练地打开那把老刘曾经打开过的锁,我就意识到了老刘也是毒刺一伙的,那么老刘接近我,是不是有预谋的呢?

站在天台之上，毒刺带着我继续看向A区，我再次看到了熟悉的场景：赤身裸体的程思颖的脖子上拴着狗链，而链子的另一端被一个我从没见过的男人牵在手里，这个男人气宇轩昂、衣着华贵，绝对不是这个精神病院的医护人员可比。距离虽然远，但却能看得很清楚，那个男人就如同真的遛狗一样，把程思颖牵来遛去。而程思颖也如同一条真正的牝犬一样跟在主人的身后，四肢着地向前爬去。

毒刺带我来这里，肯定不是让我看到这动人心魄的香艳场景的。果然，毒刺开口对我说道："那个把女人当成狗遛的男人，就是这所精神病院真正的幕后老板于文泽。"这个名字一下子惊醒了我，因为我清楚地记得，于文泽正是吴薇要调查的寒光集团的董事长，身价过十亿，人脉宽广，背景深厚。我的职业生涯的断送，也是因为我要发出寒光集团的负面报道。他力量如此之大，绝不是等闲之辈。

毒刺继续说道："这个于文泽，可是个大人物，我惹不起，但是想试试，老甄，你呢？其实我进入你那个直播间之前，已经关注你好久了，甄瀚泽编辑，不，我应该说前编辑，那个有影响力的内参媒体的前编辑。"

我用力看了一眼毒刺，随即把眼神挪开，继续向A区看去，只见于文泽已经坐在了园林中的长条椅上，而程思颖则真如乖巧的宠物狗一样，蹲在于文泽脚下，于文泽则时不时抚摸下程思颖的头发，如同主人抚摸真狗一样。

毒刺继续说道："这个于文泽爱好性虐待，你看到的那个女的，应该是被他调教好了的。他的爱好就是把得罪他的人，如果是漂亮的女人，就利用这家精神病院调教对方；要是得罪他的是个男的，就把他的女性亲人、爱人掳来虐待玩弄。在这里，他就是王。"

我说道："他只是台面上的王，你这个暗影里的王已经能够操控多人，在众目睽睽之下制造一起'意外'死亡。"毒刺虽然面无表情，但是听到我说的这句话后，眼神中还是闪烁出了得意，虽然这种得意一闪而过："嗯，我在这所精神病院里已经两年多了，总得做出点成绩，不然的话，不是白费心思！这个于文泽为人阴狠，在生意场上心狠手辣，但是却狡诈非常，从不留下痕迹和破绽，只有这所精神病院。我本来想引你找到这所精神病院，但是没想到你也有事卷入进来，咱们还是有合作的基础的。"

我说道："合作的基础是共同的对手，但是合作的前提却是双方各有资源优势互补，你想要我手里的什么呢？在这件事上，我能帮助你什么呢？"

毒刺没有接我的话茬儿，继续说道："我记得你在直播间里说过，犯罪和破案就是同一件事的正反两面，犯罪在先，破案在后，犯罪者出题，破案者解谜。犯罪者想掩盖痕迹，破案者要寻找细节。但是你有没有想过一点，那就是犯罪者和破案者其实是两种完全相反的思维，虽然许多犯罪者认为自己想破解其他罪案很是容易，不少破案者都认为自己能实现完美犯罪。但是其实，这两种人是很难角色互换的。其中最主要的一点就是，犯罪者认为自己的犯罪行为是对的，而破案者则认为那是错的。两个人的核心立场就是相反的。就好比于文泽，他从来不认为自己这么做是错的；相反，他就喜欢看别人对他恨之入骨，但却对他无可奈何，最后只能崩溃服从的样子。"

我没有吭声，等着毒刺的下文，毒刺稍微顿了一顿，继续说道："至于，你我二人的合作基础，资源能力这些，其实对我来说，只要用钱用智，总是有办法实现的。但是一个人最为核心的价值不是这些外物，而是这个人的思维逻辑和智慧。你的思维逻辑正好是破案者的解谜法宝，对我来说，有些东西可以查出来，但是更多的东西，我找不到关键点。"

第十八章　作案破案

毒刺还真不是等闲之辈，就凭他这份见识，这个人要是从事正行，也必然能成为呼风唤雨、叱咤风云的人物。只可惜毒刺的境遇难测，所遇非人，终归还是把满腔的智慧才华用来犯罪杀人。我见过被迫杀人、激情杀人的犯罪人员，其中也不乏被坏人逼急了反杀的美貌女子，都未曾有过如此惺惺相惜的感觉；但是对毒刺，我虽然知道他所说的杀人经历都是真的，但是我却对他讨厌不起来。我只能慨叹命运无常，做个好人坏人，也需要机遇运数。

毒刺扭头对我继续说道："老甄喜欢讲故事，我也给老甄讲个故事吧。只要你猜出我想要的答案来，我在这所精神病院里的所有力量，就都可以配合你，找到你想找到的人。当然，你愿不愿意帮我，随你意。你帮我，我的目的可能就会快点实现；你不帮我，我可以等。我做的事，你知道了也没关系，因为你找不到证据。"

毒刺眼角一挑，继续说道："有一个十六七岁叫佳佳的少女，正是春心萌动的年纪，她有个闺蜜，叫蓓蓓。佳佳和蓓蓓都是离异家庭，从小都没有父亲陪伴成长，因此对身边年龄相仿的小男孩都没什么兴趣，反倒是特别喜欢比她们年龄大许多的成熟男人。

"这两个女孩子在学校里是同寝室的室友，经常挤在一个铺位上一起说着悄悄话睡着。在她们高二的时候，佳佳网恋了，她在QQ上加了一个男人。一开始，她也不过以为那是个在网上猎艳的色鬼。佳佳可并不简单，因为她课余的一个乐趣就是加各种男人的QQ号，哄他们高兴之后，再假装可怜兮兮地说因为和他们聊天，手机都欠费了，然后这些色心大动的男人，就会给她发红包。最多的时候，她一个星期就赚了一千块，然后她就和蓓蓓去吃喝玩乐。

"佳佳男网友的网名叫作孤影，佳佳和他聊天的时候万万没想到，孤影是那么体贴人意，而且从来不和她要照片，更不会要裸照。佳佳和孤影聊了小半年之后，开始想和他见面了，思春的少女开始幻想着拉着孤影的手，像女儿拉着爸爸的手那样，让他带着去买冰激凌。然后女孩摸着他的脸，踮起脚，亲他。

"对于无话不谈的好闺蜜来说，蓓蓓也很快知道了孤影的存在，佳佳也把和孤影的聊天记录都发给蓓蓓看，这个蓓蓓还提醒过佳佳，不管多喜欢，还是要小心些，谁知道网上的这个男人是不是骗子，把小姑娘勾搭过去，然后卖到色情场所，或者卖给山里的老光棍？

"佳佳想的则是，这个孤影肯定是老天可怜自己，才会让自己遇到这么一个懂她怜她的男人。佳佳被'爱情'冲昏了头脑，她想的是，老天给了她这么一个男人，她一定要紧紧地抓住他，不让他离开，让他来温暖自己。

"佳佳和孤影约好了在暑假见面，但是她万没想到，蓓蓓会假装她去见孤影。对于佳佳来说，2011年7月29日是她永远忘不了的日子。那一天，蓓蓓替她见了孤影。佳佳去咖啡馆的时候，用自己的苹果手机登录了QQ，但是因为当时流量少得可怜，所以佳佳得在咖啡馆连上Wi-Fi才能登录。等她登录的时候，佳佳看到了孤影发来了一条莫名其妙的消息：'我

到了。'

"佳佳当时还回复了消息:'什么你到了?你到哪里了?'可是孤影就再也没有回复了。佳佳奇怪起来,等她仔细看消息发送时间的时候,发现这条消息已经是两个小时之前的消息了。佳佳隐隐觉得不太对劲,就从咖啡馆出来,找了个网吧,登录电脑,还充值了QQ会员,才看到了全部的漫游聊天消息。

"聊天记录里,孤影和佳佳早就在2011年7月29日上午10点,约在了一家冷饮店见面。那家冷饮店是佳佳和蓓蓓常去的地方。佳佳看到这些聊天记录,心中很是气愤,却想不明白蓓蓓为什么会这样做。因为那个QQ账号和密码,只有蓓蓓才知道,冒充佳佳去和孤影见面的人肯定是蓓蓓,孤影也从来没看到过佳佳的照片,那么蓓蓓看过了佳佳和孤影所有的聊天记录之后,是能做到假扮成佳佳和孤影见面的。

"佳佳气愤地给蓓蓓打了电话,却发现蓓蓓关机了。佳佳赶忙从网吧出来,赶到了那家冷饮店。店里早就没了蓓蓓的影子。佳佳询问熟悉的店员有没有看到蓓蓓的时候,没想到店员还满脸红光地问佳佳,是不是蓓蓓谈恋爱了,因为他看见蓓蓓和一个男人有说有笑的,他们喝了杯冷饮之后就离开了。至于去了哪里,店员那会儿忙着工作,没有注意到。

"佳佳想到孤影和蓓蓓亲亲热热的场景,心中气得如同着了火一样,佳佳没想到段子里的故事发生到了自己身上,她的闺蜜勾搭了她的网恋男友跑了。而且佳佳也找不到他们,因为蓓蓓的手机关机,孤影的QQ头像都暗了下去。就这半天的时间,佳佳感觉自己失去了最要好的闺蜜,还失去了让自己怦然心动的网恋男友。她走在街上,尽管七月正热,但却感觉浑身发冷。佳佳伤心之余,坐车回到了她阿婆的乡下老屋。

"回乡下的路上要坐三个小时的公共汽车,佳佳在车上疯狂地玩着消消乐,直到手机没电。等佳佳到了阿婆的祖屋的时候,这才想起自己把手机充电器落在了咖啡馆里。这时,天已经黑了,想买充电器的话,只能到三里外的镇上。佳佳感觉身心俱疲,就躺在阿婆家里自己的房间睡着了。

"等第二天佳佳醒过来的时候,才发现过世的外婆家里一点吃的都没有,但就算是买桶方便面,都得走二十分钟到镇子口去。佳佳爬起来,走到镇子口的小超市里,去买了些面包和方便面,还买了山寨的充电器。回到阿婆家里,给手机充上电,这才打开手机。手机上居然有四十多个未接来电。有固定电话的,还有蓓蓓妈妈的,蓓蓓妈妈还发来了短信,问佳佳是不是和蓓蓓在一起,怎么手机都关机了。

"佳佳正觉得奇怪,要给蓓蓓妈妈回电话的时候,手机铃声响了起来,她接听之后,没想到是公安局的警察,警察问她在哪里,并且要求佳佳立刻去公安局,说有事找她。不去的话,要负法律责任。佳佳有种不太好的预感,随后又搭车去了县里,等她到了公安局,找到了联系自己的警官,那个警官的脸上有一颗大大的痦子,他姓司马。司马警官的办公室里,还有蓓蓓妈妈。

"司马警官问佳佳知不知道蓓蓓的下落,还有2011年7月29日那一整天的行踪,并且问佳佳有没有证明。佳佳一一回答清楚,并且把在咖啡馆、网吧的消费小票和公交车票都给了司马警官。司马警官把佳佳说的记录之后,收走了那些票据,然后就让佳佳留在公安局,不允许离开。

"过了大概一个小时,司马警官告诉佳佳,蓓蓓的尸体在2011年7月30日凌晨在城市的一个路口发现,尸体被发现的时候,身上一丝不挂,有被人性侵犯的痕迹。蓓蓓妈妈上班之后,蓓蓓最后接触的人就是佳佳。佳佳的不在场证明确定之后,嫌疑被排除,司马警官询问佳佳是不是知道些什么。佳佳把蓓蓓冒充自己和男网友孤影见面的事情告诉给了司马警官,并且提供了自己的QQ账号和密码,方便警方进一步调查孤影的线索。

"司马警官随后放佳佳离开,叮嘱佳佳,如果还有孤影的线索,或者孤影联系她了，要立刻联系警方，同时叮嘱佳佳自己要注意安全，千万不要去见什么网友，见网友出事的女孩子太多了。

"蓓蓓妈妈知道了蓓蓓替佳佳见男网友的事情后伤心欲绝，认为自己单纯善良的女儿蓓蓓，不可能偷偷地去见网友，肯定是佳佳蛊惑去见的。如果是佳佳见的孤影，那么赤身裸体死在街头的就应该是佳佳，而不是蓓蓓。所以蓓蓓妈妈骂佳佳是扫把星，还在她的学校闹了一阵子。我不知道，你是否还记得，你问过我是否杀错过人，我说杀过，是个高中的女孩子。"

我猛然想起毒刺讲述自己制造意外杀死自己的大学猥琐老师的案子之后，我问起过的那个问题，毒刺的回答也的确是，他杀错过一个高中女生。难道他刚才讲述的佳佳和蓓蓓的故事中，那个蓓蓓就是他杀错的高中女生？

毒刺看着我的疑问，点点头对我说道："你当初那个问题，勾起了我心中有愧的那段往事。我在2011年的时候，的确杀错了一个女孩子。那个女孩子还是个高中生。当时我有个朋友，被网恋中的一个女孩子骗得好惨，倾家荡产负债累累不说，还几次割腕自杀。我本来也没谈过恋爱，对这种事情也并没有什么概念，但是看到那个朋友的凄惨样子，所以决定再次出手，找出那个在网上欺骗感情的女骗子。

"那一年，我的朋友第二次自杀，我去医院看他。我从来没想过，一个喜欢运动的阳光男孩会变成那个样子。眼神空洞，没有了往日的活泼。要知道，我这个朋友，在我抑郁得想死的时候，是他开导我、鼓励我，让我放下包袱，开启新生的。

"有好长一段时间，我都认为我之后的生命，都是这个朋友给的。所以，我欠他一条命，如果有人伤害他，那么我一定要那个人付出代价。那个可恶的女骗子，把我的朋友骗得自杀两次，那我就一定要杀了她。

"我本想从我的朋友那里要来那个女骗子的QQ号码,但是我朋友却和我说,他在我的眼中看到了杀意,要我不要这么执拗。他和我说,他已经选择原谅和忘记了,他劝过我不要纠结过去的痛苦,而是要向前看,因为太阳总会升起,美好总会到来,他要抛掉包袱,重新开始了。

　　"那朋友把骗子的QQ号都删掉了,当着我的面删掉的,我在他删除QQ号的时候,记住了那个QQ昵称,也正是这个昵称,让我铸下大错。

　　"我根据昵称搜索,搜索到了十几个同样昵称的人,我每个人都分别去聊,最终把其他人都排除掉了,只留下了一个,就是那个女孩子。因为其他的,有的是男人,有的是撩骚出轨的红杏,有的是想要网恋的少女。只有那个女孩子,不管是从聊天的内容,还有说话的语气,都符合我那个朋友的描述。

　　"我耐着性子和这个女孩子聊了大半年,成功地套路了她,让她认为我是那个体贴她、关心她、爱怜她的对象,还和我约了见面的时间和地点。当我得手的时候,我还高兴地喝了两罐啤酒。

　　"我从我所在的城市,转了三趟火车,才到了那个女孩子所在的城市,城市很漂亮、很干净。我踏上那片土地的时候,都有种不想杀人的感觉了。但是想起我那朋友的惨状,我的心就又硬了起来。

　　"在约定的地点,我见到了那个女孩子,但是我有一点奇怪,就是那个女孩子看起来对我很好奇,并不像骗子那种老练的感觉。我当时已经被仇恨冲昏了头脑。所以,我当时想这个女孩子看起来不是这样青春单纯的样子,我的那个朋友怎么会被骗得那么惨呢?

　　"在冷饮店里。我趁着那个女孩儿不注意,就把三唑仑悄悄地倒进了她的冰茶里。我本来还担心女孩儿不喝,但是让我没想到的是,女孩儿要拉着我陪她逛街,还一边喝着冰茶一边带着我去逛街。

　　"走出冷饮店不久,那女孩儿就头晕起来,我看药效起了作用,就赶紧过去,扶住她,就算有路人看见,也是一对情侣亲昵的样子。我把女孩儿扶到了我预先订好的一处小旅馆里。那个旅馆有一个防火逃生的后门,我把她从后面带进了房间。我脸上戴着口罩,头上戴着帽子。没人能见到我的样子。

"我把她带进房间里,本来想给她割腕,伪装成自杀的样子,那个小旅馆反正也没有登记我的身份证,就算死了个人,也很难找到我。但是我看着女孩子睡着后,满脸安详幸福的样子,实在是不忍心让她死在鲜血之中。所以我决定给她留一个全尸。

"我把女孩子抱到浴缸之前,把浴缸放满水,小心翼翼地尽可能不弄湿她的衣服,然后把她的口鼻按进了浴缸里。我从没试过这样杀死一个人。那女孩子因为窒息的痛苦挣扎了起来,我嗅着她的少女体香,最终还是把她按进了水里,直到她再也不动了。

"这个时候已经是深夜两点,正是人最为疲惫困倦的时候,我把尸体转移出去,被看到发现的概率最低,所以我就把尸体背在身上,用小旅馆院子里一辆没有上锁的破旧三轮车,把她运到了城市的一处路口,扔下之后,我就回到了用自己的身份证登记的酒店了。

"当时我早已过了杀完人后处于恐惧或者兴奋而彻夜难眠的阶段了,我感觉杀人也不过是一种特殊工作,这工作让我感觉到的就是累和恶心。我回到酒店后,对着马桶呕吐了半天,躺在床上沉沉睡去。奇怪的是,那一整夜我都感觉那个女孩子似乎就睡在我的旁边。

"我一觉醒来,已经是快中午了,我决定去我抛尸的那个路口,看看,也想知道我杀的那个女孩子究竟是谁。我当时心底有一种强烈的愿望就是让我知道她到底是谁!

"但是,我却没想到,事情的发展超出了我的设想和控制。我到了抛尸路口,现场果然围着一群人议论纷纷。我到得晚了,警察已经把尸体都运走了。可是意犹未尽的围观的大叔大婶还在议论纷纷。我从他们的议论中知道了那个女孩子的身份。

"我又通过那个女孩子的身份资料进一步调查，确信那女孩儿不是骗我朋友的那个女骗子。在那一刻，我发现自己杀错了人。我原来杀人的时候，都是认为我自己是伸张正义的那个人。但是这次，我感觉到了巨大的懊悔。"

我从毒刺的讲述中，发现了对不上的疑点。在佳佳描述的蓓蓓的尸体被发现的时候蓓蓓是赤身裸体的，而且蓓蓓的身体有被性侵的痕迹。但是毒刺所说的自己的整个作案过程中，蓓蓓的衣服并没有被脱掉过，而且他只是在杀人，并没有性侵蓓蓓。

我开口问道："你刚才讲述的事，有两点对不上：第一，你讲述杀害那个高中女生蓓蓓的时候，你并没有脱她的衣服，也没有性侵她；可是佳佳讲述蓓蓓被发现尸体的时候，是全身赤裸，而且被性侵过的。这个细节对不上，有三种可能：第一，你在讲述的时候有所隐瞒，毕竟奸杀性侵，会破坏你自以为的用杀人来替天行道的心理支撑；第二，蓓蓓的尸体被抛在街头之后，被路过的其他人发现，扒光了衣服，还被奸尸；第三，人在溺水的时候，可能只是休克，并没有死亡。所以只是你以为自己已经把蓓蓓溺死了，但是蓓蓓并没有死，被你抛'尸'之后，蓓蓓醒了过来，但是遇到了我们还不知道的一个凶手，对她进行了性侵之后，再一次杀死了蓓蓓。"

毒刺听我问完，露出笑容，说道："老甄就是老甄，居然只从我一遍讲述，就找到了这些细节，我可以明确地回答你，我绝对没有脱过那个女孩子的衣服，更没有性侵她。我溺死了她之后，把她弃尸街头，等第二天我在现场看到了那个女孩子的赤裸尸体之后，我大吃一惊，当时的反应就是你推测的后两种可能，还存在一个凶手。这个凶手要么是奸尸辱尸，要么就是蓓蓓没死,而是被这个凶手性侵杀害。我发现杀错人之后,我就发誓,要找出那个凶手来,这样我才能心灵安宁一些。"

我说道:"你是当时就调查了吗?"

毒刺摇摇头,对我说道:"我当时想调查来着,但是当我真正开始去调查的时候却发现,破案和犯案是完全相反的两个领域,我想做,可是我做不到。但是我还是做了自己最大的努力。我当时如果找出真相,肯定会被警方盯上,在这个时候,警方一定会坚定地认为我就是那个奸杀高中女生的恶魔,因此我选择了迅速离开。但是这件事一直藏在我的心里。"

我问道:"那你是怎么知道佳佳的存在的?是不是那个佳佳在QQ上质问你了?"

毒刺说道:"的确是这样,佳佳在QQ上给我发了许多消息,都是质问是不是我杀死了蓓蓓,为什么杀死蓓蓓。我在确信我杀错人之后,先是怀疑佳佳就是我本来想杀的那个人,但是当我换了个QQ和她交谈之后,我发现,我连怀疑的对象都弄错了。那时我内心深处更加自责,因此我开始时刻关注佳佳的情况,开始默默地资助她上大学,直到她大学毕业,还对蓓蓓的死无法释怀,而且她也想找出当年的凶手来。不过这个佳佳终归是小女孩,居然想出了在网上找队友一起破案的主意来。正是她这个主意,让我在三年前得以和她接触,然后光明正大地去寻找我想找到的真凶。"

我轻笑道:"队友这种存在,有时候是天意,有时候是人为。但是想破案的人必须有一个共同点,那就是对寻找到真相有着疯魔一样的执拗;这才是一个破案者必需的内核。要是一个人对找到真相没有这种执念,那么一定会选择利益最大化、工作成本最低的方式去破案。有多少冤假错案,特别是刑事案件中的冤假错案,都来自当时的办案者贪功心切,或者用想象代替证据。很多案子的结果对破案者来说,只是一念,一事;但是对案中人来说，却是一生，甚至一命。"

毒刺点点头，说道："那个佳佳并不知道这点，她只是在网上找了几个她信得过的侦探迷一起破案。而我则是因为经常参与他们的破案互动，让她相信我的能力最强，才成为她那个破案团队的队长。

"我和佳佳先到达了佳佳长大的那个城市，佳佳一路用方言和出租车师傅指明我们要去的酒店。第二天，佳佳带着我在城里走了走，熟悉下地理环境，特别是带我去了蓓蓓被抛尸的那个十字路口。五年过去，整个城市也早已换了新面貌。当年那条只有破旧的交通岗的十字路口，现在已经成了环岛。五年时间，物是人非。想要在一个城市建设发生了天翻地覆的城市找出当年的真相，这难度可想而知。

"很快，佳佳找来的另外三个队友也到了，他们的网名分别是苍云、流浪人和天下无贼。苍云是个化着烟熏妆，留着齐耳短发，头发上还有一缕蓝色的时髦姑娘，她身着超短裙，露着修长的大白腿，上身套着一件破洞装。苍云的耳朵上挂着两只五彩斑斓的大耳环，虽然我看不出什么材质，但是我能确认，这副耳环价值不菲。虽然苍云的穿着打扮看起来像个小太妹，但是我从她脖子上的细纹中，判断她已经三十多岁了。只是我一时没有想清楚，一个有较强的逻辑思维、喜欢破案的女性，为什么会打扮成这个样子。

"流浪人的身份证年龄四十一岁，但是看起来也就是三十来岁，留着板寸平头，额头宽阔，脸孔方正，眼睛不大，但是时刻闪烁出精光。穿着一件普通衬衫，掩藏不住的肌肉隆起，进门的时候，脚步无声，站立的姿势身体挺拔，应该是有过军人经历。

"天下无贼穿着牛仔裤和白色T恤，T恤上印着'FUCK THE WORLD'，头上戴着个黄色的鸭舌帽，左手手腕上戴着表盘硕大的宝玑传世舵飞轮手表，右手手腕上戴着一款手链，我不太懂奢侈品首饰，我已经从他身上明显嗅到了有钱的味道。所谓穷玩车、富玩表，这大男孩手上的这块表至少得二十万块。

"在我住的套房的客厅里，正好有一张两人位沙发，还有两张一人位沙发。

"佳佳热情地对三个人说道：'欢迎三位队友，从现在开始，咱们就要一起找出蓓蓓的真凶了，我要推选毒刺作为队长。毕竟咱们在群里聊了那么久，毒刺对破案和作案最为了解。'我当时用了一个其他名字，但是为了减少麻烦，我给你讲述的时候，就还是用毒刺这个名字好了。

"我坐在了两人位沙发上，流浪人坐在了我对面的单人位上，很舒服地半躺在沙发上，跷起二郎腿，还不断抖脚。天下无贼坐到了我旁边的单人位上，坐姿笔直，一丝不苟。苍云看了看，咯咯笑道：'毒刺旁边这位置，是不是该留给这小妹子啊，那我坐在沙发扶手上好了。'

"佳佳很是乖巧，已经搬了把椅子放到了我的身后，而且还拿着笔记本开始记录起来，佳佳把椅子摆好，对苍云说道：'苍云小姐姐，其实毒刺对你仰慕已久，时不时地说起，群里最为聪明智慧的女子就是苍云。你看，他故意把身边的位置给你留着呢。'

"苍云笑道：'佳佳真是会说话，哈哈，可是这男人的心思啊，向来都是朝三暮四，而且正主都没邀请，我怎么好意思往跟前凑啊。'

"我印象里，苍云在群里一般话不多，但是往往一语中的，而且言谈之间表现出来的知性理性，一般优秀的男子都难望其项背，我也曾看过苍云的朋友圈，并没有她的照片，我也曾经对苍云的容貌做过揣测，大概是白领形象，万没想到苍云居然这样子打扮出现在我的面前，更没有想到苍云的表现居然是这么的小女人。虽然我心中一阵翻江倒海，但是队伍已经组成，这些人还都是佳佳找来的，我也不好轻易换人，我的目的只是找出蓓蓓的另一个真凶。所以我把心中的不快压下去，挤出笑脸，拉住苍云的手，引着她坐到我的旁边，说道：'咱们马上就要讨论案情，我还需要听取苍云美女的专业意见。当然需要苍云美女坐在我身旁了。'苍云这才对我展颜一笑，斜坐在沙发的另一面，身子侧对着我。

"我继续说道：'咱们几个人，平日在群里，对各种悬案也都沙盘讨论、推演过多次了，现在有一桩陈年悬案，佳佳也说得上是案中人。案子发生在五年前，我们要依靠有限的线索去找出当年惨案的真相。而且我们还要注意，我们不是警察，没有警察的侦查权，我们只能在法律的框架内寻找线索和证据。这件案子的详细情况，佳佳给大家来讲述。佳佳把当年蓓蓓的案子，详细地讲述了一遍。佳佳话音刚落，天下无贼开口道：'当年这个县城，只有少数几个地方有交通监控，治安监控并没有全覆盖，所以凶手才敢这么大胆地杀人之后还抛尸街头。当年的警方肯定通过各种渠道走访收集过线索，要是有线索，早就去追查了，这个案子也就不会成为悬案了。'

"苍云说道：'蓓蓓的死亡时间和尸体的抛弃时间，肯定是有人看到的，只不过在凌晨的时候，能看到抛尸的肯定是特殊的群体。'

"比较冷漠的流浪人开口说道：'我赞同苍云的说法，其实人是分圈子的，有的人是白天活动的，有的人是晚上活动的。白天活动的人，没有特殊情况，不会在夜间出来活动；但是晚上活动的人，则大概率在夜间出来。能够在深夜两点到凌晨四点出现在街头十字路口的人，必然是夜间活动的人群。如果是白天活动的人群，在当年警方查找线索的时候，就会被发现了。因为对于白天活动的人来说，夜间特殊情况遇到抛尸这种事，就算警方不追寻线索，也会主动报警。而夜间活动的人就不一样了，他们是

一群特殊的人群。'

"佳佳忍不住插嘴问道：'夜间活动的人群？为什么是特殊的人群？'

"流浪人说道：'夜间活动的人群？泡夜店的人群？可是这座十八线小县城五年前有夜店吗？就算有夜店，有足够的客人来吗？'"

第十九章　司马警官

毒刺继续给我讲述道："佳佳说道：'我那时十七岁，但是我也听说过，城里有处金玫瑰酒吧很有名，我们班家里比较有钱的几个男生说起那个酒吧来，都会露出神秘兮兮的笑容。'

"苍云问道：'那个酒吧现在还存在吗？'

"佳佳摇摇头道：'这个我还真不清楚，但是我可以想办法问问我原来的高中同学。'佳佳说完，看了看我的脸色，我点点头，然后她就走到自己的卧室，关上门去联系高中同学去了。'

"我开口说道：'夜间活动的人群，还有一种就是上夜班的人。深夜两点到凌晨四点会在街头出现的夜班人员，只有这么几类，夜班保安、医生护士、夜班公交车司机和售票员，跑夜班的出租车司机以及铁路职工。'

"苍云道：'这只是个县城，应该没有夜班公交车。保安也应该都在保安的值班室里，最多在小区里巡逻。'

"流浪人道：'就算我们知道了这类人群可能有线索，但是五年时间过去，可能有的人离开了这里，也可能有的人死了。我们怎么去排查呢？排查这件事，只有警方才能做到啊！'

"佳佳打完电话回来，对我们说道：'那家金玫瑰酒吧在三年前的扫黄打非中已经被查封了。不只是那家酒吧，县城里当年出名的一家夜总会、一家洗浴中心都在三年前被打掉了。原来老去夜店里玩的那些人，有的也进去了，有的早就去别的城市了。不过我那个高中同学说，那些混夜店的就那几个人，很好找。'

"佳佳传过来的消息，可不是什么好消息。但却是我们能最为方便调查的一类人群了。我那个时候猛然想到，破案如同战斗，要想突破，重要的是破其一点，然后全面突破。要想突破案子，就必须找出这个案件的关键点来。这个案件的关键点就在于案件发生的那天晚上两点到四点这个时间段会出现在这个县城十字路口的人。

"我念头至此，对众人说道：'咱们按照刚才分析的人群，分成两组去查找线索，咱们抽签分组吧。'佳佳已经找来一张纸，裁成了五份，搓成了五个小纸团，拿过来让我们抽签。苍云先抽了第一个纸团，我们随后也都各自拿了一个纸团，剩下最后一个，佳佳自己拿在了手里。

"我们一起打开纸团，苍云和天下无贼手中的纸团上，写了个'A'，而流浪人、佳佳和我的纸团上则写着'B'，于是，我们三个人一组，他们两个人一组。

"我们这组因为有佳佳在，就先去联系她的同学，从夜店人群调查，而苍云和天下无贼那组则去凌晨工作人群中寻找线索了。

"我们五人一起去酒店的餐厅吃自助餐时，苍云提起自己是人生头一次踏进这个旅游城市，要是找到案子的真相，就要佳佳带着她把这城市里的美景都好好转一转。佳佳笑着答应，同时也闲聊着问起流浪人和天下无贼，有没有来过这座城市。不爱说话的流浪人与如同话痨一样的天下无贼，都分别表示自己从没来过。

"午餐之后，大家约好次日上午九点半还是在我的房间里碰头开会。

约好之后,就分头行动去了。

"佳佳联系了她高中时期的绰号为'夜店王子'的一个男同学,约在一家咖啡厅见面。我们三人到了这家咖啡馆,见到了佳佳的这个男同学。这个人很符合夜店王子的形象,个子不高,身材微胖,脖子很粗,而且粗壮的脖子上还戴着一条拇指粗细的金链子,穿着花衬衫,配着一条粉色裤子,脚蹬一双板鞋。

"佳佳笑嘻嘻地对我们介绍道:'毒刺哥哥,这就是我的高中同学佟帅,是我们学校当年的夜店王子。'

"佳佳话音刚落,佟帅从座位上站了起来,扭动着矮胖的身躯,来了一段热舞,别看佟帅身上肥肉乱颤,但是抖动得非常有节奏感。佟帅摆了最后一个造型,这才甩了甩头发,朝着佳佳抛了个火辣的眼神,坐回了座位上。

"佳佳忍俊不禁,捂着嘴笑了半晌,说道:'好了,夜店王子,我的朋友们都对你优美的舞姿折服了。没想到都五年过去了,你跳舞还是能踩到点上。'

"佟帅道:'是啊,高中毕业后这么多年,咱们都再也不是当年课堂上的单纯的同学了。这几年,同学聚会了几次,你都从来不参加,大家也都知道,是蓓蓓当年出事的原因。哎,对了,佳佳,你这几年过得怎么样啊?有没有男朋友啊?这几年过去,你还是那么漂亮!'

"佟帅把眼神转向我和流浪人,语气中带着三分询问、七分醋意问道:'不知道两位老哥,哪位是我们佳佳的男朋友啊?'

"佳佳对佟帅嗔道:'哎呀,你瞎说什么啊。这两位都是我的朋友,他们俩是私家侦探,当年蓓蓓那件事要是找不出真相来,我这辈子都难以释怀。这次找你帮忙,是因为有事要问你。'

"佟帅失望道:'哎,我还以为你想我了呢。没想到是要问我事情。

咱们是老同学，你们想问什么，只要我知道的，一定都告诉你们。'

"我点了几杯奶茶咖啡，大家边喝边聊，我对佟帅问道：'我们需要你这个夜店小王子帮我们回忆一下，蓓蓓出事的那年，在夜店嗨皮到凌晨的人都有哪些人？'

"佟帅低头喝了一口咖啡，想了想，对我们说道：'那时，我还只是个十七八岁的半大小子。我爸妈开足疗店，赚了不少钱，但是也没时间管我，也没指望我考大学什么的，他们认为能让我学会他们开店管店的本领能挣点钱，舒舒服服地过日子就可以了。所以我那个时候就是各种疯玩，在社会上认识了不少出来玩的朋友。有男有女，我年龄小，有些朋友都比我大个七八岁，甚至十几岁。我记得当年还有个富姐，四十多岁，保养得特别好，就喜欢在酒吧里泡小帅哥。只是我一直都是个小胖子，所以入不了人家的眼。

"'这群人中，基本上都是晚上十点半至十二点到酒吧开始喝酒、蹦迪，也有些会嗑点摇头丸什么的，但是那会儿不流行溜冰，现在才兴这个，有的小妹子，为了能溜冰，什么样的男人都能上。

"'大家去酒吧，主要的目的，就是找一夜情，男人找姑娘，女人找小伙儿。反正要么你有钱，要么你颜值高，只要这两个条件符合一条，准能找到人和你玩。虽然哥颜值不高，但是哥手里有钱。所以也时不时地能钓到各种妹子。可惜咱们这只是个十八线小城，出来耍的软妹子不多。日子久了，也就没意思了。

"'你问深夜两点到凌晨四点这段时间，什么人会从酒吧出去？可以这么说，大家从晚上十二点开始喝酒，一直喝到深夜两点，基本上要么就勾搭到一起玩的人成双结对地走了，要么就自己喝得没意思，也就走了。

"'不过我后来听说，有几个人来酒吧，自己就假装喝点酒，并不是真的喝酒，也不是来勾搭妹子的，而是等着看哪个妹子喝多了、喝醉了，过去捡尸的。他们一般就在酒吧的门口处一直盯着，要是看到哪个女孩儿出于失恋或者什么其他原因，自己喝闷酒，就等着女孩醉倒，或者出去的时候把女孩带走，在车上或者去找个不要身份证的小旅馆。'"

毒刺继续讲道：

"'捡尸？'我诧异地问道。我生性古板，喜欢独来独往，完全不清楚为什么有那么多人喜欢去酒吧厮混，听了佟帅的说法，我才明白原来酒吧的主要功能其实是社交。

"佟帅见到我的反应，脸上露出了嫌弃，对我解释道：'捡尸就是我们常说的玩法，其实就是去占喝醉的女孩的便宜。女孩子喝醉之后，人事不省，被占便宜也没有反应，当然被男人玩的时候，也没有配合，就如同尸体一样，所以叫捡尸。玩捡尸的也算是重口味，在咱们城里就那么几个，都是圈儿里挂了号的。大家都知道是谁。主要就是黑三、王力、孙胖子那三个货。不过这三人，现在还在牢里呢。有一年，有一个特漂亮的姑娘，那姑娘不是咱们这儿的人，但是她的男朋友是。这姑娘千里迢迢从哈尔滨追过来，结果这男的脚踩几只船，在咱们城里还有个女朋友。那姑娘在大街上还被这渣男扇了一耳光。这东北姑娘可不是好惹的，在街上就和这小子撕扯起来了，最后还报了警，姑娘从派出所出来后，就扎进了酒吧，自己喝起了闷酒。她自然喝得酩酊大醉，在酒吧里就已经醉得不省人事了。这仨小子，从没见过腿那么长的姑娘，把那姑娘弄到房间里，就轮流把姑娘上了，他们仨还录了视频。因为那姑娘太漂亮了，他们想用视频来威胁这姑娘，继续和他们保持关系，结果没想到，姑娘出了门就报警了，最后仨浑蛋因为轮奸罪，每个人被判了十年。'这个佟帅是个话痨，说起来滔滔不绝，把巫山县混夜店那些人的故事给我们讲了足足两个小时。大部分信息都没什么价值。唯独有一条是一个线索，那就是捡尸。

"也就是说有一种可能是蓓蓓被我抛尸到街头之后,如果她当时并没有死,只是休克状态。当时蓓蓓的状态和醉酒后人事不知的女孩看起来很是相似,如果蓓蓓当时休克挣扎,正好被这几个人遇到,就很有可能被这些捡尸的流氓强暴。这时候蓓蓓呼救反抗,就有可能被这些人慌张之下杀人灭口,然后匆忙逃离。所以,蓓蓓的尸体才会未着片缕地留在街头。

"要是这个可能存在,那就能解释清楚蓓蓓尸体的情况了,我把蓓蓓的尸体抛弃街头,是为了宣示惩罚;但是如果另外那个凶手把蓓蓓的裸尸抛弃街头的话,就说明凶手可能是慌张之下就地弃尸了。正常情况下,预谋杀人的人,会想办法毁尸灭迹,而绝不会把尸体陈放街头。可是这几个人都已经因为轮奸罪进了监狱,我怎么可能去监狱找他们来获得实情呢?

"那天的收获也就到这里了。时间还早,佳佳带着我们去了当年蓓蓓陈尸街头的十字路口。当年这个十字路口周边只不过有一些低矮小楼,做些日用品批发的生意,但是现在,拔地而起的已经是商场综合体了,就连原来的路口也已经被这座商场覆盖了。

"在这种情况下,想找出当年的真相,真是难于上青天。佳佳走在街头,看着车水马龙、繁华锦绣,忍不住慨叹道:'没想到这几年的变化这么大,我和蓓蓓当年经常去玩的地方都已经被拆掉了。'

"流浪人本来沉默寡言,许是被佳佳忧伤的情绪感染,也在街头左右观看,开口说道:'好多地方都再也找不到原来的感觉了。我当年当兵的时候是在一个省城当武警,后来连兵营都被置换拆迁了。我和老战友聚会,回到原来兵营所在的老街,睁大眼睛都找不到原来的感觉了。就和这个城市一样,当初这个十字路口街角有一家卖抄手的馆子,十分好吃,估计再也找不到了。'

"我听到流浪人说起感怀的话语,也忍不住心中暗暗感慨,这五年时间过去,要是蓓蓓没有被杀死,现在也是风华正茂的年龄。可惜鲜花刚开就凋零了。

"街头熙熙攘攘,虽然不是周末,但是依然人潮涌动,不过和所有的非一线城市一样,街头很难看到年轻人,大部分都是中老年人。

"就在我们三人在街头行走的时候,一个戴着黑边眼镜的少妇低头玩着手机,迎面走了过来,流浪人看向远处,佳佳看向商场,我在二人身后。少妇闷头直行,一下子就撞到了流浪人身上,少妇的手机掉在地上,眼镜也甩到了一边。少妇连连道歉之余,手忙脚乱地满地拾取眼镜。

"佳佳从一旁捡起眼镜,递给少妇,说道:'眼镜给您,您没事吧。'少妇接过眼镜,谢道:'真是太谢谢了,刚才我忙着回消息,没看到。太不好意思了。'

"流浪人也帮忙捡起少妇的手机,递了过去。少妇把眼镜擦了擦,戴在脸上,这才抬起头来,少妇看到流浪人,脸色突变:'怎么是你?'然后赶忙转身离开,佳佳也看清了少妇的脸,惊喜地喊道:'梁老师,是您吗?'少妇不再搭话,快步朝反方向走去。

"佳佳回身和我说道:'毒刺哥哥,我遇到了一个对我特好的高中老师,我先去找她,回头电话联系你。'佳佳说完,紧紧跟着被她叫作'梁老师'的少妇跑去。

"我感觉有些不对劲,但是一时也反应不过来,待佳佳走远,我和流浪人把当年的十字路口前后左右都绕了一遍,最终确认五年前这个十字路口周边的商家都已经迁走到开发区的批发市场了。这里再没有当年的人了。看来重新寻找目击者线索的这条路是走不通的。没有新的发现,我们只能先回酒店。

"佳佳回来之后,提出一个思路,她要去找当年办案的司马警官,因为这个司马警官一直对这个案子紧追不舍,并没有真正放手,即使他已经在三年前退休了。

"这些年来，佳佳每次回到老家都去看望这位可敬的老警察。佳佳联系好了司马警官，这位老警察正在家里，听说有人还想找出当年蓓蓓被害案的真相很是高兴，热情邀请我们去他家做客。我们一行五人共乘一辆租来的车，由天下无贼开车，径直奔向这位老警察的家里。

"这位老警察住在公安局的家属院里头。院子是老院子，房子是老房子。他退休之前，本来有机会分到新建的房子里，原公安局的不少新人都分了新房，但是这位司马警官在这里生活久了不想离开，所以他一直在这里。司马警官孤身一人，老伴儿已经离世了。老警察把我们迎进门内，倒好茶水，听佳佳详细介绍组队探查蓓蓓被害案的真相的经过。

"在佳佳讲述的过程中，司马警官的眼神分别在我和其他三人脸上扫过十三次，其中，在我的脸上扫过了七次，他的表情中时不时浮现出不屑一顾，但是旋即又隐藏了过去。老人家的神情已经和蔼成习惯，看起来并没有警察身上的那股煞气，但是当老头儿眼神眯起来的时候，却从眼神中时不时闪烁出鹰隼般的锐利，真不愧为多年在刑侦领域摸爬滚打的老警察。我被司马警官扫视的时候，都忍不住心虚了一阵子，毕竟我曾杀死过蓓蓓。

"司马警官对我们说道：'这个案子当年轰动全县城，也是我心中迟迟放不下的一根刺。我也不想等我进了骨灰盒的时候，这个案子还不能侦破。当时我们费了很大的力气摸排走访，就是查不出究竟是什么人去残害了那个无辜的小姑娘。小姑娘人际关系简单，她妈妈人际关系也简单，仇杀的可能性排除了，只能是外来流窜作案。可是我们的协查通报也已经早就发过，时隔多年如石沉大海。唯一的一个证据，就是现场留下的一枚指纹。当时没有指纹库，没法比对指纹，所以这件案子就成了悬案。你们想再次查探此案，难度着实太大。因为我们对案子是保密的，很多案子的细节我不能告诉你们。至于你们说的那几个在酒吧门口等着欺负女孩子的家伙,当时他们的案子也是我侦办的。我对这件案子在脑子里留了根弦儿。在侦办他们轮奸女孩案的时候,也去调查他们几个人在蓓蓓被害当天都做了什么,他们几个人都有不在场证明,所以那几个人的嫌疑可以排除了。'"

第二十章　悬赏线索

"司马警官这句话一说,让我一阵放松,因为我清楚地记得,我当时把蓓蓓溺死和处理尸体的时候,都戴着手套,所以蓓蓓身上不可能留下我的指纹,而现在这个司马警官说,蓓蓓尸体上关键的证据是一枚指纹,那就说明的确存在着另外一名凶手。

"苍云换了装束,看起来还很知性,估计是为了见一个资深刑警而精心做了准备,不再是第一次见我们时那副颓废性感的样子。苍云开口说道:'司马警官,那个女孩的冤魂还在等着昭示真相,你能不能帮我们去问一问当年问过的重点的知情人,我们或许能够找出一丁点新的线索来。'司马警官摇摇头,对我们说道:'这个肯定不行。不要说没有侦查权,就是我退休之后,也不能接触案子,而且也没有侦查权了。这样做是违反规定的。但你们要是有办法让知情人主动找你们来提供线索,那就是另一回事了。'天下无贼问道:'嗯?什么叫知情人主动找我们提供线索呢?'司马警官并没有回答,只是意味深长地看了我们一眼。和我们转移了话题,闲聊了一些其他的事情。

"我们见很难再有新的收获,就告辞离开了。在路上大家都沉默了好久,没有说话,想是本来激情满满,但是结果却发现从当年经办案子的司马警官那里碰了一鼻子灰回来，难免心情沮丧。

"我正仔细想这位老警察跟我们说的一切回忆，试图从其中找到什么有价值的点，发现除了排除那几个捡尸的恶棍的嫌疑之外，并没有什么太有价值的东西。佳佳突然对我们说道：'司马警官说的意思是不是我们可以悬赏征集线索？'

"佳佳这句话真是一语点醒梦中人，我一瞬间想起了老头儿对我们意味深长的笑容来。

"天下无贼说：'悬赏征集线索的赏金其实也不用太多。你要说给个一百万元，也没有人信。给个五万元以内，反而愿意给你提供线索的人更多。'

"苍云提道：'可是我们就这样悬赏征集八年前案子的线索，那些人是不是能想起来，或者会不会有些人随便编点什么来蒙我们？毕竟我们也没法验证。'

"佳佳说道：'我们可以明确有效线索才能给付赏金。比如说根据此线索找到了案件侦破的方向等，才能给对方支付赏金。'

"我想了想，对大家说道：'我认为我们可以充分发挥互联网时代的力量，这个时代随便一个吸引人的短视频都具有巨大的影响力。我们可以模拟当年蓓蓓被害案拍一系列的短视频，然后发到这个城市的论坛上、各种视频软件中，吸引足够多的人来关注这件事。等这件事再次热起来，提出赏金线索，说不定就会有什么线索提供给我们。而且，我们模拟当年的现场，要是真有目击证人，肯定会指出我们拍的视频中不对的地方。这样就可以甄别真伪线索了。'

"我话音刚落，这几个探案队员对我的想法纷纷拍案叫好。天下无贼笑嘻嘻地说道：'毒刺你这脑袋真不赖，难怪佳佳要你当队长呢。我就只想着怎么给人家钱。因为我家里是做生意的，想着怎么花钱怎么挣钱。但

是真没想到能够用案件重演的方式来吸引真的目击证人。'

"原本以为拍小视频是件挺容易的事情，但是等真正自己拍下来的时候，就会发现这真是困难无比。摄影方面需要远近镜头、各种拍摄技巧，需要拍摄背景，道具布置，演员需要台词神情语气肢体动作等，真实践起来，我们确认这一切都是非常非常难的事情。折腾了两天之后，我们连第一个环节都拍不好，最终我们放弃了，决定花一些钱去请专业的演员和摄影师来做这件事情。真是火到猪头烂，钱到事情办。花了钱，请了专业的人，视频拍出来的效果和我们几个人傻乎乎地去演就是不一样。

"天下无贼还联系了流量推广公司，将这些视频推广了出去。天下无贼告诉我们，他父亲的公司和这些公司本身就有联络，因此给他的价格是非常实惠的，这些费用都打包由他父亲的公司支付就好了。视频经过各种流量推广之后，很快就上了榜首。

"视频推出之后，有一天在论坛里突然间冒出了一个网名为'1234'的留言：'这件案子我小时候听说过，那时候我还小，才上小学，但是我妈看到过。我妈妈是扫街道的清洁工，好像和你们演的不太一样。'

"我们看到这条留言之后欣喜若狂，迅速地通过留言的ID和这个网友联系道：'小兄弟，你方便让我们和你妈妈见面聊一聊吗？不会白聊的，如果线索有效的话，我们会给你妈妈报酬的。'

"过了几分钟，1234回复：'你能给我留一个手机号码吗？我先问问我妈妈，我妈妈胆子很小，她不敢和人家讲出来。几年前连警察问她她都没说。'

"佳佳把自己的手机号码留了上去，过了几分钟，一个陌生的电话打了进来，一个十五六岁的小男孩的声音传了过来：'请问你们是想找到当年街头的女尸案子的真相吗？'

"佳佳对着手机说道：'是的，我们要找到这个案子的真相。'

"小男孩说道：'我妈妈知道一些情况，不过她是个聋哑人，她只能比画，我来给你们翻译。'

"佳佳也很高兴地说道：'你在什么地方？我们见面聊吧。'

"小男孩在手机里说道：'咱们就约在城里那个老茶馆见面好了，你知道老茶馆在哪里吧？'

"我们一行人先行去了那家老茶馆，为了避免我们五个人同时出现吓到小男孩和他的聋哑人妈妈，只有我和佳佳坐在那里等小男孩母子，而流浪人、苍云和天下无贼则坐在我们隔壁桌，离得很近，我们说什么也都能听见。

"到了八点钟，门口出现了一个十五六岁的小男孩和一个穿着朴实的中年妇女，母子二人正在四处打量。佳佳对着他们挥了挥手，说道：'我是要找线索的人。'

"小男孩露出虎牙笑了笑，领着他妈妈走到我们跟前，在我们对面坐了下去。佳佳问道：'小弟弟，你叫什么名字？'

"小男孩回答道：'就叫我小雨吧，姐姐，你叫什么名字？'

"佳佳说道：'你就叫我佳佳吧。'

"小雨说道：'今天我在网上给你们留言之后，又回去特意问了我妈妈。我妈妈仔细地想了想，跟我比画来比画去，大概是这个意思。我先说给你们，你们有什么疑问，就问我，我再问我妈妈，因为我妈妈只能通过手语来跟人家交流。'

"这中年妇女果然沉默不语，但是在我们和小雨交谈的时候，她的眼神一直瞧着我们和她儿子。

"小雨说道：'我妈妈说事情是这样的：在五年前的那天，她凌晨四点就要出现在那一片街道上负责把十字路口东北角那一条小路都打扫干净。当时，妈妈看到在十字路口的另一侧好像有一个人躺着，她觉得很奇怪，本来想走过去看一看，但是她又担心工作任务完不成。毕竟这个时代敢做好事的人并不多。我妈妈一个女人，一个清洁工，她首先想到的是自己会不会有麻烦，而且她还没有手机，也不能报警。她以为那个人只是醉倒在街头的醉汉，并没有想太多，天色又黑暗，那个时候咱们城里的路灯又不是很明亮，也看不清躺在那里的人究竟是男是女是老是少。

"'就这样，我妈妈一边扫着越走越远，打算等扫完之后，如果那个人还没有动静再过去看一看。但是没想到，等妈妈回来的时候，看到了另外一个人，开着一辆车停在了路边，停在路边之后把地上躺着的人抱到了车上。

"'我妈妈这才确定躺在路上的那个人是个女孩子，因为她看到了裙子和长头发。裙子的颜色她记得特别清楚，是一种很漂亮的淡黄色。我妈妈年轻的时候也很爱漂亮，她特别喜欢那种淡黄色，就是鹅黄那种大黄色。她以为是女孩子的家人来把那女孩子带走了，所以也没太在意。她只记得那辆车的车牌号不是这个城市。车牌尾号好像是什么74，别的都想不起来了。我妈妈看到那个女孩子被一个男人抱到车上之后，那辆车就开走了，也就没在意，继续去干活了。

"'因为需要负责清扫的区域并不只是那么一块，还有很远很长的地方，所以她就离十字路口越来越远。等到六点钟的时候，妈妈把路面清扫干净，再次回来时却发现那个路口围着几个晨起锻炼的人，还有人在嚷嚷着报警，说出事了。

"'我妈妈听不见，她只是看到那几个人围在十字路口的另一侧。感觉像是出事的样子，所以她也走过去看了一眼，结果她还没有走到的时候，就看到来了一些警察，我妈妈又听不见，只是看到警察把围观的人群清开，然后就遮挡起来，就什么都看不到了，妈妈就离开了。

"'事情大概就是这么个经过，不知道对你们有没有帮助，也不知道这个线索有没有用。姐姐，其实我挺需要钱的，因为我妈妈收入不高，而且我马上要上补习班，才能够考上好大学。可是如果我妈妈当年看到的这些对你们没有帮助的话，你们也不用给我们钱。'

"我听完小雨的话，心中颤抖，知道问对了人，因为我也清楚地记得，蓓蓓当时穿的就是鹅黄色的裙子，而小男孩的妈妈第一次看到蓓蓓的时候，正是我抛尸之后。

"流浪人、苍云和天下无贼三个人也分别在静静地听着小雨说的话。

"我问道：'小雨，你问问你妈妈，她第一次看到那个女孩子躺着的地点和第二次人群围着的位置是不是同一个位置？'

"小雨听完之后，转过头对他妈妈比画起来。她妈妈看完小雨的手语，想了想，然后右手摇了摇。小雨转头对我们说道：'我妈妈说，不是同一个位置，分别在两个角，一个是东南角，一个是西南角。我妈妈负责那片区域是东北角。'

"我点点头，继续问道：'小雨你再问问你妈妈，能不能回忆起来，她看到开车的男人把女孩子抱到车上的时间，大概是几点钟？'

"小雨转身又给他妈妈比画起来，她妈妈和小雨一样用手语比画了过来，小雨转头对我们说道：'我妈妈说那个时候，她应该是已经完成了一半的清扫量，差不多是五点钟。因为我妈妈每次在十字路口做卫生的时间需要两个小时，完成一半就应该是五点钟。然后她再次看到人群围住小姑娘的时候，就已经是六点钟了。

"'我妈妈后来才知道那个小姑娘是出了事情，被人杀死了，而且身上都没穿衣服。我妈妈是后来从街坊邻居那里知道的。'

"我点点头，然后又问了一些细节问题，小雨再次问他妈妈的时候，他妈妈已经想不起来了。佳佳给小雨支付了五千块钱的赏金，而且还把支付赏金的照片拍了下来，上传到论坛里。上传论坛之后，因为真的支付了赏金，佳佳在论坛里留的手机号码被打爆了。我们得到了各种信息之后，经过梳理，最终得到了以下几点有价值的线索：第一点，我把蓓蓓抛尸十字路口之后，蓓蓓还是穿着衣服的；第二点，有一个男人是开着车把蓓蓓抱到车上离开了一个多小时，又回来把蓓蓓的尸体丢到了路口，这次蓓蓓身上的衣服就都不见了。"

毒刺讲到这里，对我说道："今天时间差不多了，不方便了，明天再给你讲吧。咱们得回去了。"

我对毒刺说道："你给我讲的这个故事，你是知道答案的，你是找到了真凶的。只不过你还要考验我的能力，才决定是不是和我合作是吗？"

毒刺说道："老甄，我越来越欣赏你的聪慧了，我的确找到了答案，不过是机缘巧合，所以我想看看，你能不能通过纯粹的推理找出那个答案。"

我一边和毒刺离开天台，一边抓紧时间说道："你当时杀死那个蓓蓓，是因为误以为那个女孩骗了朋友感情，造成朋友精神失常，所以你把蓓蓓的尸体丢在十字路口，是为了把她的尸体示众。而再次出现的那个男人把蓓蓓赤裸的尸体丢在十字路口，则是为了把女性的身体示众。

"说明这个男人的内心深处是仇视女性的。从这个角度来讲，我可以对这个人做一个心理侧写，此人沉默寡言，平时看起来跟女性不善打交道，但是一旦女性冒犯他，或者是受到什么刺激，就会对女性有施暴倾向。这种施暴倾向甚至还体现在对女性的尸体上。也许蓓蓓的尸体在出现的时候身上还有其他的伤痕，只不过警方为了保留案件机密，不向社会公布这些细节。所以如果找到了这些伤痕线索，将这些痕迹做大规模的指纹比对，就可以找到犯罪嫌疑人。

"根据当年办案的老警察所提供的信息来看，他们当时已经对在那个时间段可能出现的所有可疑人群都做了大规模的对比排查，并没有发现指纹符合的人。那么也就是说这个人肯定是外来人员。这个人有一辆车，还是其他城市的牌照，却出现在佳佳所在的城市。这个人究竟是怎么来的？这是一个唯一的线索。可惜的是，从目击证人的线索中收集到的信息并没有车牌号的详细信息。人在记住一连串的数字、号码或者字母与数字组合的时候，比如说手机号码，最容易记住的是开头和结尾，中间的数字往往是模糊的。所以车牌号这条线索就算是断掉了。

"但是这其中有个重要的线索，那就是出现的第二个男人，他究竟为什么在那个时间段驾驶一辆外地牌照的车出现在那个十字路口？因为你杀害蓓蓓是偶然出现的因素，而那个男人出现在那里，应该也是偶然因素，从你讲述的夜店捡尸流氓的活动规律来看，他们一般会选择深夜两点多捡尸，因为可能醉酒的女性多数出现在那个时间段里，而凌晨四点出现的开车男人，大概率不属于捡尸群体，而是特殊原因，与蓓蓓被你抛尸之后的时间段相撞。

"既然你知道了答案，那么也就是你找到了真凶，只有一个可能了，就是根据犯罪人总想回顾自己的犯罪心理特点，这名真凶就隐藏在你们当时的破案团队里。"

第二十一章　合作基础

说完这些的时候,我和毒刺已经走到了各自的房间门口,毒刺听到我说这番话,对我露出了佩服的笑容,小声和我说道:"老甄,没想到,你这么快就想到了,我希望你明天就能告诉我真凶是谁。"

我和毒刺各回房间,在第二日放风的时候,再次来到天台见面。这次我在A区终于看到了吴薇!吴薇同样赤身裸体地被悬吊在我原以为是秋千的悬吊架上,而那个于文泽正把一个金属光泽的钩子钩住了吴薇的身体,把吴薇悬吊起来。我心中着急起来,但是我知道,就算我通知老周、章玫和梁欣甚至李强,等他们赶到搜查的时候,A区也不会有任何痕迹了,所以,如果我想把吴薇解救出来,就只能依靠毒刺在这所精神病院里经营了两年的力量。

毒刺也看到了这个场景,他面无表情地对我说道:"这个场景我看到过多次了,不过这个女子我是第一次看到,看来于文泽其他的手段,都不能让她崩溃屈服,所以他选择了这么残忍的手段。"

虽然吴薇的嘴里塞着东西,但是当钩子钩住的那一刻,我还是能远远地感觉到吴薇惨叫了一声,很快,于文泽就把拴住钩子的绳子也一样吊在了悬吊架上。

毒刺见我的表情不对，很快猜了出来，对我说道："这个女子就是老甄你想找到的人是吗？看来你得抓紧时间和我合作了，否则这女子恐怕撑不住了。你还是抓紧时间破掉我的谜题，好开启我们的合作吧。这两年来，我已经想到了怎么攻破A区的办法，只不过这个办法中，缺乏一个智慧超群的角色，只有你才能担当起这个使命来。"

我看到吴薇很快就昏倒过去，于文泽扫兴地挥了挥手，旁边穿着护士服的几名男子才把吴薇放了下来，抬进了A区楼里。我虽然心如刀绞，但只能暂时按捺下去，先把毒刺搞定。

我深吸了口气，对毒刺说道："其实答案很简单，只不过你还不能确认我是猜到的，还是推理出来的，那么我来给你推理一番。在你们的五人破案团队中，两个女性肯定不是，也就是佳佳和那个苍云。你也可以排除，那么真凶就是剩下的那两个人之中了，那个叫天下无贼的年轻人，一是年龄上不符合，二是他的性格外露，和我对真凶的心理侧写对不上，因此真凶只可能是那个叫作流浪人的。我还可以给你一个证据，在你的讲述中，佳佳问过所有人有没有去过她的城市，你们四人都声称从没去过那个城市，可是在当年的抛尸现场，那个叫流浪人却指出十字路口的一家抄手店不见了，这个人明显在说谎。说谎必然有目的，目的就是不想让你们注意他，所以他最为符合通过参加你们这个探案团队，来再次确认当年的案子是否还能侦破的人设了。"

毒刺听我说完，忍不住对我鼓了鼓掌，对我说道：

"没错，老甄你都猜对了。我们的线索断掉的时候，那个流浪人突然提出来，他有事要先行离开。本来探案小组就是一个松散的组织，我和佳佳也没有办法和理由留住他，所以就让他走掉了。佳佳想起街头偶遇的老师，想去探望，却没想到，佳佳这次探望找到了关键线索。

"上次在街头，佳佳追了很久，结果把那个梁老师追丢了。佳佳决定通过自己的高中同学打听一下梁老师的联系方式。很快，佳佳就找到了梁老师的住址。

"我无聊之际，就和佳佳一起去了那个梁老师的家里。佳佳在路上告诉我，蓓蓓死之后，她有一段时间懊悔得几欲轻生，正是这位梁老师给她极大的开导，让她从那段时间走出来。但是她没想到她的老师在街上会做出那样的反应，所以佳佳也很奇怪。

"见到梁老师后，佳佳反复深入地和梁老师沟通交流之后，梁老师才肯告诉我们那天她为什么有那种奇怪的反应。

"原来，那天梁老师认出了和我们在一起的流浪人，正是她的前男友。流浪人的真实姓名叫吴乃超，曾经是这位梁老师上大学时候军训的教官，梁老师对他一见倾心。

"少女往往对棱角分明的军人有格外的好感，梁老师也不例外。只不过这个流浪人是被军队开除的，因为他暴力倾向极为严重。

"梁老师告诉我们，流浪人在和她交往谈恋爱的阶段，不管有什么事情，只要她忤逆了流浪人的想法，流浪人就会对她大打出手。梁老师对流浪人心生畏惧，所以就提出了分手。梁老师还很清楚地记得，她和流浪人提出分手的时间正是2011年7月29日，流浪人因为梁老师提出分手，和梁老师吵了半夜的架，直到把梁老师打得连夜打车跑回了自己的老家。

"听完梁老师对流浪人的叙述之后，我猛然想起，流浪人撒过谎，他说他从来没来过这座城市，而且他和梁老师吵架的日期，也正是蓓蓓被害的日期，那一天我这辈子都忘不了。

"我让佳佳把流浪人的真实姓名和身份证号发给司马警官，要司马警官帮忙查一查他是否在2011年7月29日蓓蓓的抛尸现场出现过。司马警官查询之后确认了流浪人在那一天在那个十字路口确实出现过。但是单凭这些，没法去抓捕他，最好的证据还是流浪人的指纹能够符合。

"梁老师告诉我和佳佳,流浪人小时候被他强势的妈妈虐打,到他青少年时期,又被凶悍的街坊大妈冤枉偷窥女厕所,所以流浪人对女性一直仇视。在流浪人和梁老师恋爱的时候又分歧不断,最主要的原因是流浪人当年因为受到过度惊吓导致阳痿,他习惯用工具侵犯女性,然后殴打女性。梁老师也正是因为这个原因才离开了流浪人。

"我和佳佳、天下无贼、苍云再次把梁老师讲述的流浪人的事情拍成了小视频,并且上传到了各大视频平台,这种涉及性变态侵犯的话题,很快就上了热搜。视频发出去没有多久,流浪人就忍不住了。他再次出现,试图报复那个梁老师的时候,被警察抓住,通过指纹比对,确定了流浪人的指纹与当时蓓蓓被害案现场留下的指纹一致。

"我通过佳佳,得到了流浪人的口供,他在和梁老师争吵之后,心情烦躁,找不到发泄的出口,所以开着车在城里转,在凌晨四点左右转到十字路口的时候,遇到了已经醒过来的蓓蓓,从这点我确认,蓓蓓没有被我杀死。流浪人以为蓓蓓是在酒吧买醉醉倒在街头的坏女孩。所以把蓓蓓掳到车上进行侵犯和殴打,蓓蓓死掉之后,流浪人心中的恨意还没有完全发泄完,于是他把蓓蓓赤裸的尸体扔在了十字路口示众。

"老甄你还真是聪明,居然一下子就抓到了整个案子的关键,那就是为什么流浪人会把蓓蓓赤裸的尸体扔在街头,而且你还能通过我所讲述的,那么快就找到了真凶。看来我没有找错人。"

我已经没有心情和毒刺讨论我聪明与否的问题,而是直截了当地对毒刺说道:"蓓蓓虽然不是被你杀死,但也是因你而死,要不是你先把蓓蓓伤害抛'尸',她也不会出现在那个十字路口,遇到流浪人,真正丢了性命。这件事,你心里可以稍微好受一点,但是你这一生都摆脱不了愧疚。至于合作这件事,我可以和你合作,你帮我救出刚才出现的那个女孩子,我帮你对付于文泽:第一,我本来也想对付他,现在他还这样虐待我的学妹，我更不会放过他；第二，我通过你的讲述，判断你和于文泽应该没有什么交集，但是为什么你会处心积虑，筹谋两年，假扮精神病人在他开设的精神病院里卧底，肯定有其他的原因。在和你合作之前，我希望能知道这个真正的原因。"

毒刺笑道："这个原因我还不能告诉你，但是我可以先帮你攻破这座精神病院，救出你的学妹。你能找到我要对付于文泽的真正原因了，也就真的能对付他了。我之所以还不能告诉你，是因为我还得靠这个脱身。而我脱身这件事，还需要你帮忙。"

脱身？毒刺的脱身，应该不是潜逃，毕竟对于毒刺来说，逃脱或者潜逃根本就不是问题，甚至你想找到他谋杀的证据都非常难。在现实中来说，任何案子对于破案者而言都是工作，需要极强的责任心和对真相的执着。不然的话，选择意外结案是件很有诱惑力的取舍结果。当破案压力过大的时候，从工作角度来说，在天网监控系统覆盖之前，也不过是仇杀、情杀、财杀三种方向去侦察，像毒刺这种杀人方式，可以说属于随机杀人的变态杀手系列，而他杀人，还不是性变态杀人，虐待侵犯杀害女性或者儿童，毒刺杀的是他认为需要在社会中清除掉的坏人，他骨子里认为自己杀人是在替天行道。而且他作案的手法不是明目张胆地杀人，除了杀蓓蓓的那一次，都是采用各种意外死亡的制造。这种情况下，他很难被注意到。因此，我断定毒刺想要脱身，绝对不是逍遥法外那么简单。

毒刺的眼里闪着精光，扫了扫我的表情，继续说道："你应该猜到了，我所说的脱身，绝不是逍遥法外这么简单，对我来说，那太容易。而你能找到我，可以让我把计划提前。你要是能推断出我的目的，那你还会获得其他彩蛋奖励。你我之间，我是出题者，你是破题者。现在我们有了一个共同对付的目标，那就是寒光集团的于文泽。先救出你的人吧。"

和毒刺合作，我有一种和吃人恶兽同行的恐惧感，而且我还必须和他合作。毒刺是恶兽的话,寒光集团的于文泽就是恶魔了。平常人挑战恶魔,要么就是很轻易地被恶魔杀死;要么就得学会鸡贼地每天挑战一点,挑战个十年、二十年,甚至一辈子;要么就是在恶魔被更大的力量施压的时候,一个小人物出头挑战,结果一挑成功。

于文泽这种存在,不但不能轻易挑战,甚至还随时可能被他吞噬。我和吴薇不过是因为接触到了他的负面新闻材料,并且没有接受他的收买,打算把这些材料形成内参,就被他构陷设计,让我丢了公职,失去了家庭;吴薇继续追踪调查,就被他掳到这家精神病院虐待侮辱。要对付这样的恶人,不但要小心翼翼,而且还要筹谋规划,才有可能成功。

毒刺虽然在于文泽为了满足自己变态爱好的精神病院里暗中积蓄了各种力量,但是相对于对付于文泽,只是撕开这一点,是远远不够的,除非他想的根本就不是⋯⋯

我说道:"既然是合作,那么你帮我攻进A区,救出我想要的人,你需要我为你做什么呢?"

毒刺说道:"我要你帮我做的事情,等你把人救出去之后,时机成熟了,我再通过其他渠道通知你。我相信你的为人,只要你答应下来,就一定会做到。"

我点点头道:"好,我答应你。我会让我的伙伴接应,但是在精神病院内部攻入,咱们该怎么做?"

毒刺说道:"这件事情必须得里应外合,因为在这家精神病院里,工作人员的数量是超过所有病人人数的,你之所以没有看到那么多的医护人员和保安,是因为他们大部分人都在最外圈的C区,C区里基本上都是真正的精神病人,而且是一直犯病的那种,并不像你我所处的B区,这里的病人都是间歇性的;还有相当的一部分并不是真正的精神病人,而是因为各种复杂原因,自己躲在这里,或者被家人用这种办法囚禁在这里的。而你看到的A区，则是于文泽淫乐的城堡，整座精神病院的安保系统中控室都在A区，而且A区的安保力量不是B区、C区的保安能比的，那些人都是于文泽笼络控制的有案底的人，你说A区是于文泽黑社会团伙的巢穴也不为过。"

我问道："于文泽是怎么穿过C区、B区，直接到达A区的？我在B区绕过几圈，都没有看到过有车辆直接穿过B区，直奔A区。"

毒刺说道："咱们所处的这座精神病院是一个山坡结构，从A区到C区呈扇形扩散，A区、B区、C区的高度落差，基本上是一层楼，也就是说A区比B区高一层楼，B区比C区高一层楼，A区比C区高两层楼。这种高度差的前提下，假如这座精神病院当初建造在A区的另一侧，建设出来了类似地下车库入口的设置，咱们在这边都是看不到的。"

我说道："可是这所精神病院，在我进来卧底之前，我是把整个精神病院的外围都检查过的，并没有发现什么其他的出入口。"

毒刺说道："是有的，出入口的确只有一个，只不过车道的出入口隐藏成了另外的样子，你看不到而已。想进入A区的车和人，都是可以通过那个隐秘的通道，直接抵达C区出入口的。"

我想起这家精神病院的入口，还的确没那么简单，只不过这种事情，我通常都发现不了，但是老周可以。老周在军队的时候是做侦察兵的，每走到一个地方，都会本能地去观察所有的出入口，还有可以藏身的位置。

我问毒刺道："那你有没有找出那个隐秘通道？"

毒刺摇摇头道："我虽然在这所精神病院里有团队，而且可以利用精神病人的身份逃避法律制裁，但是毕竟我们与精神病院的工作人员是对立关系，所以我们没法接近那些隐秘通道的。"

我微笑道："那也就是说，你和我的合作其实是里应外合，你出内应，我出外合。如果我不能通过外援找到进入A区的通道，那么你也没法进入A区做你的事咯？"

毒刺把脸扭过去，看向A区，对我说道："我可以进入A区，但是很多人大规模冲击A区，就不可能了。我潜入过A区，不然我怎么知道A区里面的中控室还有那多名内保？"

毒刺说他能潜入A区，那么在精神病院里的医护人员中，也必然有毒刺的人马，只不过这个人究竟是谁，毒刺要是不想告诉我，我问他也不会说。

我本来还想要毒刺带我潜入A区，但是我很快放弃了这个想法，我的优势在于头脑，在于分析推理，在于运筹帷幄，而不是冲锋陷阵；或者我可以用一种谦虚的说法，就是我善于思考，拙于动手，动手能力差，能够把事情想明白，但是很难把事情做明白，上次攀岩爬到山谷谷底已经是我的极限了。这种潜入侦察的事情，最好还是交给当过侦察兵、警察还有商务调查侦探的老周。

毒刺应该没有注意到，我把毒刺和我的对话都悄悄地用一个袖珍录音笔录了音。随后，我就把这段音频发给了章玫和老周，我相信老周听完毒刺介绍的情况，一定会制订出合适的探查方案，甚至是进攻方案。

毒刺在精神病院里，能够调动的人一共有十二个，这十二个人确切地说，都是被家里花钱送进来软禁的，包括那个躁狂症的茉莉花。她本来是一个大老板的二奶，因为想上位，大老板花多少钱都没能摆平，最终被送到了精神病院。其实还有另外一种说法，那就是她其实是大老板送给某高官的二奶，想趁机上位，被这名高官更有背景实力的原配送到了这家精神病院软禁。如果她不表现出见谁打谁的躁狂症症状的话，那么估计她很快就会成为这里的不良医护人员的泄欲工具了。而且那名高官原配派人把茉莉花送来的时候，就已经放出话来，要让她好看。

第二十二章　老周潜入

要是我推测得没错，茉莉花很快就在毒刺的指点下，开始用这种方式自保了，但饶是如此，估计她也没少被那个高翔医生奸污。而那名看起来斯斯文文的高翔医生，则是精神病院B区事实上的管事人，他虽然整日笑眯眯的，待人和蔼，但其实骨子里阴狠毒辣，经常虐待病人。据毒刺说，高翔医生会把不服从他的病人控制住之后，在病人的嘴里强塞上漏斗，然后强灌尿液甚至消毒液。

还好我刚来没几天，装作深度抑郁患者，整日不声不响，没有惹过这个高翔医生，不然估计我也逃不过了。毒刺杀死高翔医生，能够调动那么多人配合，那说明这些"精神病人"平日里就对高翔医生恨之入骨。

老周给我回复，给他几天时间，让他找出那个隐秘的入口，然后再做方案，和我商量里应外合的具体方案。

老周职业军人出身，做事有板有眼，当年在部队的时候，参加军事演习，居然突破预订方案，直接把对方的首长活捉。当时的部队风气，还不以业务能力为重点，而以关系走动为关键，老周这么搞之后，刚开始还受到了提拔，但是随后的一批转业名单的第一个名字，就是大名鼎鼎的老周了。老周从军队转业之后，成为一名刑警。他把在军队中做侦察连连长的工作作风带到了警察身份上,对于成为警察的老周来说,所有的犯罪分子都是他的敌人,而他也的确是按照对付敌人的手段策略来对付各路犯罪者的。当然,许多犯罪者之所以从一开始的小混混成长为黑恶分子,一个最为重要的原因是因为他们通过巨额的钱色利益交换获得了各种各样的保护伞。

而老周单纯而正直,不管是谁,只要触犯了法律,他都有的是办法把这些浑蛋揪出来,抓起来。而且老周骨头很硬,不管是什么来头的领导打招呼,甚至包括自己的顶头上司的暗示,都一概不理。就这样,干了十年刑警的老周还是一个大头兵,连自己带的几个徒弟,都已经成了他的副队长、队长,而让老周真的有想法离开公职的,则是他最信任的徒弟居然利用他千辛万苦获得的情报,通风报信,换来了自己的顺利升职;而情报的泄露导致一个只信任老周的线人在路上被大货车压成了肉饼,而这个线人唯一的女儿小萍,在学校附近被几名未成年的小混混围住殴打、轮奸、拍了裸照,这些裸照还被发到了女孩的同学群里。随后小萍彻底自暴自弃,不久就成了某洗浴中心的红牌技师。老周几次和我喝酒的时候,对我讲起小萍曾经的单纯上进,而且她时常劝说她的线人父亲,不要去街面上那样赚钱了,她会好好考大学,将来会养她的线人父亲。老周说起这些,眼圈发红,他曾经把那几个未成年小混混都抓捕归案,但是因为未成年,再加上有人暗中做手脚,结果几个人赔了钱之后就不了了之。而小萍的一生却彻底毁了。在小萍成为红牌技师两年后,那家洗浴中心发生了一起没有官方报道,但是在各种论坛上广泛传说的命案。正是这场命案,让老周最终提交了辞职报告。

当时是老周出的现场,死者正是洗浴中心的老板还有老周的那个徒弟,而凶手则是小萍。案情非常简单,小萍在洗浴中心自暴自弃之后,不管什么男人什么样的玩法都能接受,而洗浴中心老板也常常要小萍去陪侍那些重要客户。而这次，洗浴中心老板和老周的徒弟在一起聊天的时候，无意中说起小萍父亲正是被洗浴中心老板找人撞死的，而小萍也是他安排人去轮奸凌辱散发裸照的。那个喝多了的洗浴中心老板还一脸得意地说，他就喜欢干这种杀了她老爸毁了她人生还要玩她的感觉。小萍随后用水果刀刺穿了洗浴中心老板的喉咙，在旁边给老周徒弟服务的另一名技师吓得尖叫着跑掉之后，小萍和老周徒弟扭打起来。虽然老周徒弟是个身高一米八以上的壮汉，而且受过格斗训练，但是自从他成了黑警之后，身体素质每况愈下，而且当天除了和洗浴中心老板一起喝多了酒之后，还吸了毒，所以在和小萍的殊死相搏中，被小萍用刀连戳十几刀，最终失血过多而死，小萍也受了伤。这个时候，另外一名技师的尖叫引来了洗浴中心的内保，等内保们出现的时候，人已经死了，最后他们控制住小萍后报警处理。

　　老周带人讯问了小萍，小萍把杀人时听到洗浴中心老板和老周徒弟在现场嘲讽羞辱她的情形，还有自己的杀人动机以及杀人过程，都完完整整地讲了出来。但是等案子报上去的时候，口供就已经被改了，而案情变成了小萍作为失足女，日常吸毒，因为吸食冰毒过量，所以在服侍洗浴中心老板的时候，突然产生幻觉，发狂杀死洗浴中心老板，而老周徒弟则是因为在洗浴中心检查的时候，正好赶上小萍杀人，结果被小萍误杀。小萍很快被判了死刑，而不是死缓。老周的那个黑警徒弟还成了烈士。老周因此下定决心辞职。多少人的辞职，都需要大半年才批下来，当然这半年到一年的时间里，是不给你安排太多工作的。但是老周的辞职申请，一周时间就批准了，可见老周是多么不受待见。

　　其实如果老周坚持到扫黑除恶之后，他就能亲眼看到那些黑警都脱了警服，穿了狱服，从抓人者变成了被人抓。在打"伞"过程中，老周才明白过来，他带过的五个徒弟里，只有那个不吭不响、善于推脱上级的各种

"招呼"却不得罪上级的李斌才是真正的狠角色,打"伞"之后,李斌很快就成了刑警队长。政策得人心,曾经的各路牛鬼蛇神,很快就被一扫而空。老周的日常业务,也就逐步地从寻人追债转变成了抓小三找出轨。饶是收入降低了,老周却很高兴。只是可惜了打黑除恶之前就已经被行刑的小萍,要是赶上现在,小萍就不用杀人报仇,也可以看着仇人被枪毙了。

"那么曾经上进的一个姑娘就这么被毁了。"老周常常感慨道。

我躺在床上,正想着老周的人生经历,终于等来了老周的消息。消息是一段视频,这段视频应该是老周用无人机拍到的。视频中,几辆高级轿车开车到达精神病院C区的时候,进入大门,却并没有从进入B区的车道往前行驶,而开向了路旁保安值班楼下看起来像是一堵墙的地方。几辆高级轿车接近的时候,外观看起来是墙的卷帘门自动升了起来,车辆接龙而入。当最后一辆车也进入车库的时候,卷帘门自动落了下来,那里看起来又成了一堵墙。

老周随后给我发消息说,这一周多,他也一直在这座精神病院附近侦察情况,发现这座精神病院的C区保安就有将近五十个壮小伙,在整个精神病院的外围围墙日夜巡逻。他也试图用无人机去侦察A区和B区,但是只要无人机出现在精神病院的B区,就会遇到信号干扰,坠落下来。所以,他没办法找到B区和A区的隐秘。他听了毒刺介绍过的情况之后,设计了一个方案。

我看着老周发来的一本正经的计划方案,发现想攻入精神病院A区的确是个非常难的事情。应该这么说,在老周的专业分析下,这座精神病院简直是一座易守难攻的堡垒。除非有大批的警察、武警、部队的兵力,不然的话,不可能通过正面强攻进入。而即使有大部队正面强攻进入,A区核心秘密的人员还可以通过可能存在的其他通道逃掉,甚至从空中逃掉。除非动用直升机等设备,通过空中开花的形式,强行进入A区、B区。这样的安保措施，一般的对手和民间力量是很难攻破的，假如说，有于文泽的死对头出现，组织力量冲击精神病院，那么在C区内部安保力量对峙的时候，就已经可以通过借用警方力量来平息事端了。而我们不可能调动那么大的力量强攻进入精神病院。

老周提出的方案是不用强攻，而智取。步骤如下：

第一，老周先搞来三唑仑类药物，由章玫来探望我的时候，悄悄地塞给我，而我则把这个药物递给毒刺，由毒刺团队想办法把药物投放到B区夜间值班的医护人员和安保护士的水杯里，等把他们迷倒后，再控制药品库，拿到强力镇静剂。

第二，假冒B区的医护人员向C区的保安求救，然后利用B区的电击棒、镇静剂等物品逐步袭击C区保安。解决C区大部分保安之后，打开C区大门，放老周等人进来，共同潜入A区，分头实现自己的目的。

我看来看去这方案，怎么都觉得不像老周的手笔，或者说，老周把毒刺能够控制调动的精神病人当成了自己手底下的特种兵了。如果现在所有的人手都是老周这样的高手的话，那这个方案就可以实现；但问题是，这边所有的人手在毒刺的策划指挥下，能够凑在一起制造意外还有可能，但是要他们组织起来完成这样的准军事行动，基本上不可能。我也更立体地认识了老周。老周的确只适合带兵，不适合做领导，因为他对手下的要求太高，不能带领普通人做事业。他做警察的时候，不能升职，除了为人硬直、不圆滑变通之外，领导能力不够，可能才是核心原因。

吴薇还在A区受苦，我没有时间和老周去整理方案，看来这个工作还是得我自己来做。老周的方案虽然不怎么样，但是他对精神病院是一个堡垒这个总结还是很到位的。既然如此，所有的堡垒，其实都要从内部攻破。而这个堡垒的内部突破点并不是C区，而是A区。一切的核心都在A区，只要我们能够获得镇静剂和电击棒，并且能攻入A区，就有办法各个击破。只要趁着于文泽的车辆在A区，我们潜入A区，控制于文泽，夺取车辆，就自然有办法从内部通道开车出去。这时，只要有人在C区外侧接应，我们就可以溜之大吉。

于文泽强掳吴薇，程思颖也可能是被于文泽手下掳走，我们用这种手段把人抢走，于文泽也不会惊动警方对付我们，最多是派自己的手下对付我们。而毒刺带领手下攻入A区之后，自然会对付于文泽等人，至于他怎么对付于文泽，我估计比我对付于文泽更有效果。而要防备的C区的保安等人，则完全不用担心，因为C区保安大概率没有权限进入A区，他们最多进入B区，那么只需要把C区通往B区的通道从内部反锁死，C区保安即使支援过来也无能为力。从精神病院的安保措施来看，一层一层等级森严，防范外部力量攻入。但是如果内部控制住，大部分C区的保安就难以进来了。

控制门户之后，还要防备的就是C区保安，从B区的围墙翻越过来，可是精神病院为了避免病人跳墙逃走，在围墙上方布满了玻璃碴子，这些保安没有人指挥，提出重赏，估计不会有人冒着自己受伤的风险，跳墙进入。而只要我们突破A区，不管是控制局面，还是制造混乱，C区的保安基本上就是无头苍蝇，顶多呐喊助威，并不会真的拼命支援。

但A区的安保力量都属于于文泽的心腹，不是C区那些雇用而来的保安可比，只靠我和毒刺，还有毒刺手底下这些形色各异的"精神病人"，一击之下能否有十全把握，却未必能如我设想的那么容易。要是老周这样的角色能够和我们一起攻入A区，成功度就会高得多了。

这么思考下来，我发现难点就是，如何让老周混进来参加我们的行动。这个难点我想不出来，其实也没有关系。因为我想不出来，但是老周肯定能想出来。毕竟这个精神病院，安保严密只是在核心A区，而C区的主要作用是防范精神病人逃走，B区的主要功能则是看管软禁付费送进来的精神病人。我在这精神病院卧底十天，对这里看似严密的安保情况已经摸得清楚,而毒刺在这些人眼皮底下发展势力,甚至能做到制造意外杀死高翔医生,可见B区、C区的安保防范实则漏洞百出。

我把我的想法,分别通知给了毒刺和老周。毒刺很快同意我的想法,提出一个办法,那就是让老周假扮成精神病人,藏于病房之中,等晚上和我们一起行动。只需要放风的时候,让老周混进来,然后在监控的死角,趁医护人员和保安不注意,混入房间藏身就可以了。而老周藏身的房间,正好在我的病房。

老周那边也很快给我回复,他会和章玫一起过来,然后潜入B区,到时和我联系。我们商量妥当,分工完毕,事不宜迟,立刻就开始行动,只要老周在精神病院潜伏和我们一起行动,那么我们的胜率就大幅提高了。

次日白天,我正跟着其他精神病人在活动区域放风,毒刺自己继续每天不变的表演,老刘继续找机会脱裤子,而茉莉花则在自己常坐的条椅上发呆。那个胖大护士找到发呆的我,对我说道:"567号病人,你家属来看望你了,和我回病房。"

我知道是章玫来了,不动声色,面无表情,只是在胖大护士的催促下,缓缓起身,跟着她回到了病房。此时,章玫已经在等我,胖大护士见到章玫也在,让我进去,随即转身出去。

章玫看到我,眼神中露出关切,对我悄声说道:"甄老师,你这十来天,看起来好憔悴,都不帅了。"

我当然知道自己为什么看起来憔悴了,因为十多天没刮胡子,看起来脏兮兮的。为了避免隔墙有耳,我还是假装深度抑郁,背对着病房房门不吭一声,只不过对章玫使了个眼色,询问章玫是否一切都准备好了。

章玫微微点了点头,装作贤惠的妻子,走到我身旁,挽着我的胳膊,扶着我坐到沙发上休息,随后我感觉到章玫往我的手中塞了两个如同喷雾剂一样的东西。章玫贴近我的耳朵,对我轻声说道:"这是老周通过特殊渠道搞到的迷雾喷剂。据老周说，这种喷雾只要在目标人脸上一喷，三秒之内，这个人就会失去知觉。"

老周提供的工具总是比我想的要好，我嘴唇微动，对章玫问道："老周人在哪里？"

章玫说道："我一会儿先走，好让老周潜伏进来，然后就等你的指令，我和梁欣开车在精神病院门口接应你们。只要救出吴薇姐姐，咱们立刻就走。老周藏在车后备厢，跟着我进来了。老周说，他这样藏着进来，免得被机灵的保安发现来的时候是两个人，走的时候是一个人。"

我问章玫道："老周怎么联系我？他还得在我的病房里藏着呢。"

章玫微微摇头道："这个老周没和我说，他只是说有办法，自然会找到你。"

我点点头，章玫不再和我交流，在病房内的桌子上给我留了些水果，就作势离开，离开之前，还一副深情款款的样子，抱住我，在我的脸上亲了一口。

我心中一阵激荡，心想章玫自己加的戏真是太考验演技了。我只能深呼吸，把自己内心深处翻涌的复杂情绪压了下去。

章玫离开之后，我起身继续出去放风，门口的胖大女护士见我出来，跟着我到了活动区域之后，就转身和其他两个女护士聊天去了。

我转到花园之中，突然间发现一个戴着口罩的男医生走到我跟前，对我开口道："我是老周，你想办法制造点混乱，让放风提前结束，我好跟着人流潜入进去。"说话的声音正是老周，老周稍微晃晃脑袋，眼神明显是观察周边是否有人注意我们，见没人注意，摘下口罩，让我看清他，随后又很快戴上了口罩。

我走到了老刘身旁，对他小声说道："制造点混乱，让放风提前结束。"我说完之后，就走到了远离人群的地方，这才符合我作为抑郁症离群索居的作风。

我站在远处观察,我本以为老刘会去和毒刺联系再行动。但是我却没有想到,老刘直接晃到了茉莉花跟前,不但脱下了裤子,还拉开了茉莉花的病号服。

第二十三章　半夜暴动

我隐约看到，茉莉花的病号服内居然没有穿内衣，茉莉花相貌身材极佳，这一下子春光乍泄，直把周围男人的眼神都吸引了过去。这里的精神病人虽然各有间歇性疯症，但是男人的生理本能却并没有受到影响。那些本就正常的男护工、男保安，就更不用说了。平日只要病人们闹事，都会迅速跑过来干预，但是今天老刘扒掉了茉莉花的病号服，却都迟缓不动，等着他把茉莉花的衣服彻底扯脱，这才过来。

茉莉花衣服被扯掉，尖叫一声，也顾不得羞涩，拿起手边的树枝对着老刘抽打起来，老刘一边躲避抽打，一边只顾着抓茉莉花的衣服，大有不把她当众扒光不罢休的架势。

周边的病人索性把二人围了起来。终于，那个胖护士看不下去了，挺身而出，分开人群，用电击棒狠狠地捅在了老刘的身上，随后捡起地上的病号服给茉莉花穿上，高声吼道："今天放风结束，都给我回病房去，你们真不让老娘省心。"

众人见没热闹看了，这才一哄而散，纷纷往病房楼走去，我则故意拖拖拉拉，走在最后。我看到老周穿着一身白大褂混在人群中，进入了B区病房楼。

我这才在护士、护工的催促之下，面无表情地跟在人群之后，走向病房。我回到病房，等着护士检查完离开之后，这才关上了病房房门。

我坐在沙发上，等着老周过来找我，我以为他会假扮医生查房，到我的房间中来。但是我真没想到，老周从我的床底下钻了出来。老周看着我吃惊错愕的表情，对我嘿嘿一笑，小声说道："我提前准备好了医生的服装，藏在了车后备厢里，章玫开车进来，把车停在了监控死角，我从那面出来，假扮成医生的样子，大摇大摆地混了进来，刚才趁着病人进楼，我趁机就进了你的病房，听到动静，我这才藏到床底下。这医生服装，可比病号服方便多了。"

我点点头，问老周道："咱们什么时候行动？"

老周道："咱们得等确认于文泽进来，才能行动，因为需要用他的车闯出去。我在精神病院外面安排了眼线，只要看到于文泽的车进来，咱们就连夜行动。"

我说道："根据毒刺所说的，这个于文泽几乎是每隔一天来一次这里，今天应该也是他来的日子，他每次都是下午六点多才过来。现在就是在这里等你放在精神病院之外的眼线的消息了。"

老刘与茉莉花惹出的事情，使得精神病院B区下午的放风活动都停止了。只不过我的午餐、晚餐只有一个人的分量，我得和老周分着吃，还多亏了章玫送过来的水果，水果中大部分都是香蕉，而且那一袋橘子之中，还藏着两大袋牛肉干，才勉强足够老周这个大饭量男人和我这个中饭量男人的需求。要是晚上于文泽不来，老周在我这里潜伏两天的话，估计我们还得饿肚子。而且要是遇到打斗等事情还得指望老周，所以得先保障老周吃饱饭有力气。

我们刚吃完晚饭，老周告诉我，于文泽的车已经进来了。我把这个消息发给毒刺，毒刺给我回复，晚上就行动。我走到阳台，顺着防盗网的空隙，把迷雾喷剂塞了进去，毒刺听到动静，也走到阳台，迅速地把迷雾喷剂捡了起来，藏在了身上，和我说道，深夜一点。

我知道了这是深夜一点行动的意思。精神病院B区行动的第一步还需要靠毒刺及其手下帮助，我给章玫发了消息，要她和梁欣深夜到达精神病院院门外，随时准备接应我们。

我和老周在病房内抓紧时间休息。老周真是好样的，结结实实地在我的床底下躺着休息，我躺在床上却想着事情，根本不可能睡着。为了避免引起查房护士的注意，我和老周在房间里，也不敢发出声音，我是重度抑郁症病人，本就不应该说话，老周是不应该出现在我病房中的人，更不应该发出声音。护士晚上十点的时候，会进来查房，不过对于我这种整天不吭声的抑郁症病人，只要我不想着自杀，就没什么伤害。所以，那胖护士只是打开了门，在病房门口看了看，见我已经躺在床上，没有异状，就关上门离开了。

好在病房的房门是内外都不能锁上的，但是每一层的楼道口有栅栏门，每晚十点都是上锁的。夜里十二点五十分，我从床上起来，老周也从床底下钻了出来，老周身上只是套着个白大褂，我则只是穿着病号服，还穿着病号拖鞋，行动着实不便，我自己的衣服还在病房的私人物品间锁着呢。

我的准备工作主要是把那瓶迷雾喷剂攥在手里，与其说是进攻，不如说是自卫，我只需要紧紧跟着老周就可以了。

深夜一点，我走到了病房门口，屏气凝神，听着门外的动静。房门被轻轻推开，毒刺朝我招了招手，我和老周跟着毒刺，顺着墙根，悄悄地走到了正在值班的那名男护工跟前，这种时间，基本上不会有什么大事，那名男护工本来就趴在值班台上打着瞌睡。我们三人刚到这名男护工的跟前，男护工听到动静，抬头看到我们，刚要开口喝问，结果被老周喷了迷雾喷剂，这名男护工惊诧了一瞬，很快就睁不开眼，跌倒在椅子上，老周把这名男护工扶住，避免他发出声响。毒刺则迅速地把男护工放在值班台上的一串钥匙拿了起来。老周为了以防万一，还把男护工快速地捆绑在了椅子上。

B区病房区一共三层，我和毒刺在三楼，我们这层还有茉莉花，其他的病人我就不熟悉不认识了。老刘则在二楼。医护人员的办公室、宿舍、私人物品库房、药房都在一楼。

值班护工被制伏，钥匙已经拿到，我们快速地移动到了二楼。我发现老刘和另外两名强壮的病人，已经把二楼的护工控制住。我看着那名护工的样子，应该是被打晕在了一旁，二楼的楼道门也已经被打开了。

毒刺看到这个场景，这才松了口气，对老刘使了个眼色，老刘则飞快地敲了敲其他的病房门，很快，毒刺团队的其他病人都悄无声息地从各自的病房里出来了。

一下子队伍就变成了十几个人，我、毒刺、老周在前面开路，其他人则在楼梯的监控死角处等着我们。

我们走到一楼楼道口，这里的门锁是从里面锁起来的，二、三楼的男护工未必有钥匙，但是也有优势，那就是这里并没有人值班。毕竟整个精神病院都是封闭的，所以只要锁住二楼和三楼的楼道口，一楼就可以高枕无忧了。

我正想着怎么进入一楼的时候，却看到毒刺让我藏在楼道里，自己则探出去半个身子，在一楼锁住的栅栏门上用指甲挠了几下，深夜之中，这声音虽然不大，但也很是清楚，我忍不住侧着身子观察，结果看到那个经常看管我们的胖护士，蹑手蹑脚地走了过来，用钥匙把一楼楼道门打开，对毒刺招了招手。

毒刺转身对我们招了招手，我们纷纷跟了进去。我还真没想到这个胖护士,平日里老是用电棍袭击老刘,而且经常呵斥这里的"精神病人",表情凶狠,她竟然是毒刺在这座精神病院里的卧底。

我忍不住对毒刺悄悄地竖了大拇指,表达对他的佩服,毒刺却面无表情,带着将近二十人,迅速地把在各自办公室和宿舍休息的其他医护人员制伏控制。

很快,我们就打开了药品库和私人用品库房,跟着过来的"精神病人"并不吭声,而是熟练地找到自己的衣物物品,快速地换了起来,我也找到了自己的衣物箱,快速地穿上。我在黑压压一片男人堆中看到了一个窈窕的身影,定睛看去,正是那漂亮的茉莉花,茉莉花也快速地把病号服脱下,露出只穿着内衣的身体,然后拿起自己的衣服,快速地套在身上,与白天茉莉花被老刘扒掉病号服引起围观状况完全不同,这里其他的"精神病人"非但视若无睹,反而都纷纷把脸扭到一边,不去看她换衣服。

我一瞬间想明白了,这些"精神病人",蓄谋已久,彼此之间都很熟悉,而茉莉花和老刘几次的声色引诱,不过是商量好的掩人耳目。

众人换好自己的服装,快速出门,这时那名曾经互殴过的躁狂症男病人,则找到病房的供电箱,拉下了其中几个闸门,我看到外面的路灯很快灭掉了三分之二。

我们一行二十余人,跟随毒刺快步走到了由B区进入A区的那道小门。黑暗之中,小门门口指纹锁上的暗红色的光芒还在闪烁,我看来看去,没有发现我们劫持什么人,只有那个脱去了护士服的胖护士跟着我们一起行动。这个指纹锁,我们该怎么过关呢?

走到门锁跟前,只见毒刺从口袋里拿出一个如同医用手套一样的东西,套在自己手上,随后把手指按在指纹锁上,只见指纹锁闪了两下,打开了。毒刺对我晃了晃手指,说道:"上次给那个高翔制造意外,我就让人套取了他的指纹,让王护士趁休息的时候,在外面找人做出了这个指纹手套。"

这道铁门,只能通过一个人,我们一行人只能鱼贯而入。老周为人谨慎,他小声让大家停下。他走到门口,拿出从保安身上的防身棍棒,先小心翼翼地猛地探了进去,确定没有反应之后,这才快速探身进去,毒刺的身手也不赖,紧随着快速进入,我紧跟着往里走去,我身后其他人也都悄无声息地一个一个进入。

我刚走进去,就看到老周和毒刺正在紧紧地压着一个粗壮的执勤保镖,两个人都勉强才能按住他,老周的双脚压住保镖的胳膊,一只手勒着他的脖子,另一只手死死地捂住他的口鼻,毒刺则紧紧压住这个保镖的双腿。我看到老周对我连使眼色,赶忙一步蹿过去,拿出迷雾喷剂,对着保镖的鼻子、嘴喷了下去,老周则配合地把手指露出缝隙,方便这个保镖尽可能多吸一些。

我们把这个在门口执勤的保镖制伏之后,一行人快速进入A区,通过活动区域,直奔A区的病房楼走去。A区的病房楼,露出地面的部分,也就是两层楼,但是这栋楼地下部分则还有两层,毒刺曾经数次潜入这里,对A区的病房楼的布局很是清楚。

毒刺带着我们到达了A区病房楼的门口,再次用指纹手套通过了楼门口的指纹锁,这里的保卫的确远比B区、C区更加强大,我们刚进到门里,就遇到了巡楼的四名身穿黑衣的保镖,这几名保镖很快就按下了对讲系统上的警报。一时间,我们迅速听到了跑步过来的声音,那四名保镖都带着电棍,好在我们从B区病房的保卫室也抢到了电棍。除此之外,我们还有十罐迷雾喷剂,但却没法轻易使用,因为一旦混战起来,没法确定会不会被自己人吸进去。

这四名保镖并没有把我们一群人放在眼里,毫不慌乱,把我们一群人当成了不自量力的羔羊。我心中庆幸老周来了，不然的话，我们这一关都过不去。

老周不愧是退伍特种兵出身，很快就揉身过去，打开电警棍朝着其中一名保镖电去，现在这种情况是狭路相逢，我们这些人是全力以赴。毒刺挥了挥手，很快，精神病人中十二三个比较壮实的病人，都拿着武器冲上前去。

除了我和老刘、茉莉花是没有什么战斗力的人员，只能在一旁观战之外，其他人都上去开始对四名保镖围殴。我原本以为这十几个"精神病人"的战斗力不堪一击，但是没想到打起来的时候，他们三人一组，配合得很是默契。看来毒刺这段时间没有白费，早就暗中做好了对付这里的保镖的准备，不过我们这边三个人，也只是勉强对付一个保镖而已。而在战斗中穿插攻击的老周在这个时候就发挥了巨大的作用，只要哪个保镖和病人打斗胶着，老周过去就是一电棍，被电到的保镖一下子就丧失了战斗力，也就几分钟，这四个保镖都口吐白沫被打倒在地。我们这边也有五个人被电棍击中，手足抽搐地在地上哆嗦，老周拿着迷雾喷剂对着那四个保镖的面部狂喷，其他人则把那五名"精神病人"搀扶起来。很快，四面八方的跑步声停了下来，有六名保镖并不吭声，只是和我们对峙，其中一名头目样子的中年男子，对着对讲机说道："进不去B区的门，你们就爬墙进来，进来支援的，每个人奖励两万元，通过监控为证。"

我心想不好，这个人果然已经开始调动C区的五十名保安支援了，我们得在他们的支援到来之前，把这六个保镖打倒。毒刺开口说道："大家快把这几个保镖拿下，晚了就来不及了。"

这次所有人都一哄而上，除去已经丧失战斗力的五个病人，我和茉莉花都冲了上去。茉莉花把上衣拉链拉了下来，露出了白花花的胸脯，几名保镖出于男人的本能，眼光还是忍不住瞄了过来，就在这刹那的工夫，老周和毒刺趁机迅速电倒了两名保镖，那个头目见状不妙，往后退了一下，对方阵形一乱，其他人抢着电棍就冲了过去，虽然我方还有人被电倒，但是这六名保镖还是被先后打倒制伏了。

毒刺带着我和老周，其他人扶着受伤的同伴，跟着我们快速顺着楼梯下来。我们刚赶到中控室门口，就看到于文泽在两名贴身保镖的护卫下，正顺着楼梯往地下二层走去，毒刺对我喊道："你和老周去中控室，毁掉监控录像硬盘，拿到所有房间的钥匙，一个房间一个房间地找你们的同伴，我带人去追于文泽；你找到人之后，把其他人都带出去。"

毒刺带着还有战斗力的六名病人飞奔着追了过去。老周一脚踹开中控室的门口，找到了电脑主机，我们在中控室已经看到了C区的保安纷纷往A区过来支援，时间紧迫，老周举起主机，用力往地上摔去，直到把机箱摔变形，顺便把机箱中的硬盘扯了出来，装在怀里。我和老刘则已经在中控室找到了一串标着房间号的钥匙，钥匙和监控硬盘到手，我们要赶在C区支援的那五十名保安进来之前，找到吴薇，救出吴薇。

这种事人多也没有用，何况我们这里还有一半人刚被电棍电过，还好王护士正在给这些被电棍击中的"精神病人"挨个施救，好让他们尽快恢复行动能力。我们留下王护士施救，我和老周则带着老刘和茉莉花，拼命地跑上楼，一间病房一间病房地打开寻找吴薇。好在那串钥匙上有房间号码，老刘已经边跑边把钥匙摘了下来，我们四个人分成两组，分别开门，我和老刘去一楼病房区开门，老周和茉莉花跑去二楼病房区开门。我们在路上已经看到C区保安把梯子架到了A区的围墙上，第一个爬上墙头的保安，已经露出了头，还好他们只有一架梯子，只能一个一个爬墙过来。而他们爬过墙的人数不够多的时候，这群保安也不敢贸然进攻。因此我们还

能有十多分钟的时间。

每一层一共六间病房,我打开第一间病房,发现病房是空的,里面没人,老刘打开的那间病房里,很快传来了一个女声:"主人,你又要来惩罚我了吗?"

第二十四章　逃出生天

我听着这个声音有点耳熟，老刘则打开灯，喊我道："你看，这是不是咱俩看到被当狗遛的那个骚娘们？"

我快步蹿过去一看，正看到赤身裸体、手脚被捆在床上的程思颖，而且程思颖眼上还戴着眼罩，我虽然不想管她，但是想想，她可能还有用处，就命老刘过去把程思颖手脚上的绳索割断，让她跟着我们逃走。

我拼命打开手里剩下的钥匙所对应的房间，找到了一个我不认识的年轻漂亮的女人。这个女人被链子拴在桌子底下，好在那链子并不是锁死的，我很快就打开了，这女人一脸惊恐地求我不要打她、电她，和我说她会听话，让她做什么就会做什么。我没空和她解释，告诉她，我是来救人的，她要想离开这个魔窟就自己起来，快跟我走。

那女子听到这句话，又仔细地看了看我，这才确认我不是那些凶恶的保镖和变态的于文泽。她从地上爬起来，光着身子没办法，揭下床单裹在身上，赤着脚跟我跑了出来。我出门的时候，看到程思颖身上穿着老刘的衬衫，正按照老刘的指点往楼梯口跑去。被我救出来的那个女子也去楼梯口等我，老刘穿着个大背心，又扔给我两把钥匙，我们两人分头打开剩下的三间房门。

我和老刘打开的房间都是空的，直到最后一间房的时候，我打开，正看到吴薇被吊在房间内的悬吊架上，吴薇身无寸缕。这个时候，我也顾不得她的身体会被老刘看到了，连忙喊老刘过来和我一起把奄奄一息的吴薇从悬吊架上放下来，我脱下外套给吴薇罩上，让老刘帮忙把吴薇放在我的背上。我背起吴薇就跑，边跑边听到C区保安用力敲A区病房楼大门的声音。我背着吴薇和老刘赶到楼梯口，看到老周和茉莉花也带着两名姑娘拼命地往楼梯这边跑了下来。

老周见我背着吴薇，帮我一起抬着吴薇快速下楼，赶去B2车库。路过B1的时候，那十来名受伤的"精神病人"也都相互搀扶着站立起来，正在努力地下楼梯，一刻不敢耽搁，这时，我们听到一楼纷杂的脚步声，C区那五十名保安已经撞开了楼大门，拼命跑了进来。老周等最后一个人通过B2车库的防火门后，用不知道从哪里找来的铁丝把防火门从里面拧上了，好能稍微挡一挡那五十个保安。

我背着吴薇，拼命往前跑，跑到那五辆豪车前，看到于文泽的两名保镖倒在地上，其中一辆已经启动的车晃动不止，估计于文泽和毒刺正在车上搏斗。我顾不得那些，赶忙拉开一辆距离我最近的七座丰田霸道的车门，把吴薇放在后座，招呼王护士和茉莉花坐上来，帮忙对吴薇施救。老刘则过来上了副驾驶，我坐到驾驶位上，这才想起车钥匙的问题，老刘对我说道："车钥匙就在车上，赶紧启动吧！毒刺说过，他们的车钥匙在这里从来不拿出去，好方便随时用车。"

幸亏于文泽这个大变态财大气粗，为了方便，在自己的地盘上从来不锁车，正好方便了我们。丰田霸道的感应钥匙正在一旁放着，我按住启动键，把车启动，正要一脚油门开出，只见老周千钧一发之际，飞跑到前，拉开车门，就跳上了后座。其他的病人，估计早就知道毒刺的各自抢车分头逃命的计划，纷纷上车，而且我感觉毒刺把每辆车的分组都分好了，因为其余的十几名病人都很有默契地选车上去，只有我们救出来的程思颖和另外三名姑娘如无头苍蝇般不知所措。老周打开车门，对程思颖等四人大声吼道："快，上这辆车。"

程思颖等四个几乎赤身裸体的女人，这才赤着脚拼命跑了过来，连滚带爬地上了车。这辆七座车，空间还算大，但是一下子挤进十个人，车里就显得拥挤。由于太挤，茉莉花索性直接坐在了老周腿上，逃命之际也顾不得这么多了。五辆豪车纷纷启动，毒刺所在的那辆劳斯莱斯最先开动，车窗摇下，毒刺的头探了出来，对我们喊道："咱们先赶紧离开这个是非之地，到安全的地方再做打算。"毒刺话音刚落，车就已经率先冲了出去。

其余车辆也纷纷启动，跟着毒刺的车顺着车道往前开去，我车技一般，但是这种情况，也没法换老周开车了。刚开出两三百米，我从后视镜中看到数名C区保安已经冲了过来，还跑了一阵子，试图追上我们，其中一名保安用对讲机说着什么，应该是告诉门卫拦截我们。老周已经给章玫、梁欣打了电话，要他们启动车辆，在精神病院门口等我们出来。

这条隐秘的地下车道并不像写字楼商场那样的地下车库要一圈一圈地绕行出去，而是直直的一条双向车道，因此我们车速很快。毒刺所在的那辆劳斯莱斯，根本没等卷帘门完全开启，就撞了出去，直把卷帘门的一半撞飞，其余车辆跟着头车鱼贯而出。到了大门口，C区剩下守门的保安果然把大门关上了，但是这辆劳斯莱斯由于文泽重金加固过，毒刺毫不犹豫，直接把精神病院的大门撞开，其他车辆紧跟其后。

梁欣的车正在路边，看到两辆好车开出，正在犹豫的时候，我摇下车窗，刚好开到他们跟前，我对他们招了招手，往前开去，梁欣摇下了车窗，对我比了个OK的手势，迅速开车跟了上来。

从我们开车离开这座精神病院的一刹那，居然有一种逃出生天的感觉。毒刺开着头车在前，我们开车跟着在后，顺着山路下山。我一边跟着车，一边仔细计算这次从精神病院里逃出来的人数，毒刺那边的"精神病人"一共是十五名，加上王护士，是十六人；我和老周两人，加上救出来的吴薇、程思颖和其他三名不知道姓名的女子，一共是七人，后面梁欣那辆车上，只有梁欣和章玫两人，这六辆车，分别是三辆五座车和三辆七座车，那么也就是能驾乘三十六人，我们两边加起来一共是二十五人，这几辆车完全足够用。我和老周带着吴薇，只要上了梁欣的车，就可以与毒刺脱离纠葛。至于程思颖等几人，我把他们交给警方处理就可以了。另外，我只需要让王护士和茉莉花下车，去毒刺的那几辆车上，就足够用了。只不过我要找个合适的地方，把她们两个放下而已。

再往前开，就是下山的丁字路口，路口旁有一条上山的小路，没有路标，不知道通向何处。我也没工夫用手机地图导航，查看方向路名了。就在我想着怎么联系毒刺的时候，我看到毒刺的那辆车开向了上山的小路，但是其他车辆却并没有跟上去，而是径直往山下开去。

我正在犹豫该怎么办的时候，车辆刚经过毒刺所占的那辆劳斯莱斯，劳斯莱斯鸣笛了几声，我把车停住，我后面的梁欣也紧跟着把车停住。我们现在离开精神病院已经有二十多公里远，剩下的那些C区保安，都未必配备了车辆，能够有组织地来追我们。而C区的医生都是真正的精神科医生，因此也未必能处理这么复杂的情况。我们跑到此处，应该是安全了，至少可以安全十分钟。

我打开车门，下了车，毒刺也摇下了车窗，而王护士和茉莉花也下了车，看来她们两人也早就得到了毒刺的指示。

毒刺也从那辆劳斯莱斯上下了车，车上另外两名精壮的躁狂症病人，从车上把已经捆成粽子一样的于文泽抬了下来，毒刺走到我跟前对我说道："老甄，你们下车，你们有两辆车，把你的人还有那几个A区带出来的女人都带走,这辆丰田霸道给我们用。"

我趁机和老周把吴薇抬到了章玫的车上,毕竟梁欣那么在乎吴薇,由梁欣照顾吴薇才是合情合理。程思颖和另外三个女子,根据我们的指令上了那辆劳斯莱斯,那两名精壮的躁狂症病人把捆成一团的于文泽放进了丰田霸道的后备厢里,随后纷纷上车,车上迅速塞满了七个人。我上了梁欣的车,老周上了那辆劳斯莱斯,梁欣照顾吴薇,我来开车,我们和老周一前一后,开到了老周把自己车停放的一个靠近山脚的没有摄像头的村口停车场,老周带着程思颖等四个姑娘换乘了自己那辆老式桑塔纳,把于文泽的劳斯莱斯丢弃在这个停车场里。

我们一行两辆车,开到了梁欣用朋友身份证出面租下来的昌平的一处山上的农家大院里。到了此处,我们才明白这个地方的优势所在。

这个农家大院是一处果园,这处果园远离村镇,距离最近的村镇也还有个六七公里,容易避人耳目。果园外部有铁丝栅栏墙,我们顺着果园的内路往里又开车行驶了一公里左右,开到了一处红砖墙院子跟前,梁欣下车,掏出钥匙,把院门打开,我们把车开进去,梁欣把院门从内部锁上。我观察到这个院子里,前后四间正房,左右还有四间厢房。梁欣向我介绍,这里原来是一家养老院,每个房间都是标间设置,而且还有空调,被褥齐全,他担心救出吴薇之后,还会有其他可能的风险,因此找来这个隐秘的所在,等想办法把寒光集团干掉之后,他和吴薇再离开这里。

深夜寒冷,特别是程思颖等四个女人,身上要么披着床单,要么穿着男人的一件衬衫,已经开始瑟瑟发抖。她们在于文泽精神病院的这几天,已经被虐待得遍体鳞伤,现在被我们救出,更是把我们当成主心骨。程思颖虽然家在北京,却连家都不敢回,见到这里有一处安全所在,一下就跪倒在我们脚底下,求我们不要赶她走,等安全了再说,其他三个女人则有样学样,求我们保护她们。

梁欣和章玫抬着吴薇进入了条件最好的房间，梁欣打开了院内的灯光，忙于陪伴和救治吴薇，章玫则过去帮忙。至于程思颖等四个女人，就完全交给我和老周处理。老周为人正直，见到这情景，就要我做主处理。程思颖是干公关经理出身，在于文泽的精神病院里被虐待，更是懂得见风使舵，因为为人乖巧，比其他女子少受了不少的罪。她见到最后做主的人是我，更加毫不犹豫，跪着爬到我的脚下，一把抱紧我的腿，眼泪汪汪地哀求我一定要让她留下。

我稍做思索，决定先留下这四名女子，毕竟现在要她们离开，万一走漏风声，这处安全屋也就不再安全。这几名女子没有手机，连衣服鞋袜都没有，而且身心疲惫，至少要休息一整夜，才好再做打算。

经过这几乎一整夜地奔跑逃命，再加上一路开车，我的双腿双脚几乎都没有感觉了。我必须强打精神，好做决断。

程思颖现在是惊弓之鸟，早已经吓破胆子。我伸手把她从地上扶起来，对她说道："程女士，你们现在身上没有衣服，这个样子也不方便联系家人，现在我们也不能完全确定是否安全，毕竟那个精神病院的幕后老板实力强大，我们可能还要捆在一起几天，直到我们确认安全，再送你们和家人团聚。现在大家都劳累不堪，赶紧分配房间，先行休息，明天我们去附近镇子给你们买些衣服，我还有话要问你们。"

程思颖听我这么说，这才放下心来，和我道谢之后，自己先行占了远离大门的一间标间休息去了。其他三名女子则过来问了怎么称呼我和老周之后，也各找房间去了。

这院子里一共八间房子，梁欣和吴薇占了一套套间，剩下的人刚好是六个人，我和老周则睡在了守着院子门口的两间相对的厢房中，章玫睡在了我隔壁。在来的路上，王护士已经对吴薇做了检查，确认吴薇没有大碍，只是因为备受虐待摧残，身体虚弱，需要静养。有梁欣照顾吴薇自然是没有问题。

老周生性谨慎,他从自己车的后备厢里,拿出了几个便携且自带电池的红外线警报器贴在了院墙的几处,这才回房休息。

我躺在床上盖着被子,这才感觉到一下子放松了,很快就沉沉睡去。这一觉直接睡到了第二天下午四点,我才满血复活,不过醒来之后,感觉浑身酸疼,足见我在精神病院跑路救人是多么拼命了。

我醒来之后,感觉肚子咕噜乱叫,口渴难耐。我爬起来,发现这处农家大院居然有独立洗手间和电热水器,生活还很便利,虽然我怎么也不清楚它洗手间的下水是排放到哪里的,不过只要能用,我也不必在乎那么多了。

我全身臭烘烘的,起身去洗手间洗了个热水澡,却发现衣服也是臭气逼人,正在发愁,就听到门外敲门声起,章玫的声音传来:"甄老师,我给你买了换洗衣服,看你起来了,给你送了过来,你换了衣服就可以出来吃饭了。"

我应了一声,把门锁打开,要章玫把衣服放到床上,我则躲回了洗手间。章玫扑哧一笑,把衣服放好之后,转身离开了,还故意把关门的声音弄得很大,告诉我她已经出去了,只不过在房门外,章玫似乎对其他人说道:"没想到甄老师比女孩子还害羞,一个大男人还害怕被女人看到身体。"随后我就听到了两个女人也跟着笑起来的声音,我听得出来,其中一个声音是程思颖。

我换上干净衣服,身上一阵清爽,这才感觉把精神病院里的晦气一扫而空了。隔着房门都闻到了饭菜香气,我推开房门,来到了梁欣所在的大套间餐厅,只见几个女人已经穿好了衣服,正往桌子上端菜。

吃饭的时候,老周对我说道:"章玫中午就起来,和我去镇上买了衣服,还有菜肉主食,随后带着下午起来的程思颖等人一起做饭,你才能像个大少爷似的起床就有热饭吃。章玫这个小姑娘真是能干，可比你前妻贤惠多了。"老周往嘴里塞了一口菜，吃掉了四个馒头之后，又把嘴凑近我的耳朵边，对我悄悄说道："而且我看得出来，章玫对你有意思，你这个家伙还真是艳福不浅。你可不要辜负人家小姑娘一片心意。"

我看章玫还在对面低头吃饭，似乎听到了老周对我夸她，俏脸一红，把头低得更低一些。程思颖坐在老周旁边，听到老周这番话，插话进来，说道："甄老师为人能干，一表人才，被章玫妹子看上也很正常。他们两个还真是般配呢。"

这一餐饭吃完，我开始和老周对程思颖四人询问。我得搞清楚她们都是怎么被掳入于文泽的精神病院的。程思颖告诉我，她在自己的车里找到了一个录音笔，细听之下提到了寒光集团的事。她贪心起来，打算用这个录音去敲一笔钱，她把录音导入手机，给寒光集团发了个邮件，向寒光集团勒索一百万元封口费，可是没想到的是，寒光集团的人很快就找到了她，把她直接就送到了那所精神病院，而于文泽更是对她各种调教虐待，她为了少挨打、少受罪，再加上自己平日里就拼命地配合讨好于文泽，本打算讨得于文泽欢心之后，能够被于文泽放出去，却没想到于文泽告诉她，她乖的话就能留她活命，要是不乖就此人间蒸发。至于从精神病院出去，这辈子都不用想了。

第二十五章　旧案真相

　　程思颖失望之余，对于文泽更加恐惧，因此加倍讨好。就这样被我们顺便救出，她现在也想等于文泽倒台再回家，不然真不敢。其他三个女子也都大同小异，有举报于文泽的，有因为发现了寒光集团的不法问题想从于文泽那里敲诈一笔钱的，最后都被非法拘禁在于文泽的精神病院，整日受到非人的虐待折磨。据程思颖等四人说，这个于文泽尤其酷爱把女人当成狗一样牵着遛，还有用钢钩钩住女人悬吊起来用皮带抽打。程思颖惯会讨好男人，因此只挨了一次这样的悬吊抽打，但是她听话乖巧，被牵着遛得最多，而其他三名女子，则被吊起来多次，直到彻底放弃人格廉耻，成为习惯讨好于文泽的性奴。至于吴薇，性子最烈，说什么都不屈服，受到的折磨最多。

　　听到程思颖等人讲出来的情况，我确信梁欣对吴薇是真爱了，一个男人明知道自己的女人在肉体上受到过其他男人的侵犯凌辱，还能充满爱怜地照顾，这一定是真爱。我们在这处农家大院里的第三天，吴薇基本上已经恢复了神志，只是身子虚弱，还只能卧床不起。待吴薇体力心力恢复了一些之后，她要梁欣把我找来，给我讲述她前段日子调查出来的情况。

于文泽出身普通人家，父亲工地受伤，母亲靠在学校门口卖炸串供他读书，于文泽考上大学之后，各种兼职打工，拼命赚钱，在大学毕业的时候，也算有了一笔积蓄。但是他的父母却突然失踪，之后于文泽就再也没有回过自己的老家，而是在另外的城市突然间就做大了起来。

吴薇去过于文泽发家的城市，发现当地几乎所有人都知道于文泽能够快速起家，是因为当地一个叫周强的地方高级领导的鼎力支持。于文泽在其扶持下，迅速把小公司做成了集团公司，这才改名叫寒光集团。而于文泽为了表达对周强的谢意，也在许多老板和领导的见证下，拜周强夫妇为干爹干妈。于文泽在拜干爹干妈的仪式上，表达自己亲生父母不幸失踪，而周强夫妇对他的事业发展鼎力相助，他会把周强夫妇当成自己的亲生父母一样孝敬。这之后，于文泽的寒光集团在当地开始涉足房地产等诸多领域，开始谋取更大的暴利。一直到成长为一个资产数十亿的集团企业，据吴薇的调查，寒光集团的口碑名声一直很差，和于文泽交往的许多官员干部在当地也是举报信不断。现在正是扫黑除恶的阶段，于文泽这肯定是有问题的，吴薇一路追踪过去，没想到被于文泽的保镖绑架到那家精神病院非法拘禁，虐待凌辱。要不是我和老周全力追踪下去，吴薇可能很快就死在这家精神病院里了。

我心中突然有了个奇怪的想法，只是这个想法还需要去验证。

吴薇在梁欣的照顾下，继续修养。我和老周则悄悄地去了抛下于文泽那辆劳斯莱斯的地方，我在车内找到了于文泽挣扎掉落的头发和血迹，我清楚地记得，当时于文泽被那两个精壮的躁狂症病人抬出来的时候，嘴角和鼻子是有血迹的，而毒刺和其他人身上没有。因此可以断定，车里的血迹是属于于文泽的。

我把沾有血迹的那块座椅皮直接切了下来带走，老周虽然不知道我打算做什么，但是他也没有问。我和章玫又飞去了巫山县，找到了尚警官，由尚警官出面，把于文泽的血迹样本送去做DNA对比。结果出来之后，我心中有数了。

我回到北京，很快就在新闻上看到了寒光集团董事长于文泽自杀的消息，于文泽自杀前，还对媒体公布了自己的忏悔书，其中详细讲述了自己的企业一路壮大的过程中所犯过的各种罪行，并且把和寒光集团有关系的各路保护伞都供述了出来。

经过这一系列之后，寒光集团迅速倒台，李强他们也配合监察委查处了与寒光集团有关系的各路保护伞，包括支持于文泽起家的已经退休的周强也被留置调查，还包括急于把我赶走的前上司姜维国。新闻后续报道各机关正在查封清点寒光集团的财产。

我再次和尚警官确认了这个支持于文泽的人正是当年桃子母女被害案的主犯周玉龙的父亲、时任巫山县政法委书记的周强。我已经知道了毒刺做了什么，也知道了毒刺会要我做什么了。

不过好消息是，于文泽死了，寒光集团垮台，我们确定已经安全了。这些消息确定之后，程思颖等人也踏实地各奔出路了；老周拿了我付给他的劳务费，继续做自己的商务调查侦探生意；梁欣带着吴薇，去了国外度长假；章玫和我继续打理直播间。

我在直播间里，等着毒刺再次出现，因为有些推理，我要通过他亲口承认才能去确定。

一个月后，正当我在直播间讲述精神病院逃命的故事的时候，毒刺的声音突然再次传了过来："老甄，好久不见，我现在正在夏威夷度假。"

我知道毒刺必然会来找我，因此在直播间中对毒刺说道："你现在终于方便随时留言了，我有一个故事是专门讲给你听的。"

毒刺留言道："你先讲吧，要是你的故事中有模糊和不合逻辑的地方，我再纠正你。"

我对着摄像头微微一笑，道："既然你已经在度假了，那我就直接用故事中的真名来讲述了。"

毒刺留言道："我已经成功脱身，你大可以直接讲出来。我听着呢，我也很想听你讲述这个故事。"

我继续讲述道："那好，这个故事真是很有趣，几件相隔十来年的案子，居然突破时空交织在了一起，而且案子的关联人还都和我有些关系。那么我就按照时间顺序，从头开始讲起吧。

"当年某个县城，有个叫周玉龙的混混，仗着自己的父亲周强是县城里的政法委书记，欺男霸女，无恶不作。可巧不巧，这座县城里的高中有个女生因为忌恨自己的一个女同学，喊来了自己的混混男友，要给这个女生及其闺蜜一些教训，这个混混男友正是周玉龙的小弟。

"他们得到了这个女生的消息，知道了另外那两名女同学放学之后必经的路口，因此开了一辆面包车，在路口处埋伏，打算把两个女生掳走。但是没想到其中一个女生的单亲妈妈正好来接她们，结果在厮打过程中，其中一个女生逃掉了，而那名妈妈和自己的女儿被几个混混抓走了。"

章玫听我再次说起桃子母女被害案，忍不住抬头看了我一眼，虽然她知道一些信息，也曾经询问过我，但是我并没有给章玫完整彻底地讲过，章玫见我今天突然再次提起桃子母女被害案，不由得正色起来，认真听我讲述。

我继续讲道："周玉龙见到被意外抓来的母女容貌过人，产生了邪恶的想法，开始对母女二人性侵虐待。他有两大爱好，其中是用钢钩钩住女性的身体，将女性悬吊起来抽打；另外一个则是把受害女性牵起来如同狗一样遛着爬行。母女二人被周玉龙虐待至死之后，周玉龙等人把母女二人赤裸的尸体绑上石头，沉到了县城的水库里，但是没想到天可怜见，这母女二人的尸体三天后，就被渔船捞了上来，而当地警方也已经锁定了周玉龙等几名凶手。

"可是周玉龙很快就收到了父亲通知他赶紧出逃的消息。周玉龙和几名小弟,在当地警方完全控制封锁所有交通路口之前,先行驾驶一辆白色越野车逃离了县城,他们不敢走高速路,而是选择了一条省道山路。

"在一处地势险要的地段,周玉龙一行人的车与另外一辆三厢轿车发生了车祸。两辆车都翻下了悬崖。另一辆车上的人正是于文泽一家。于文泽父亲瘫痪,母亲靠在中学门口卖炸串供他上大学。于文泽大学期间,勤工俭学,奋发努力,赚到了一笔钱,他用这笔钱买了一辆轿车,回到家乡,开车拉着自己的父母到他的城市定居享福。

"于文泽除了努力赚钱之外,他还有一样异于常人的能力,那就是制造各种意外杀人事件。他在高中时代,就杀死了曾经霸凌他的同学,在大学时代又杀死了诱奸女生的不良老师。就在于文泽杀错了一个高中女生之后,因为忏悔,打算收手,从此过上安生日子之时发生了车祸。

"这场车祸,周玉龙的车上5个人,死了4个;于文泽的车上3个人,父母都死了。而因为车祸将命运勾连在一起的周玉龙和于文泽两个人,却大难未死。周玉龙醒来之后捡到了于文泽的证件,周玉龙看着这个和自己年纪相仿的人的证件照片,突然灵机一动,找到了自己的活路。

"周玉龙从悬崖深处的车祸现场逃出生天之后,找到了已经调到另一个省做领导的父亲周强,把自己的想法和车祸经历详细告诉了周强,在周强的帮助下,利用于文泽的身份重新补办了证件,并且把于文泽的父母报案失踪。这之后,周玉龙就利用于文泽的身份,在周强做官的城市,开办企业,野蛮生长。周强的支持加上周玉龙的心狠手辣,让周玉龙的企业越做越大。

"周玉龙屡次作恶都能全身而退,而且财富积累越来越多。他开始膨胀,认为自己有老天保佑,于是更加肆无忌惮。在当时特殊的历史时期,周玉龙的行为模式反而让他如恶之藤一样，在罪恶的土壤中疯狂生长，吞噬一切敢于挑战和反抗他的人。而他为了满足自己变态的欲望，还开办了一家私人精神病院，把和他作对的漂亮女性非法拘禁，虐待侵犯。当然，他虐待女性的方式已经深入骨髓，而正是他的这两项嗜好，让我把两件不相干的案子联系在了一起。

"周玉龙没有想到的是，真正的于文泽也在拼命寻找当年车祸的真凶，因为正是周玉龙让他失去了挚爱的父母，让他失去了重新做人的希望，周玉龙再次选择了自己杀人的特长，而真正的于文泽却找到了周玉龙满足自己变态嗜好的精神病院。

"于文泽经过两年多的筹谋，联络了这家精神病院里的其他被陷害的'精神病人'，在一次机会中发动了暴动，攻入了周玉龙在精神病院里设置的淫乐窟，他成功地打倒了周玉龙的诸多保镖，随后把周玉龙掳到一处隐秘别墅里，再对他进行悬吊酷刑之后，逼迫周玉龙录下了忏悔书以及自己保护伞的供述之后，将其吊死在悬吊架上，还伪造出了古怪的自杀现场。真正的于文泽应该是逼迫周玉龙，交出了自己早已准备好的瑞士银行账户密码，周玉龙的这笔巨大的不义之财，也就落到了真正的于文泽手中，他利用这笔钱过上了海外富翁的生活。"

章玫听我讲完，眼睛瞪得溜圆，对我悄声问道："甄老师，你说那个所谓自杀的于文泽，就是当年杀害桃子母女的周玉龙？"

我点点头，把麦克风关掉，对章玫解说道："没错，我拿到了劳斯莱斯上的血迹，送给了尚警官去做DNA比对，那块血迹的DNA与周玉龙的DNA完全符合，而且那个帮助于文泽发家的周强也正是周玉龙的父亲，——桃子母女被害案时任巫山县政法委书记的周强。据吴薇调查结果，于文泽在大庭广众之下，认了周强夫妇为干爹干妈之后，迅速改口，而且就如同亲生儿子一样和周强夫妇生活在一起，这在当地还一度传为美谈。"

章玫说道:"那他最后死的样子,是毒刺,也就是那个真的于文泽做的。"

我点点头,这时毒刺的留言传了过来:"老甄还真是厉害,这么曲折离奇的案子都能料事如神。真正的于文泽当年出了车祸之后,身负重伤,被河水冲到了下游的一个渔村里,被人救起,这才捡了条命。他本来想就此收手,再不杀人,而是孝敬父母,过上安宁的日子,但是没想到老天爷不允许,逼他再次去杀人报复。

"真正的于文泽伤好之后,本打算去找父母的尸体,先行安葬,但是当他去当地报警的时候,却发现自己的父母已经被人报案失踪,而且当地警方还要他证明自己才是于文泽,他没有身份证件,连曾经的容貌都也毁了,想要证明,真是千难万难。而另外有个'于文泽'混得风生水起,力量越来越大,真正的于文泽只不过会些制造意外杀人的手段,可他面对不断成长起来的对手却无可奈何,于是他开始寻觅能帮助他的也具有力量的人选。他找到了一个因为做负面报道而失去公职的内参编辑,大好前途就此毁掉,他相信这个内参编辑,还有其他体制内的力量,可以助自己一臂之力。于是他在这个叫老甄的前内参编辑的直播间里出现了,虽然他有资源,但是真正的于文泽却不能确定老甄具有足够的智慧,去帮助他搞垮周玉龙集团公司。

"于是真正的于文泽开始化名毒刺,给老甄讲述自己杀人的经历,在和老甄的互动中,观察老甄的真正实力,并打算引导老甄来到自己卧底的精神病院,和自己一起破掉周玉龙在精神病院中的非法拘禁女性的地方,借此撕开其犯罪内幕,搞垮周玉龙。

"但是老天提供的剧情远比设想更精彩,老甄自己的至爱亲朋,因为调查周玉龙而被周玉龙绑架到了这所精神病院,凭借老甄的聪慧,他果然跟踪到了这家精神病院。

"这家精神病院里，周玉龙有一个帮凶叫作高翔，平常就喜欢虐待那些'精神病人'，在毒刺的团队里，早就想杀死他，于是毒刺本来为了引诱老甄找到这家精神病院，还特意在老甄的直播室直播了一场精彩的'意外'杀人事件。

"毒刺，也就是那个真正的于文泽，却因此被老甄发现，他们都在同一个精神病院里做卧底，只不过二人的目的不同，老甄的目的是救人，毒刺的目的是杀人，但是对付的目标一致，所以两个人合作了。

"合作很顺利，过程有惊无险，老甄救出了自己正义的小师妹，毒刺成功地把周玉龙抓走了，在酷刑逼迫周玉龙的过程中，老甄没有猜对。其实于文泽对这个杀死自己父母的周玉龙使用了各种残酷的手法让他想死，这个酷刑过程太过恶心，我就不详细说了。最后，于文泽得到了大笔财富。就如同周玉龙对待那些可怜的女人一样，于文泽把他吊死在了他心爱的悬吊架上。不管怎样，这个故事可以结束了。最终，那个最大的恶人受到了应得的，虽然是迟来的惩罚。而其他人也都得到了自己想要的。"

我打开麦克风，在直播间说道："没错，这是个好故事呢。已经结束的好故事。"

毒刺留言道："是的，这真是个让人高兴的好故事。"

第二十六章　老友上门

人总会产生同情，有时候这种同情甚至是潜意识里的。比如说对毒刺，虽然我明知道他是杀害十几个人的真凶，而且他卷走了冒用他身份的周玉龙的十几亿元黑钱，但是当我知道他已经逃出生天之后，内心深处却有一种替他高兴的感觉。这种感觉就如同：上小学时，班里调皮捣蛋的同学虽然干了什么坏事，但是却成功地逃过了惩罚。可是我是班里的好学生，我不能去干这种坏事，但是当我知道了他们怎么做这种坏事的时候，就好像我也参与其中，有一种罪恶的快感。

毒刺所制造的每一场犯罪，都可以说得上完美，特别是他最后用周玉龙的怪癖将他虐待致死这件事，甚至可以说让我心中一阵阵畅快，毕竟这个周玉龙在成为"于文泽"之后，在父亲周强的帮助下，把寒光集团做大，随后作恶越来越多，甚至在明知公司所生产的儿童营养品对儿童有致畸性的情况下，不但不知悔改，还将知情人杀人灭口，特别是掳走了我的小师妹吴薇凌虐欺侮。在这样的情况下，毒刺对周玉龙所做的一切都让我有种假手于他人报仇雪恨的快感。而且我能把毒刺瞒天过海的计划推断出来，就更有一种和毒刺分享完美犯罪的快乐了。也许正如老周所说，其实每个破案者，都得想方设法压制住自己内心深处的魔鬼，那就是如果这个案子我来操作，那肯定将是一次完美犯罪。

但是，最终你会发现，人心分善恶。有时候，是人心深处的魔鬼控制人，而不是人能克制内心深处的魔鬼。而魔鬼终究是魔鬼，魔鬼再怎么给自己浓妆艳抹，也掩饰不住嗜血的本质。很快，我就看到了魔鬼真正的狰狞。

三个月后，当我几乎已经把毒刺这件事忘掉之后，李强突然找上门来。我本以为李强因为破获寒光集团大案，已经立功升职，至于我们在寒光集团控制的暖心精神病院所做的一切破坏都可以抹掉了。

李强这次进来，手里没有夹着黑皮包，我知道他没有带枪，不过他身后跟着个理着平头的精装小伙子。

我本来正在直播，李强敲门进来，我忙和直播间的粉丝说暂停。李强对我嘿嘿一笑，道："甄瀚泽，我这次是公事找你。"

我见李强直接称呼我的大名，心中犹疑，连忙问道："李队百忙之中，专门因为公事找我，让我心中忐忑不安啊。"

李强毫不客气地坐在我的沙发上，旁边跟着的小伙子反倒有些腼腆，坐在了沙发旁边的矮凳上。章玟给李强二人递过茶水，李强接了过来，喝了一口，对我说道："我们经过三个月的时间缜密调查，对寒光集团的犯罪情况基本上查了个底朝天，对主犯于文泽也进行了深入调查，包括他的犯罪团伙勾结的腐败分子的刑事犯罪行为。但是我们发现了一个奇怪的问题，那就是于文泽的真实身份其实是某省检察院副检察长周强的儿子周玉龙。"

李强说到这个的时候，别有深意地看了我一眼，继续说道："这件事是我们前天才查到的，但是我们在调取'于文泽'的DNA的时候，却发现，他的DNA在不久前，被人比对过，而提出比对申请的，则是巫山县一名姓尚的警察，我们通过询问，三个月前，你委托他查过'于文泽'，也就是周玉龙的DNA了。

"我们本来已经盯死了寒光集团的'于文泽',正打算收网,结果却发现'于文泽'神秘失踪,直到十天后,他的尸体被发现。虽然从尸体的现场看来,他是自杀而死;但是经过法医的缜密检查,我们确信他是被人虐杀的。这么大一起案子,'于文泽'要是就这样被灭了口,那么他这一条线上的许多人,就都没法追到了。所以上边给我的压力也很大,于是我们提审了捕获的'于文泽'的保镖,在他们的口供中,我们得知了他们的于总是被一群暴动的精神病人劫走的。

"我们找到了那家乱成一团的暖心精神病院,结果发现他的监控硬盘都被毁掉了,我们开始确信这件事不是那么简单了,而劫走'于文泽'的那群暴动精神病人,应该是有组织有预谋的一个团伙。虽然这间精神病院的所有监控都被毁掉了,但是我却在精神病院的病人档案里找到了你的名字和身份证号。并且在我们查点消失的精神病人的时候,你甄瀚泽也在其中。

"我们随后调出了精神病院门口的那条山路上为数不多的监控,结果却看到了梁欣的车,还有老周的车。他们我先都不去找了,现在我就来找你。你还是给我详细讲讲,你们在精神病院都干了些什么?不然的话,虽然寒光集团的'于文泽'也是我们公安机关的抓捕对象,但是你们把他掳走,也是犯罪。你要是解释不清楚这个,那么我也只好把你带到局子里去说了。

"我知道你甄瀚泽熟悉法律,知道什么能说什么不能说,知道怎么把自己择得最干净,但是我告诉你,你最好还是把你知道的所有实情毫无保留地都告诉我。因为你的直播间粉丝,已经把你这几天讲的那个故事都整理了出来,发到了论坛里,结果上级震怒,把我好一顿臭骂。我们辛辛苦苦调查了大半年,结果还不如你在精神病院里搞得清楚。当然,我也知道,你也肯定隐藏了不少不能让公众知道的内容,因为有些东西是必须隐藏在冰山之下的。"

我听李强说完,这才明白李强为什么找上门来,原来我和毒刺在直播间讲述的故事,已经被我的"热心粉丝"整理出来,发到了论坛上,估计早就被网络舆情部门通过大数据搜集整理出来,把寒光集团和"于文泽"的相关舆情都汇报了上去,而李强他们面对上级的压力,就必须把整个案子都完全搞清楚了。其实这件事我也的确没有处理好,我和毒刺配合,把暖心精神病院捅出来这么大一个篓子,我本早就应该和李强通气的,但是其实我内心深处并不想毒刺因此被抓,所以就默不吭声,对李强什么都没说。现在李强找上门来,我才后悔,毕竟毒刺是个杀人狂魔,不管他有多少看起来正义的理由,也不能改变他犯罪杀人的事实。

我本来和李强相熟多年,两人也经常把酒言欢,李强每次和我打交道,看着我的眼神都是温暖的,但是这次,我能从李强的目光中感受到冰一般的寒冷。

我思考之后,不再犹豫,把我追踪吴薇下落,调查到寒光集团的暖心精神病院,在精神病院中遇到了毒刺,随后和毒刺联手攻破精神病院,我和老周救出吴薇及其他几名被"于文泽"非法拘禁、强暴凌辱的女子。而毒刺将"于文泽"带走的经过,以及我通过"于文泽"的劳斯莱斯上遗留的血迹,调查出"于文泽"的真实身份,其实是当年巫山县母女被害案中的元凶周玉龙,随后在我的直播中,毒刺告诉我他已经脱身海外的整个对话,都原原本本地给李强讲述了一遍。

李强带来的小伙子,在本子上飞快地记录着我的口供。李强静静地听我说完,又反复问了我一些细节问题,脸色才稍微和缓了一些,对我说道:"这些情况,你要是早就和我通气,那个叫毒刺的嫌疑人就不会逃脱了。现在你说你和他掳走'于文泽'没有关系,可是谁来给你证明,除非找到逃走的那些'精神病人',最好是能够抓到毒刺,不然的话,你甄瀚泽就是同谋。这段时间你不能离开北京,要是离开的话,得找我打报告申请了。我们要找到在精神病院暴动的那几个精神病人,根据你刚才的口供,好歹我能知道精神病院中绰号'老刘氓'和'茉莉花'是毒刺犯罪集团的骨干分子。"

李强说完,给做笔录的那个小伙子使了个眼色,说道:"把精神病院的病人资料,拿给咱们的老甄看,确定老刘和茉莉花的真实身份。老甄,你可不要对你的精神病友心存怜悯,故意给我指错什么的,他们是精神病人,就是抓到了,可能也能免除刑事责任;但是抓不到他们,那你就要进去了。"

章玫站在我的身后,已经忍不住用手拉住我的胳膊,隔着衣服,我都能感觉到章玫的手指冰凉。我也知道这件事情严重了,但是我之前也从没有体会过李强这么强硬的工作状态,这次被他冷冰冰地一压,要说我心里完全不害怕,那也是不可能的。

跟着李强一起来的小伙子,从自己随身携带的公文包里,拿出一本卷宗,从中掏出一叠资料,递给我。我打开仔细一看,正是精神病院的登记单,每个病人的照片、姓名、病情都在登记单上记载得清清楚楚。毒刺想象中的完美犯罪是不可能存在的,虽然他想到了毁掉精神病院的监控,但是却没有想到毁掉这些登记单。也正是这些登记单,暴露了我曾在精神病院卧底的踪迹。

我一张一张看去,从一大摞登记单里,找到了老刘和茉莉花的登记单,还有毒刺的登记单,毒刺那张满是疤痕的脸,太显眼了。登记单上,老刘的照片中还是藏不住猥琐,而茉莉花的照片中也透着性感魅惑。老刘的真名叫作刘思勇,51岁,江苏南京人;茉莉花的真名顾湘,25岁,辽宁丹东人。毒刺在精神病院的登记单上的名字叫作陈勇,36

岁，河北人。

我有一种感觉，那就是老刘和茉莉花才是毒刺最为信任的心腹，因为在精神病院的时候，毒刺的许多安排都是老刘和茉莉花两人真正落实的。

李强见我挑出了这两个人的登记单，这才在脸上有了些高兴的颜色，对我说道："你现在才是积极配合公安部门的好市民。我们找你这件事，你不要声张，特别是你直播间的那几万名粉丝。我们这边，网警也会潜入你的直播间，只要你说的那个毒刺上线，我们就会通过技术手段锁定他的位置，以便将他抓获。要是他还有其他方式联系你，你要随时通知我。这件案子已经上达万里，多少领导盯着呢，我们必须得把所有人犯，不论生死，都抓捕到位。"

李强二人离开之后，我和章玫都舒了口气。我心想我和李强打交道多年，原来觉得这老哥还挺和蔼可亲的，警察我也认识不少，打起交道来都挺轻松的。怎么这次李强过来，能把我压得大气都喘不上来。

章玫抹了抹额头上的冷汗，对我说道："甄老师，这就是你常常提起的强哥吗？他不是你的好哥们吗？怎么这么吓人。"

我苦笑一下，回复章玫道："我也没想到，今天他虎起脸来，居然能这么吓人。我想最主要的原因是，我原来和他打交道，是因为我都是找他帮忙，或者给他提供他人案子的情报；但是这次，我居然也成了案中人，所以感觉就完全不一样了。"

章玫收拾完待客用的茶水杯，给我也倒了杯水，递给我道："我还以为毒刺那件案子已经完事了，没想到还有这么多麻烦。"

我喝了口水，对章玫说道："如果是毒刺当年做下的那十几件制造意外的陈年旧案，案子早就结了，没有特殊的机缘，很难被翻案，重新调查。真正造成麻烦的是寒光集团的案子，那个假于文泽，也就是周玉龙，经营企业多年，上下涉及的各级领导不在少数，而且寒光集团还是上市公司，涉及的势力集团就更加复杂，这样一件大案已经被公众媒体关注，不查个底掉，不办成铁案，各级办案人员都难以交差的。所以李强急眼也可以理解。本来，只要他把周玉龙抓捕归案，撬开他的口供，把一连串的人都调查清楚，该抓的抓、该审的审，这起大案，经过专案组的努力办理，也就完事了，但是偏偏周玉龙被毒刺杀死了。周玉龙本就是整件寒光集团的关键人物，他的死亡不可能那么容易被人相信，这是另一起报仇的刑事案件。所以，李强他们不把毒刺抓捕归案，获得口供和完整的证据链，是没法交代的。"

章玫坐在我旁边，抓住我的胳膊，对我说道："甄老师，那你现在怎么办？我很担心，因为毒刺这个人也不是好惹的。他会不会感觉到危险，然后对你出手？"

章玫的话引起了我的警觉，毕竟毒刺这么多年杀人，已经习惯了用杀人来解决问题。杀过人的人和没杀过人的人，在思维逻辑上是完全不同的，更何况是自己也承认杀人上瘾的毒刺。

章玫继续对我说道："甄老师，那我们能不能做些防备啊。毒刺是不是很容易就找到这里？"

我点点头，道："我所用的宽带地址就是这套房子，随便找个黑客，就很容易找到这个地址的。但是毒刺已经逃到国外，而且他也拿到了周玉龙的不少黑钱，足够他享受余生，他应该没有道理潜回国内再次杀人犯案啊。"

章玫"啊"了一声，说道："甄老师，那我们要不要换个地方，以防万一。"

我稍微思考了一下，对章玫的提议表示赞同。可是还有一个问题，那

就是这段时间,要是我暂停直播的话,毒刺要是出现,就没法确定他的位置了。

章玫想了想,对我说道:"直播好办,只要有网络就可以,只要咱们不用有线宽带网络,那么即使因为IP地址被跟踪到,也没法定位咱们的。用手机热点,或者用无线上网卡。"

我和章玫计议已定,最后决定通知老周,我们还是回到上次暂时避险情的那套农家院中。老周也被李强谈过话了,凭他的敏感,他也知道这件事并不那么简单,的确还存在一定的危险性。老周很快回话,我们晚上就在梁欣用朋友身份证租下来的农家院会合。

当然,我把我的安排和行踪都告知了李强,李强很是高兴,他终于看到我的立场不再模糊了。

上次我们从寒光集团实际控制的精神病院逃出来之后,一行九人,把这个有十一间客房的农家院几乎都填满了,而这次,就只有我、老周、章玫三个人了。偌大一个院落,感觉很是冷清。我和章玫关注的是冷清,老周关注的则是防卫。

老周先是把院子的所有监控系统都安装上,并且把我们三人安排在三间没有后窗的套房里。这三间房互为犄角,章玫住在中间,一旦有事发生,我们都可以互相支援。除此之外,老周还把其他所有空房的灯都一直打开,窗帘拉开,要是有人潜入,在窗外一眼就能看出。

忙完这一切,我们三人一边吃着夜宵,一边讨论案情。

老周道:"这个案子,其实咱们没有想那么多的根本原因,就是咱们的目标是把吴薇救出来。至于怎么对付周玉龙,则是打算救人之后再做处理的。但毒刺那边,却把周玉龙掳走之后,直接干掉了。"

章玫说道:"如果说是为了报仇的话,周玉龙除了冒用他身份之外,也没对毒刺做什么吧。而且他这个身份,也是背着十多条人命的。毒刺报的是什么仇呢?"

| 第二十七章 │ 求救纸条

我和老周听到章玫说的这句话，互相对视一眼，我有一种感觉，就如同本来毒刺这个案子，让我眼前有一团迷雾，但是章玫这一句话，如同一道闪电一样，让我似乎看到了什么东西。

我情不自禁地一把抱住正准备去洗水果给我们吃的章玫，对章玫说道："玫子，真是太谢谢你了！"

章玫被我抱在怀中，手里还端着一小盆水果，也没法挣扎，脸色俏红一阵，对我说道："甄老师，我要去洗水果，老这么端着水果很累的，要不你帮我端到厨房。平日里，我老是给你洗水果，都切好了小块给你吃，也没见你说谢我啊。"

老周古板的严肃的脸上也柔和了起来，对我说道："老甄，你可以啊，原来章玫来了之后，你过的是这样的日子，真是让我羡慕。你快去和章玫一起洗水果吧。我先自己吃个辣鸭脖。"

我被老周的玩笑弄得不好意思，连忙松开紧紧抱住章玫的手，从章玫手上接过水果盆，陪着章玫去了院子里距离我们三人住处不远的厨房。

在路上，章玫问我道："甄老师，你刚才为什么要抱着我啊？人家一点准备都没有。"

我对章玫说道："因为你说的那句话，让我想到了一个关键的问题。原来我一直模糊掉的问题。关于毒刺的，很关键的问题。"

我把手中的水果盆放进水槽，章玫拧开水龙头，把水果一个一个拿出来用手洗干净。这要是我洗水果，那一定是只用水龙头把这一盆水果都冲冲拉倒。

章玫洗着水果，问我道："我刚才说什么了？我自己都没印象了，我还以为甄老师你总算感觉到我的……"

我茫然问道："感觉到你的什么？"

章玫扭脸对我吐了下舌头，说道："没什么啦，甄老师继续说吧。"

我对章玫说道："我想我堕入了毒刺给我设置的心理陷阱了。我得去核实毒刺所说的自己做的案子了。"

章玫洗完水果，端起来递给我，说道："难得甄老师这么绅士，那还请甄老师把水果再端回去吧。"

我接过水果，对章玫说道："刚才你说起，毒刺和寒光集团的假于文泽的关系，就只有他的身份被冒用了，但是之所以他的身份被冒用，是因为那场车祸，车祸虽然造成了他父母的死亡，周玉龙那边也死了四个人，只是他们两个人都命大，才逃过一劫。那么从主观动机来说，周玉龙，并不存在主观上故意杀人冒用身份的动机，所以对于毒刺来说，仇恨从这个角度来讲，成立得过于勉强了。"

厨房到餐厅也就几步路的距离，而且我和章玫说话的声音，足够老周听到，我和章玫走进去刚把水果放下，老周随手抓起一把圣女果，塞进嘴里两个，边嚼边说道："也存在心理比较阴暗的人，一定要把自己人生的不幸怪罪别人。对于毒刺来说，他本来是打算带着父母去过好日子的，可是因为那场车祸，一切都改变了，那么他的怨恨和绝望总得有个出口。如果当时周玉龙也在车祸中死了，毒刺可能会选择报复社会，继续去杀掉他认为值得除掉的社会渣滓。

"可是等毒刺千辛万苦，逃得性命，打算回去将父母的尸体找到，入土为安的时候，却发现连自己的身份都没了，被人抢走了，所以，他剩下的所有的恨意就完全是针对周玉龙了……等一下，有一个不对的地方。"

老周把嘴里的水果赶紧咽下，对我说道："那起车祸到现在已经八年了，根据毒刺所说的，他被溪水冲到江里，被人救下，养了一年，身体才恢复，这才去公安部门报案，随后发现自己的身份被人顶替，而且顶替他身份的人背景实力还十分雄厚，不管他怎么解释，都被扫地出门。这段时间，就算有两年，那么这六年时间，他为什么不先去车祸现场，找到自己父母的尸体，先行安葬呢？老甄，那山崖下的车祸现场是你亲眼看到的吧？毒刺父母的尸体是不是确定在车上，都腐烂成了骷髅。"

我点头确认道："不只是我亲眼看到，当时爬下谷底的，有我、章玫，还有尚警官，以及一个攀岩专家望远。车祸和尸体，是我和章玫最先看到的，肯定错不了的。"

章玫也补充确认道："没错，周叔叔，我和甄老师为了找到杀害桃子母女的凶手，顺着盘山路，爬到谷底，在谷底溪流边树林里，找到的第一辆事故车，就有两具尸体的。那两具尸体事后被法医检验，从性别、年龄到尸体身上的证件，都证明属于于文泽父母。"

老周说道："从常理来说，毒刺带着父母开车，去自己的城市生活，是出于孝心，那么他应该是个比较孝顺的人，可是父母的尸体暴尸荒野，他怎么可能长达六年时间，不管不顾呢？假于文泽，是肯定不会去管谷底的尸体的，因为他需要那些尸体存在，来让'周玉龙'从这个世界上消失，如果他处理了尸体，那么就等于暴露了自己还活着……等等，这里也有问题。周玉龙既然冒用了毒刺的身份，为什么不直接去找他父母的尸体，然后堂而皇之地用毒刺的身份生活，而只是去报失踪呢？"

我说道:"这个问题可以解释得通。周玉龙本身就是生性残忍凉薄之人,他自己逃得生天,自然不想再出端倪,何况,当年和他一起杀害桃子母女的四名同伙,对于他来说,与其冒着报案被发现的危险,还不如让这几个人在谷底长眠。这样,就算之后发现那些尸体,他也可以假装对车祸不知情,然后再把于文泽的父母埋掉就可以掩人耳目了。真正有问题的是毒刺,他作为车祸的亲历者,肯定能找到车祸发生的路段,而且他和自己父母掉入谷底,不可能全程昏迷,完全感觉不到,所以,他是最清楚自己的父母应该陈尸谷底,也有能力去谷底寻找到父母尸体的人。可是他为什么不做呢?"

章玫说道:"我记得,他在你的直播间里说过,他被救下来之后,失忆了一段时间,会不会是他想不起来那些细节了?"

我摇摇头,对章玫说道:"从他在直播间里讲述的那些细节来看,他不可能失忆成那个程度的。现在最为奇怪的就是,从毒刺的角度来说,先去找到自己父母尸体埋葬,才是最为应该的事情。可是他为什么没有做?"

老周说道:"老甄,你刚才是不是也想到,毒刺筹划两年,对付周玉龙的复仇动机不足。我想,他真正的动机可能就是假于文泽的钱。"

我吃了口东西,点头回复道:"对,所以我在想,毒刺进入我的直播间,讲述自己的杀人经历的真实目的是什么?按照他的说法,他是为了吸引我的注意力,目的就是让我找到他所在的精神病院,然后再说服我和他联手,对付寒光集团的周玉龙。但是他后来没想到我因为吴薇被掳走之事,卧底到精神病院,在精神病院偶然与他相遇,这才和他联手攻破精神病院,咱们救走吴薇,他劫走周玉龙。

"我现在认为,他从一开始讲述的自己的杀人经历,很有可能就不是真实的,因为他所讲述的那些杀人案件中的被害人,都是在人品和道德上有严重瑕疵的人，这些人反而可能在现实生活中，法律难以制裁，所以他将这些人杀死，会很容易博得听者的同情心，认为他所杀之人都是该杀之人。人都是会有同情心的，那么如果毒刺利用了我的同情心的话，他的目的就是为了他筹谋两年之久的，对付周玉龙，拿到周玉龙的巨额黑钱。"

老周说道："老甄，你的意思是，你要核查他所说的案子是否真实存在，只要能够确定他所讲述的案子并不存在，那么他进入你的直播间，所做的这个局，就是为了博得你的同情心了。但是为什么要选中你呢？"

章玟递给我一张纸巾擦嘴，同时问道："是啊，甄老师，我找到你，是因为我相信你能帮我破解桃子母女被害的真相。那么这个毒刺，为什么选中你呢？"

我思索了一下，说道："我想他给我的理由中，有一个理由应该是真实的，那就是他要利用我的体制内资源。毕竟周玉龙是个厉害角色，背景资源无数，如果不能将寒光集团连根拔起的话，那么就算他想办法掳走周玉龙，得到一笔黑钱，也不可能过得安稳。所以他隐忍两年，本质上就是等寒光集团惹得天怒人怨，大厦将倾，这才趁乱取利。"

老周说道："那他为什么就盯着寒光集团的周玉龙呢，为富不仁的人那么多，而且没什么实力的土豪那么多，他干吗非要从这个通吃黑白两道的厉害角色下手呢？"

我耸耸肩膀，说道："这个大案，要么就是问老天爷，要么就是问毒刺本人了。而且我们直接问也没有什么作用，因为毒刺已经给过我们一个答案了，那就是因为周玉龙害死了他的父母，盗用了他的身份，所以他要复仇。"

老周和我碰了碰啤酒，对我说道："那我们总不能把他讲过的所有杀人案件全都验证一遍吧。"

我说道："毒刺在直播间里讲述的高中和大学时候杀人，我们都不用验证了，那些案子即使真的存在，也早就结案成意外了。但是有一件案子，那就是毒刺在精神病院给我讲过的，他杀错人的经历，而且在那件案子中，有一名少女被两次谋杀。这件案子还有结局，那就是毒刺在网上遇到了被自己误杀的少女的闺中密友，结果却发现被他弃尸街头的少女，死亡现场发生了变化，他假装帮人回去再查悬案，遇到了当年的真凶。他还用这个案子来考验我的推理能力来着。

"这件案子，毒刺讲述了许多细节，如果这个案子真实存在，细节都能对得上的话，那么这件案子，就必然是毒刺本人做的，因为案件细节，非作案者本人是不可能掌握的。"

老周沉思一阵，对我说道："你把那件案子的特点总结出来，发给我，我去查一下这件案子的真实存在情况。"

老周的效率很高，仅仅两天时间，就已经查明符合毒刺所讲述的少女裸死街头案，时间、地点都能符合。老周通过渠道比对了案件细节，确认那件少女裸死街头案的案件细节与毒刺讲述的也基本符合。

我本来还想问老周有没有顺藤摸瓜，查出毒刺等人的真实身份。结果老周直接对我说道："那已经是几年前的旧案，毒刺等人在酒店登记的资料早就没有留存，这许多年过去，早就没法查到了。"

我们在郊外隐居的日子里，老周就只能吃老本，而我还是时不时地直播赚钱。可是一个月时间过去，毒刺却再也没有出现。我和李强沟通过数次，也在直播间尝试着引诱毒刺出现，但是毒刺就如同消失了一样，无影无踪了。

我陷入这种案子之中，一时半会儿难以脱身，就算李强和我熟络，对我基本信任，不至于完全限制我的自由，但是我要是真出了什么问题，他也难辞其咎，所以毒刺不被缉捕归案，不单是我、老周会有麻烦，就连李强也会被我们牵连。

　　李强已经对毒刺、老刘和茉莉花全面网通，只要他们三人在需要使用身份证件或安装了天网系统的地方出现，就必然会被发现。

　　第二个月的时候，我们三人发现没什么情况出现，也许毒刺嗅到危险，早就在海外过上了隐形富豪的日子，再也不会回国了；或者毒刺在海外出现了意外，也不一定。有不少逃犯在逃命的过程中，甚至逃亡到海外，结果无声无息地消失死掉，都有可能。

　　对于李强来说，毒刺最让他头疼的地方就在于，毒刺的真实身份不能确定，毒刺的真实容貌不能确定，而毒刺逃到海外，也必然不是正经出关，而是偷渡出境。而这样的调查报告，他是根本没胆量和他的领导汇报的。

　　我们从郊外院子再次回到了市内，老周继续回到他的工作室接案子，他也得养活自己，糊口度日。我也得多赚些钱，毕竟我这边，还有章玫和我两张嘴吃饭。虽然前段时间，直播和发表故事让我赚了笔小财，可是坐吃山空是金山银山都架不住的。

　　我回到西三环的那套房子里，章玫第一件事是去信箱和快递柜拿各种滞留未取的快递和信件。女孩子果然都是购物达人，虽然章玫不是很爱逛街，但是很爱网购。

　　这套房子我们两个月没有回来，我走进房间的时候，都快感觉不到自己在这个房子里的气息了。我赶紧给花花草草浇水，心想自己是不是过于疑神疑鬼了。

　　我正在给花花草草浇水，听到了章玫喊门的声音："甄老师，快帮我开下门，我的包裹太多了，我没有手开门了。"

　　我打开门，章玫抱着一大堆包裹站在门口，我接过一大半放进屋内，章玫抱着剩下的一小半快递，用脚钩着门关上。章玫把剩下的包裹丢在地上，对我嘿嘿一笑，说道："没想到这两个月，我居然买了这么多东西。

哎，这里还有你的一个快件呢。"

我奇怪道："我可是不喜欢网上购物的，怎么会有我的快件呢？"

章玫蹲在地上，在自己的二十几个大包小包中，翻检起来，从其中找到一个快件大信封，递给我道："喏！就是这个快件，收件人一栏中写着'直播间的老甄'，不是你还能是谁，奇怪的是，没有你的电话，却有这个房子的地址。"

我接过快件，摸了摸，好像是信件或者文件。我打开快件，里面是一封信。我把内藏的信件打开，发现里面只有一张折叠起来的A4纸。我把纸张打开，纸上只有一行打印出来的字："老甄救我。你要想找到我，就在6月2日11点景山公园歪脖树下见面。"

第二十八章　生死一线

我看着这张纸条,感觉一头雾水。什么人会用这种方式向我求救呢,而且还称呼我为老甄?6月2日,也就是三天后,可是这封快件发过来一个多星期了。给我发信的人,怎么确定我会不会在家,能不能收到呢?

章玫见我看着快件中的纸条出神,从聚精会神的拆快递的状态停下,凑到我身边,往纸条上看去。我把求救信递给章玫。章玫看过之后,对我说道:"甄老师,这人会不会是你熟悉的人?"

我摇摇头道:"我刚才也仔细思索了一阵子,如果是我的熟人的话,肯定会有我的联系方式,就算是暂时失联,也是可以通过朋友之间的相互询问,要到我的联系方式的。如果是直播间的粉丝,他们会选择在直播间留言或者在我的粉丝微信群里找我。

"用这种方式联系我,说明两点:第一,他有能力找到我的地址;第二,他不想在这个地址出现。"

章玫问我道:"有没有可能是恶作剧呢?"

我摇摇头:"为什么要做这种恶作剧呢?"

章玫歪了歪小脑袋,说道:"也对,这种恶作剧毫无价值啊。那有没有可能是陷阱?"

我思考了一会儿，说道："如果快递求救信的这个人，要在景山公园布置陷阱杀人，那么他为什么不直接来这个地址杀人呢？这个人之所以选择景山公园，如果我猜得没错的话，最主要的原因就是那个地方位处中心，警察众多，他在这种地方才能够最为安全。而且公园中人流量大，遇到情况，他可以随时全身而退。"

章玫说道："那甄老师你的意思是，我们后天去一趟景山公园看看这封求助信到底是谁发过来的。说起来，我来北京也一年了，什么知名景点都没去过呢。包括这个景山公园，甄老师咱们后天早点过去，你先带我逛逛好不好？"

我看着章玫娇俏的脸庞和期待的神情，恍惚间仿佛看到了我和前妻的女儿彤彤，彤彤五岁的时候，也曾对我说过："爸爸，你老是工作忙，都没带我出去玩过，我的幼儿园小朋友都已经去过很多地方了，海洋馆啊，香山啊，我哪里都没去过。你什么时候能带我出去玩啊？"

人生命运无常，我也想不到短短的一年时间，就能够让我的世界天翻地覆。我和前妻离婚的时候，彤彤刚过六岁生日，我刚给她办理了小学入学手续。但是很快，我和前妻离婚，前妻带着彤彤回到了自己父母的老家，她的家族力量终归是在北京附近的那座工业城市里。而我这一年忙来忙去的，居然有大半年时间没见过我的女儿了。我心中想着，等我把毒刺的事情处理完结，一定要把彤彤接过来，带她把北京所有想去的地方都玩个够。

我回过神来，看向章玫，从章玫的眼神深处看到了小女孩一样的渴望。章玫小时候父母离异，父亲又不怎么关心她，所以她内心深处应该是极度渴望父爱的。我也有点理解为什么章玫会对比她年长十二岁的我这么有兴趣。我平日比较古板，而且喜欢给人家讲道理，但是这些对于小女孩来说，却正好是她想要的父爱的一部分，那就是管束和引导。

章玫似乎感受到了我因为思念女儿彤彤而在眼神中流露出来的父爱，她俏脸一红，用手捏着衣服角，低下头去，似乎是等着我的反应。

我对章玫说道："这些日子忙来忙去，的确是太辛苦了。这两天咱们什么都不干，好好去玩一玩吧。后天咱们去景山公园，去看看写求救信的这个人是何方神圣。"

章玫抬起头来，喜悦之情溢于言表，对我说道："真的啊，那明天咱们要逛街、大餐、看电影，甄老师答应了就不许反悔，你要陪我好好玩一天的。"

我不禁莞尔，对章玫点头应允道："好的，没问题，就这么愉快地决定了。"

章玫高兴起来，突然踮起脚在我的脸颊上亲了一口，随后就红着脸转身离开，声音从厨房中传来："今天晚上给甄老师煎牛排。"

等到逛街的时候我才确认，女人这种生物，不管是年龄老幼、高矮胖瘦、外形美丑，只要逛起街来就浑身都是力气，而我基本上全是无聊地等着章玫试衣服，还一边微笑着夸赞她。

等到章玫逛完，我帮她拎着大包小包，终于到了吃大餐和看电影的环节的时候，我感觉这两样活动和逛街比起来，简直如同在天堂一样。

6月2日9点，我、老周、章玫一早来到景山公园。我辞职前，上班的地方距离景山公园也不过是两公里左右，我只是在等待面试的时候来过景山公园，之后的十多年时间里，几乎每天都路过，可是却再也没踏入一步了。

老周就更不用说了，他基本上不是在查案，就是在查案的路上。即使在公园中，那也是为了查案。在老周的世界里，根本就没有游山玩水放松身心的这个概念。

果不其然，我们一行三人刚走进景山公园，老周就确认了景山公园内的假山制高点,告诉我们,等约定的时间差不多的时候,要章玫守在制高点,要是发现情况不对,立刻报警。

章玫对我吐了吐舌头,说道:"甄老师,周叔叔真是工作狂。我们刚把第一只脚迈进公园里,他就开始布置工作了。"

老周一脸严肃地说道:"这件事情没那么简单,你想,给老甄快递这封求救信的人,肯定是掌握了老甄不少资料的,甚至很有可能是包括玫子、你和我的。但是我们对他是男是女、是高是矮、是胖是瘦,却完全不知情。也就是说,我们在明,他或者他们在暗处,而且咱们也不能完全确认,写求救信的这个人到底是求救,还是钓我们上钩。"

章玫本来还想着在11点之前,好好游玩景山公园的,但是被老周这么一说,感觉自己被不知多少双眼睛在暗中盯着一样,忍不住地缩了缩身子,往我身边靠近了一些,说道:"周叔叔,你还是先看看咱们附近有没有可疑的危险人物。一定要保护好甄老师和我,毕竟咱们三个人,我是柔弱女子,甄老师是文弱书生,只有你是格斗高手。"

老周扭头看了看章玫,无可奈何地耸耸肩膀,对我说道:"老甄,你身边的玫子,也不是省油的灯,你以后的日子怎么样,还不一定如同你想的那么好呢。"

我对老周玩笑道:"这世界上,有哪个女人是省油的灯?所以咱们两个光棍还是干点光棍的事吧。嘿嘿。"

章玫在旁边哈哈笑了起来,惹得一早来公园锻炼的老头老太太纷纷扭头看着我们。

我们赶忙快步向公园深处走去。老周的用意是把公园的地形地势都熟悉一遍,万一我们遇到情况,还能知道进退之处。

章玫则蹦蹦跳跳的,如同被家长带着春游的小孩子,望望这边,看看那边,一边问我关于景山公园的典故。

我文史知识还算丰富，一路给章玫讲着关于景山堆土成山的故事，章玫对我流露出小迷妹的崇拜神情。

这神情让我想起我和前妻谈恋爱的时候，前妻也曾经用这样的眼神看着我滔滔不绝地讲着历史故事，但是当我们步入婚姻生活之后，我们在双方家长的冲突中，关系就变得越来越冰冷。我当时还想着所有的美好，都经不住柴米油盐的消磨。

我们边走边聊，终于绕回了景山公园最为著名的景点——"明思宗自缢处"的那棵歪脖槐树。

我们三人走到树下，老周则继续发挥侦察兵本能，戴上鸭舌帽，坐在了距离我们十米远的条凳上。我和章玫则根据约定，在那棵歪脖树跟前，看看有什么人过来和我们碰面。

章玫站在石碑前，一边默读着崇祯帝殉国的历史，一边下意识地靠近我，说道："甄老师，按说明朝最后一位皇帝也是几百年前吊死在这里的。"

我笑道："严格来说，也不是吊死在这里的，这棵树中间毁损过，已经不是那棵树了。"

章玫说道："那怎么我看到这棵树，还是感觉阴森森的呢？"

我故意瞟了一眼章玫的超短裙，说："我想，玫子你感觉阴冷的最主要原因，其实应该是你穿得太少了。"

章玫注意到我盯着她的双腿看了，听到我这么说，对我娇嗔道："甄老师，你讨厌。你们男人个个都是色鬼。"

我看着她小嘴噘起的样子，忍不住燃起一阵欲念。但却就在这时，我的耳边传来了扩音喇叭的声音："各位团友，请跟着我往这边看，大家眼前这棵树呢，对，就是这棵老槐树，就是明朝末年，著名的崇祯帝自缢而死的地点。当时，偌大一个北京城，给崇祯帝殉节的就只有一个太监王承恩了……"

我抬手看看时间，已经是十点五十八分。这时，一名个子不高、皮肤黝黑的女导游，举着小棋子，正带着二三十个头戴红帽子的旅行者走到了歪脖树跟前，一边不断地讲解着崇祯帝上吊的往事。

我注意到这个旅游团明显是老年人居多。一群老头儿老太太完全不在乎已经在石碑前的游客，直接往前挤了过来，而且还纷纷和那棵歪脖树合影。

我和章玫身旁也不例外，四五个老头儿老太太旁若无人地挤到了我和章玫旁边，并且毫不客气地要我和章玫让一下，因为他们要和石碑合影。

章玫连忙拉起我的胳膊，左躲右闪，因为有两个老头儿和老太太已经开始动手扒拉了。

这时候肯定已经到了十一点了，我和章玫一边躲避着老头儿和老太太，一边四处寻找可能是写求救信的人，我正在探头探脑地四处打望，突然间被人一把往前推开，我这被大力推开，连带着挽着我胳膊的章玫也往前摔去，我们跟跟跄跄地往前抢了几步，这才在撞倒他们之前稳住身子。

我和章玫转身回头看去，打算看清楚刚才我们是被旅行团里的老人挤出来的，还是被什么人故意推出来的。

我们刚一回头，就看见老周在人群中拼命追着一个身穿黑体恤、头戴小红帽的老头儿，不过看那个老头儿跑路的身姿矫健的程度，完全不符合他的年龄。而我们刚才站立的位置，一群老人家突然尖叫着一哄而散，闪出空地，空地上一名戴着红帽子的老头儿俯身趴在地上，人事不省。

我看着这个趴在地上的老头儿，感觉有点眼熟。这时候有人报警，公园里的值班民警已经快步跑了过来。那值班民警戴着手套，把趴在地上的老头儿的脸抬起来的时候，我看到了老刘的那张脸。

过了两三分钟，老周出现在我和章玫面前，我对老周悄声说道："地上趴着的那个,是老刘。"

老周对我说道:"刚才你就是被老刘推开的,我盯着你的时候,一个人悄悄地靠近你,拿着一根极细的针管,就要朝你扎过去,等我赶过来的时候,你已经被老刘推开了,那针管一下子就扎在了老刘身上。我刚忙去追那个人,追到公共厕所的时候,那个人不见了。我在厕所里找到了假发和衣服。"

老周说完之后,对我比画了下手里的塑料袋。

我看了看周围,对老周说道:"咱们先走,很可能给咱们写求救信的就是老刘,回头我找李强说说这件事,老刘的情况咱们很快就会知道了。"

我们三人悄悄地退出现场,刚走到门口,跟着大部分惊慌失措的游客人流冲出景山公园,我们走过门口的时候,听到了刺耳的警笛声由远而近。

我们三人走到景山公园外侧的停车场,找到我的车,我们三人上了车。我开车,章玫坐在我的副驾驶位,而老周坐在后排。

我发动汽车,刚开过收费窗口,老周旁边的车门突然被人拉开,一个戴着口罩和帽子的人窜了上来。

老周一下子就控制住了这个人的双手,同时用另一只手拉下了这个人的口罩,老周诧异道:"怎么是你?"

我扭头一看,没想到这个窜上车来的人,居然是精神病院的茉莉花。我车的后面已经有车在鸣笛催促。

我把电动车门关上,先往前开去。老周已经用随身携带的束缚带把茉莉花的手脚都捆绑了起来,这才放下心来,问道:"你怎么在这里?你来干什么?"

茉莉花对我们说道:"老甄,你们千万不要回你丽泽桥那边的住处,找个安全的地方吧。我也需要你们的保护和帮助，所以刚才你们绑我的时候，我根本就没有反抗。"

老周对我用眼神传递了个肯定的意思，我对老周说道："你查一下她身上有没有追踪器或者窃听器。"

老周从放在车上的双肩包里，拿出专门的检测设备，对茉莉花全身从头到脚都扫了一遍，最后从茉莉花的裤兜里掏出一部手机。老周又从包里拿出一个屏蔽信号的盒子，把茉莉花的手机放了进去，这才对我说道："现在确认安全了。"

我一边开车，一边对茉莉花说道："安全的地方莫过于公安局了，你到底想对我们说什么？还是我们把你送到公安局，如果你受到了人身安全威胁，而且这件事和毒刺有关系，公安部门应该能够保护你。"

茉莉花手脚绑在一起，蜷缩在座位上，还好老周很周到地给茉莉花用安全带固定好，不然的话，我担心一个急刹车，茉莉花会从座位上滚到座位下。

茉莉花晃了晃头，把头发甩了甩，发现还是有一缕头发在嘴边，茉莉花对老周说道："帅哥，能不能先帮我把头发撩到我耳朵后边？"

老周无奈，只好用手把茉莉花的头发拨到一边。

茉莉花继续说道："这件事涉及三亿的黑钱，你要是把我直接送到公安局，那这笔黑钱就和你没有关系了。"

我已经开车往昌平那套山中院落开去，茉莉花说起黑钱，我问道："是寒光集团的那笔黑钱吗？"

茉莉花点点头道："没错，就是那笔黑钱。我之前也吃了不少苦，也做了不少错事。但是我现在想回头了，打算和你们合作，咱们把那笔钱夺回来，或者你上交一部分给公安，剩下的咱们分了，就此再不相见，都舒舒服服过日子。你们看咋样？"

第二十九章　究竟是谁

我没有回答茉莉花的问题,而是问她道:"给我发求救信的是你吗?"

茉莉花回答道:"确切地说,是我们。"

我问道:"你们都包括谁?"

茉莉花道:"我和老刘。鬼脸背叛了我们,在拿到钱之后,要杀死我和老刘独吞那笔钱。"

我问道:"鬼脸是谁?"

茉莉花道:"鬼脸就是在你直播间的人,也就是在精神病院带领我们劫走寒光集团老总的那个脸上都是伤疤的男人。"

京藏高速在这个时候十分堵,所以我选择了黑泉路那条车辆不多的市政道路。我们刚把车开到一个红绿灯路口的时候,正好是红灯,这条路上车辆不多,整个十字路口空荡荡的,就只有我们一辆车。

老周开车是如同喝水一样,我开车超过一个小时就会腰酸腿痛。

我们过了这个红绿灯,就是一架桥梁,桥梁大概三十米,桥下是干涸的河流。

我见左右无车,和老周商量换一下位置,老周来开车,我坐到后排去询问茉莉花。

我本来还想把车停到路边，再和老周换位置，但是老周则要我直接下车，立刻就换，反正左右无车，不必那么麻烦。

我和老周在红绿灯路口，只用了十秒钟就更换了位置。老周刚坐上驾驶位，绿灯亮了起来，老周一边启动车辆，一边系上安全带。我这边的自动车门还没完全关闭，老周开着我的MPV就蹿了出去。我连忙用手抓住把手，老周竟把我的商务七座车开成了赛车。

就在我们把车开上双车道的桥梁的时候，对面开来一辆大货车，突然打开大灯，我坐在老周的后面，都感觉车灯很刺眼，还好我的车前挡风玻璃，贴的是防炫膜。

老周闪了两下闪光灯，正打算加速开过去，却发现大货车如同失控一样，朝我们撞了过来。老周突然变成倒挡，快速倒车回去。电光火石间，大货车已经顶住了我们的车头，而且毫无减速的迹象。我们看到驾驶大货车的司机戴着口罩、墨镜、鸭舌帽，把自己的脸完全遮挡。

茉莉花大叫起来："他要来杀我了！是他！"我仔细观察那个男人的轮廓，的确和毒刺很相像。

大货车用尽全力撞向我们，老周把倒车速度加到最快。好在大货车的速度赶不上我的车。我们很快就倒车到了桥口。就在这时，我们的车后又开来一辆厢式货车。

两辆货车前后夹击，那一瞬间，我感觉心脏都要跳出来了。可是很快，我就听到了厢式货车的鸣笛声还有紧急刹车的吱吱声。看来后面这辆厢式货车，并不是来杀我们的。

可是那辆厢式货车堵在后面，如同吓傻了一样，堵住路口不动，只需要一两分钟，我们就会被撞向我们的大货车挤扁了。

就在这时，老周猛地一打方向盘，在我们撞向厢式货车之前，倒到另一侧道路。但是这座桥只有两车道，很窄，就算老周把车转了过去，车头还是有十厘米被大货车撞到。这一瞬间，我们的车迅速打了个晃，随后车尾也撞到了桥的护栏上。

大货车一击得手，随后就猛打方向盘，用侧方朝我们压了过来。老周猛地一踩油门，我们的车又往后撞了一下，我感觉胃里的早饭都要吐出来了。

很快，我就感觉到这座老式桥梁的铁护栏被撞开了。对面的厢式货车终于反应过来，迅速地倒车，逃命而去。而撞向我们的大货车，则稍微倒了倒车，随后朝我们凶狠地撞了过来。

老周在这雷霆一击的一瞬，突然拨正方向盘，然后一踩油门，我们向前拼命蹿去。

大货车一下撞到了我们的车身后部，把我们的车撞得打了个转。但是那辆大货车也因为用力过猛，直接撞开了桥梁的护栏，一头栽了下去。而我们的车也由于失控，撞向另一侧护栏。

老周拼命控制车辆，一边刹车，一边打正方向。终于，我们的车侧面蹭着护栏停了下来。

这么一圈下来，虽然只是短短的几分钟，我们几个人也在车里撞得头上几个包。茉莉花就更惨，因为被捆住了手脚，直接从安全带的空隙里摔到了座位下面，鼻青脸肿，满是灰尘。

车门已经打不开了，我用力把变形的车门蹬开，这才从车里出去，我干呕了一阵，才感觉缓了过来。老周早就从驾驶位出来，快步走到了桥的另一侧，往下观察。

我让章攻看住茉莉花。老周默默地指着桥下大货车的车祸现场，对我示意："毒刺应该死了吧。我们得赶紧给李强打电话。"

我顺着老周的手往下看去，大货车的车头和车身已经摔得分成了两半。车头垂直地扎在干涸的河底,车头处一个男人的半个身子被死死地压住,只露出胸腔上部。

这种重量的大货车压住一个人,我想没有人能活命了。我仔细看过去,那个男人的帽子和墨镜都已经不见,眼睛睁着,一动不动。从脸上的伤疤和眉眼看,正是毒刺无疑。

我掏出手机,还好手机能用,我给李强打了两遍电话,都没有人接,应该在开会,或者静音呢。我给李强微信留了言,随后走回车里。

我把茉莉花脚上的束缚带挑断,但还是捆着她的双手。我把她从车里扶了下来,她一屁股就坐在了地上,我再次把她拉起来,带着她走到桥边,指着毒刺的尸体给她看。

茉莉花脸上流露出复杂的情绪来,既有悲伤,又松了口气。

我对茉莉花说道:"你是和老刘一起在景山公园找我吗?"

茉莉花点头确认道:"是的,鬼脸在我们逃走的路上,试图两次杀我们,我们两个人觉得不对劲,所以跑了出来。但是我们知道他的厉害,所以想请你帮忙。我们从鬼脸那里知道他用毒刺的名字在你的直播间诱你入局,所以我找到你的直播间,但是不敢通过直播间联系你,所以通过黑客找到了你的地址,这才给你发了快递求救信,请你和我们一起对付他。我和老刘约定好,我在周边观察,他负责和你们联系,因为老刘和你更熟悉。

"结果我看到鬼脸要用毒针刺死你,老刘推了你一把,毒针就刺到了他的身上,我看到老周还去追鬼脸,只是跟丢了,我这才跟着你们,上了你们的车。现在鬼脸死了,但是那笔钱的去处却只有他知道,这笔钱也就烟消云灭了。你们抓着我也没有什么价值了,放开我,咱们就此诀别吧。"

章玫这个时候也走到了我们跟前,她脸色煞白,看来刚才生死一瞬,也是被吓得灵魂出窍了。

我对茉莉花说道:"放了你是不可能了。警方已经盯上了你们,你们不归案,连我都要受连累了。不过你可以选择把自己知道的一切都先告诉我,在我们的警察朋友到来之后,我看看能不能帮到你。"

茉莉花咬了咬嘴唇,细细的牙齿把饱满的红唇都咬满了齿痕,过了一阵子,茉莉花下定决心抬起头,对我们说道:"好,我告诉你们。其实我们本来是三个人,那就是鬼脸、于文泽还有我。"

我、老周、章玫吃了一惊,说道:"毒刺不是真的于文泽?"

茉莉花点点头道:"对,真的于文泽虽然在八年前那场车祸中大难不死,逃出生天之后,也是身受重伤。他在逃命的时候,遇到了假于文泽了,结果被假于文泽打昏了过去,假于文泽误以为他已经死了,离开之后,他才顺着溪水到了下游,捡了半条命,但是伤势太重,在请求我和鬼脸帮他报仇之后,一个月就死掉了。"

我问道:"你说你们本来是三个人,是什么意思?你们是什么关系?"

茉莉花道:"我们本来是三个人,就是有许多事是我们三个人一起做的,我在这个团队里,是负责去色诱的角色。我们在替天行道,清除那些逃过法律制裁的渣滓。"

茉莉花说完这些,挑衅似的盯着我看。我继续问道:"那然后呢,你们怎么盯上寒光集团的?"

茉莉花没理会我的问题,而是自顾自地说道:"我们三个人都各有满肚子苦楚,于文泽是被同学霸凌,老师欺侮;鬼脸则是小时候被后妈故意烧伤了脸,还被女朋友将多年积蓄骗走;我则是被继父强奸,被网友骗去做小姐,要不是遇到了他们两个,我还逃不出这个火坑。

"鬼脸和于文泽是大学同学。我们三个人度过了很快乐的一段日子,直到于文泽死。我们两个人为了给他报仇,从八年前那场车祸查起,这才查到原来于文泽的身份被人冒充了。而那个冒充的人,就是车祸现场逃生的周玉龙。可是等我们想杀掉他给于文泽报仇的时候,却发现周玉龙太强大了,我们很难干掉他。而鬼脸却认为,周玉龙值得我们干一票大的,因为他的身家那么大,也许我们除掉他之后,我们的下半辈子都不用愁了。

"三年前,鬼脸和我先后卧底到了寒光集团,试图深入了解周玉龙。结果没想到,在我引诱他的时候,他带我参加了一个酒局,在那个酒局上,他用心巴结的一个领导看中了我。就这样,我给那领导当了一年情妇,也掌握了一些周玉龙官商勾结的黑幕,但是他们十分严谨,滴水不漏,所以我根本拿不到任何证据。况且,我和鬼脸的目的是如何把周玉龙的黑钱搞到手,所以我隐忍未动,只是想找出周玉龙的弱点。

"终于,我在那腐败领导的醉话中得知,周玉龙极其变态,喜欢性虐待,而且他还开了一家精神病院,专门圈禁这些女人。而周玉龙在平日都有保镖保护,我们根本没有机会下手。

"鬼脸和我商量之后,决定先行卧底到精神病院,查探清楚。一年半前,鬼脸在精神病院卧底的时候,遇到了老刘,他反复试探,终于确认老刘在精神病院的目的,也是对付周玉龙。老刘唯一的女儿,因为实名举报周玉龙,被他掳到精神病院后,虐待发疯自杀了。老刘千辛万苦才查到了那家精神病院,他想在周玉龙肆意玩弄女性最为放松警惕的时候,杀了他。

"鬼脸在成功取得了周玉龙的信任后,制订了杀死他的计划。但是这个计划却没法让我们获得周玉龙的黑钱,而且他的势力太大,所以就算我们劫走他,或者杀死他,他的后台一旦对付我们,我们完全不是对手。所以这个时候,鬼脸想到了把寒光集团搞垮的办法,他需要一个有体制内资源、有破案能力、有正义感的人来帮他搞垮寒光集团。然后他选中了你,老甄。

"也就在一年前,我因为被腐败领导的原配发现,她直接把我送到了

精神病院，正好和鬼脸与老刘会合了。鬼脸的这个计划就更加便利实施了。我们发现，我们所在B区的所谓的精神病人，大部分都是被家里人想方设法送进来的，这些人心中的仇恨非常大，所以鬼脸通过一段时间的运作，很快就把这些人拉拢了过来。

"鬼脸在半年前用毒刺这个名字讲述了不少于文泽杀人的故事，成功地吸引住了你。之所以用毒刺这个名字，是因为我们所有人的内心深处，都有一根毒刺，疼得要死，根本拔不出去。

"鬼脸本来计划引诱你调查寒光集团，因为他已经查到寒光集团正在对付你了。所以，只要你能对付寒光集团，那么我们就可以趁乱对付周玉龙了。

"但我们也没想到，你居然出现在了精神病院。虽然你假装得很隐秘，但是你刚一出现，我们就认出你来了，因为我们都悄悄地看过你的直播，对你的脸很熟悉。

"所以鬼脸用了个办法，那就是直播杀死了大家都痛恨的高医生，随后与你相见。也清楚了你卧底精神病院的目的。我们仨在你的帮助下，成功地劫走了周玉龙。

"其他的精神病人都是为了自由，所以在离开危险之地后，他们就散去了，我们三个人把周玉龙带到了我之前去过的他的一处秘密别墅，我们用他的指纹，很顺利地在那里潜藏。那几天，鬼脸、老刘把他凌虐女人的手段都给他用了一遍，周玉龙终于崩溃，把瑞士银行的秘密账户供了出来，我们三人现场查验，账户里有三亿两千万元。

"但是这么一大笔钱，我们要想转出来，必然也得去开外国银行的账户，所以我们三个人，都没有动。鬼脸和老刘把周玉龙吊死，伪装成自缢之后，我们三个人决定先逃到一个小县城隐藏，等找到合适的机会再转到香港银行，把那笔钱取出来平分。

"为了安全，我们三人假扮成一家人，老刘是父亲，我和鬼脸是一对夫妻。但是我和老刘没想到的是，鬼脸居然在饮食中下了两次毒，我们自知不是他的对手，所以连夜逃走。但是我们又担心，鬼脸趁机独吞那笔钱，所以想找人帮忙，最后还是想到了你。

"可是就在一周前，我们在查询那个瑞士银行账户的时候，发现里面的钱已经被转走了。而我和老刘也发现我们被鬼脸追了上来。所以我们给你发了求救信，没想到，老刘还是死在了他手里，而他为了杀死我，连你们都不放过，好在苍天有眼，他死了。"

茉莉花说完这一切，很是疲惫的样子，她闭了会儿眼，对我们说道："我讲完了，他们杀人，我没有动手。我想，可能监狱里才是安全的。"

就在这时，我们听到了警笛声响，李强他们已经赶到。我、老周、章玫还有茉莉花都被带到了公安局里，李强亲自对我们进行了详细询问。

一个月后，李强告诉我们，茉莉花杀人的证据不足，根据口供，她参与绑架周玉龙，但是认罪态度良好，所以她被判处了五年徒刑。那笔黑钱下落不明，这个秘密随着鬼脸的死被永远封存。但是李强悄悄告诉我，整个案子还有一个疑点，那就是鬼脸的验尸报告显示，他的口腔里，有女性口红的成分，而这个口红中混合了致幻剂……

（全文完）